U PLÖTZLECH PÄNG...

Elsbeth Boss

VORWORT

Päng! – Mause! – Schluss u tot!
Ir Zwöierchischte, ir Familie, i de Ferie, bim Sport, im Gschäftsläbe, im Forschigsteam, im Autersheim… Wos Mönsche het, mönschelets, u wes mönschelet isch aus Mönschemügleche müglech. Sogar ds Unmügleche: O Totschlag u Mord! – Ds Guete u ds Schlächte, ds Schöne u ds Wüeschte, ds Erfröileche u ds Truurige, ds Liebe u ds Böse sy im Läbe äbe nach bynang. U zäntume luure dunkli Gheimnis, morbidi Intrige u sarkasteschi Lugine… sprungbereit sech uf Opfer stürze.
Wo Liebi isch, wird öppe mit de Ouge gschnouset oder ungerem Haag düre ggraset, de wachse gärn u schnäu Yfersucht u Hass u Verbitterig u Rachegfüeu. De gits Ribereie u Drohige u Knatsch u Krach u Gstürm u Stritt u Zoff. U de isch Füür im Dach, u we Füür im Dach läuet, de potz mänt Änneli!

Es chunnt vor, dass sech eine i ne zuckersüesse Härzchäfer verliebt u blind vor Begäre ufbegärt u beschliesst, sy Frou müess verschwinde, u das müglechscht unuffäuig.
Was macht e Frou, we ihre der Maa – dä chnieppig Chnuppesager – uf e Wecker geit?
Einisch het eine sy Frou wäge nüüt u garnüüt eso aagmöögget u aapfuret u aagschnouzt u bauget u bouelet u branzet u bugeret u gwäffelet u gfutteret u grüfflet u gschumpfe u resoniert u gsyrachet u gheilandet u se zämegstuucht u Dampf abglaa, dass er a de eigete wüeschte Wörter erstickt isch!
Wi räächt sech d Fründin, we di beschti Fründin usgrächnet mit ihrem Fründ unger ds Dachbett schlüüfft?

Das chönnte – Betonig uf «chönnte» – Aalass für krimineui Gedanke, de Idee u de Tate sy. U we me weis, dass lang nid aui Täterinne u Mörder gfunge wärde, de…

Oder me cha us settige Idee Gschichte erfinge u se mit bunter Fantasie, schwarzem Humor u makaberem Witz würze u tue, wi we si wahr wäre.

Läset doch di Gschichtli im Buech!
Aber gäuet, die sy de nume zum Läse u Schmunzle, u ja nid zum Nachemache!!!

Elsbeth Boss

Impressum
Alle Angaben in diesem Buch wurden von der Autorin nach bestem Wissen und Gewissen erstellt und von ihr und dem Verlag mit Sorgfalt geprüft. Inhaltliche Fehler sind dennoch nicht auszuschliessen. Daher erfolgen alle Angaben ohne Gewähr. Weder Autorin noch Verlag übernehmen Verantwortung für etwaige Unstimmigkeiten.

Alle Rechte vorbehalten, einschliesslich derjenigen des auszugsweisen Abdrucks und der elektronischen Wiedergabe.

© 2022 Weber Verlag AG
Gwattstrasse 144, 3645 Thun / Gwatt

Text Elsbeth Boss
Illustrationen Elsbeth Boss
Covergestaltung Elsbeth Boss

Weber Verlag AG
Covergestaltung Celine Lanz
Satz Celine Lanz, Michelle Utiger

ISBN 978-3-03818-416-4

Der Verlag Weber wird vom Bundesamt für Kultur mit einem Strukturbeitrag für die Jahre 2021 bis 2024 unterstützt.

INHALT

Vorwort	2
Läbes-Zämesetzi	10
Zytspuure – Läbesspuure	16
Parabellum & «Päng!» – «Päng!» – – – «Päng!»	19
Ggaffi mit Schuss	21
Chästeilet	24
Heiligeschyn	26
Verliebt bis über beidi Ohre	29
Chaut abserviert	32
Zwöi Härz	35
Härzchäfer statt Giftgueg	37
Da gits nüüt z lache!	41
Röiber u Poli	44
Ds grosse Schwyge	46
«Ahaa, eso isch das!?»…	49
«I ha di gärn!»	52
Wi cha so ne Maa tröi syy?	56
Velotour	59
«Söu i?… oder söu i nid?»	62
Würmli bade…	67
Wen är gwüsst hätt!	70
«Mit Sänf, bitte!»…	73
Wasserratte	78
Fröideträne	83
Di schöni, grossi, fründlechi Frou & der chlyn, hässlech, eifäutig Zwärg	86
Gscheh isch gscheh!	89
E Huuch vo Poesie	93
Sport isch gsund	98
Seerosegarte	101
Ravioli mit pigganter Füuig	103

Es koschtbars Lächle	105
Strasseroudi	108
U de isch es passiert!	111
Spätfouge	113
O e Maa cha sich verändere…	115
Der Gartegstauter	119
Hubstapler	121
Dä isch nid vo Merkige	123
Eidütig Mord	126
Befründeti Fründe	130
E schöne Maa	134
Verby isch verby!	136
Rägewätter	139
Itz längts!	141
E Wurscht isch vilech nume es Würschtli	145
Mäxu	147
Vilech	150
Herrjee, hei die sich gärn gha!…	152
Mord im Doppupack	155
Är der Sohn, u sii nume der Goof	162
Adresse unbekannt	165
Der Rigu schiebe	167
Gwüsst wie	170
Troumwürklechkeit	172
Eine isch zviu!	174
A Chare gfahre	177
Rache isch süess…	179
Valentinstag	183

«Fly me to the moon»	185
Rägeböge i de Ouge	189
Experimänt Waudsee	193
Aupeveieli u Efeubeeri	198
Nume es Salätli	203
«Funghi al limone»	206
Vertroue isch guet…	209
«Hände hoch!»	212
Nume es Spiu	214
Wie wyter?	217
Musig… nüüt aus Tön?	218
Glückszau	223
Ei Blick het glängt	226
Budeplatz	231
Gäge Strich gstriglet	234
«Happy Birthday…»	237
«Klip» oder «Slip»?	240
Härz isch Trumpf	243
Glück gha!	246
Baloonfahrt	248
Vorfröid isch di schönschti Fröid!	251
Grau-Rot… oder doch Rot Grau?	253
Ängu – Schutzängu oder öppe…	255
Zwillingsschwöschtere	258
Höllisch scharf bis himmlisch süess	260
Danke!	266
Zur Outorin	268

u plötzlech

Päng...

Es chunnt vor, dass nid aus wo sött,
o würklech guet zämepasst.
Aber das isch en angeri Gschicht.

LÄBES-ZÄMESETZI

Ja, si wotts säge! We Tochter zum Znacht chunnt, de wott si ihre de säge wis isch. Ändlech uspacke! Aus erkläre. Rübis u stübis aus! Subere Tisch mache! – Fertig mit der Gheimnischrämerei! Ds Läbe chunnt ere vor, wi nes «Zämesetzi». Eis, wo me bis zletscht nid weis, wis usechunnt u wis usgseht. Me meint zwar, dass me sech genau erinneret, u de isch de vilech haut doch aus angersch oder mängs ganz angersch gsi. Erinnerig isch Lava us der Töiffi vom emotionale Läbesvuukan: glüeit, chautet ab, erstarrt. Erinnerig dümplet uf em Meer vor Vergangeheit, wi ne Dampfwuuche über eme Geysir, wo naadisnaa verdampfet. Erinnerig isch wi Gischt uf de Wäue: schuumet uuf u versinkt ir Brandig vom Vergässe. Aber vergässe cha me nüüt vo däm, wo würklech wichtig isch! Erinnerig geit der Wahrheit a Chrage. Oder vilech irgendwie umgchehrt? ... U grad das macht di Sach so spannend. Es isch viu passiert, u aus, wo passiert isch, het e Bedütig. U mit der Zyt het es ds «Warum» meh intressiert, aus ds «Wie» ..., wiu doch hinger jedem «Wie» es «Warum» steit. – Si hätt dä Maa nie söue hürate. Aber es het pressiert! Si het ne zwar irgendwie möge – irgendwie scho, aber äbe nume irgendwie –, aber si het ne nid gärn gha. Nid richtig u nid vo Härze gärn gha. Si hei eifach nid so rächt zämepasst. Är het öppis Fyschtersch, öppis Düschtersch, ja schier öppis Unheimlechs a sech gha. U si het öppe ds Gfüeu gha, es wärdi dunkler, u d Luft wärdi müffelig, wen är uftoucht. Nei, mit däm Teili wott si ds Läbes-Zämesetzi nid aafa. U übrigens isch är – äbe dä, wo si nid, u nid so überstürzt hätt söue hürate – tot. Ob tot oder läbig, är ghört haut glych zu ihrem Läbe.

U si het ne überläbt. Är isch ab-gläbt, u sii het über-läbt. Sprach isch haut scho cheibe komisch, hingerhäutig u heimtückisch! Mängisch sy Wörter auä sogar e Wink mit em Morau-Zuunpfau! Für dass di Überläbendi oder der Überläbend nid öppe uf-läbt, blybts bim schlichte über-läbe. Immerhin! Überem Bode isch de doch geng no besser aus ungerem Bode! U we me über-läbt, sött me der Bode unger de Füess nid verliere. Aber uf-läbe, das wär unaaständig! Ömu de für ne Frou! E Witfrou! – Auso, zersch mues si Teili grob sortiere. Am beschte irgendwie läbes-chronologisch. Sozäge us «über-läbens-chronologischer Sicht». Aus der Reie naa, so wis naadisnaa passiert isch. Nid de Gfüeu naa. Wiu, Gfüeu sy ke verlässlechi Grössi. Gfüeu chöi wächsle. Aber Zyt ... Zyt isch mässbar. Auso: «Eis nachem angere, wi z Paris.» Aber wie sortiere? Nach Farbe? Di Häue obe, di Dunkle unger? – U was isch de mit dene zwüsche Häu u Dunku? Oder tischele nach Forme, grosse u chlyne? – Bedütet gross meh aus chlyn? Isch Grosses würklech wärtvouer u wichtiger? Sy nid meischtens di chlyne Sache, äbe d Sächeli, ds Wäsentleche, das wo zeut? U scho sy ihrer Gedanke bi ihm. Nei, nid bi däm ungerem Bode. Si het ihm nie gseit, dass ds Chind nid vo ihm isch. Si isch bim angere, bim Troummaa. Gfaue het ere geng, dass für dä ds Chlyne ds grosse Ganze isch. Gfaue het ere sy Sorglosigkeit, d Liechtigkeit, di überschwänglechi, unbeschwärti Läbesluscht, won är usstrahlet. Es isch irgend es Gheiminis, öppis, wo me nume cha gspüre. Mit ihm wär aus müglech gsi, het si ddäicht. Mit ihm hätt si Bärge chönne versetze. Für ihn isch ds Ässe vomene Jogurt paar Tag nach Ablouf vom

Verfaudatum ke muetegi Tat. – U doch het er ke Muet gha! Het se lahocke! U si isch nie ganz von ihm los choo. Si het Träne verchlemmt, obwou es se i de Ouge bisse u brönnt het, wi we si Zibele gschnätzlet hätt. Das Teili spart si für später. – Aus Meitschi het si gärn gläse. Isch gärn inere blüejige Bluemematte gläge, e Grashaum zwüsche de Lippe u nes Buech ir Hand. Über sich nüüt, aus der wyt, blau Himu – wi nes Zäut ohni Dach u ohni Wänd – es Firmamänt mit wysse, wuuschigwulige, wächsuförmige Wander-Wuuchetier. Das Teili isch gsetzt. E ganzi Fläre gits us der Schueuzyt. Drunger Winterbiuder, wo si us der warme Stube i Schnee useluegt u probiert d Flocke z zeue, wo wi Konfetti us em Himu flöckle. Früecher hets äbe no strängi Wintere ggä! U de fingt si es Teili, wo zeigt, wi si ir wysse Pracht ligt u mit de Arme Ängusflügu i Schnee wüscht. Si het aube ddäicht, dass dä Schnee-Ängu ir Nacht i Himu flügi u ihre schöni Tröim schicki. – Wiu ds Gedächtnis äbe wi nes Sibli isch, wo mit der Zyt geng grösseri Löcher überchunnt, het si angersch Züüg vergässe. U de chöme es paar Teili, wo si sech vom brave Meitschi zur ufmüpfige, junge Frou muuseret. Di erschte Stögelischue, der erscht Lippestift, der erscht Minirock – aus rot, füürrot, füürzüntrot, füürzüntggüggurot! Der erscht Schwarm im Tanzkurs, ds erschte schüüche Müntschi – no lang ke Zungekuss! De d Lehr. Di erschti süessi Liebi u ds bittere Ändi: Är isch e Schminggu gsi! – Ds Zämesetzi wachst. U de äbe die Teili, wo ihres Läbe erhudlet u se schier us der Bahn gworfe hei. Wi ne Taifun isch es denn über se choo. Si isch schwanger worde. Är – der Troummaa – isch verhüratet gsi, het e Familie gha. U de het si haut dä gnietig Chnuppesager aaglachet, wo geng a auem öppis z nörgele u z meckere u z mäggele u uszsetze gha het. Aber eso sy sii u ds Chind versorget gsi. «Zwäckehe», seit me däm.

U der Zuefau – oder het si doch chli dranne gschrüblet? – hets wöue, dass si im glyche Block, d Nachbarwohnig vor Familie vo ihrem Chindsvater hei chönne miete. Däwäg hei di zwöi, wo nid hei chönne zämechoo, u nid vonang los choo sy, doch ab u zue – im Gheime – es Schäferstündli gfyret. U der verheimlechet Vater het sy verheimlecheti Tochter ir Neechi gha. – U de setzt si ds gsparte Teili yy. U o di paar eigenartig gformete Zämesetziteili passe – ömu fasch. Wärs nid wüsst, würd ke Ungerschiid merke. U zletscht isch es ja pfyffeglych u schnorzegau, ob d Erinnerig stimmt oder nid. Zyt isch verby. Was gsi isch, isch gsi. Zyt cha me nid zruggdrääie. Si wett ungfröiti Erinnerige, wo wuchere wi Gjätt, am liebschte ersticke, mit ere Stächschufle muttewys zungerobsi chehre u im Bode vom Vergässe vergrabe, verloche u beärdige. – «Es göng aus verby», säge teil Lüt. Aber das syg e blöde, hohle, dumme Spruch. Nüüt aus warmi Luft! Es blybi geng öppis zrugg. Was gscheh syg, lageri sech – wi trüebe Bodesatz – ir Erinnerig ab, u chöm irgendeinisch ume – vilech äbe aus Lava oder aus näblige Dunscht – a d Oberflächi. Tatsach, dass aus gsi u verby syg, tüei mängisch weh, machi truurig, wecki Sehnsucht, u o Schuudgfüeu, weis si us Erfahrig. U si het ihrer Tochter ändlech wöue säge, wär ihre richtig Vater isch. Aber wi gattiget me so öppis aa, dass me dermit nid zviu Gschiir verschlaat? – E heikli Sach isch das! Bruucht Muet, Säubschtüberwindig u Fingerspitzegfüeu u Verhandligsgschick u der richtig Momänt. So öppis isch ja o wi nes Gschäft, u derby chas settegi gä, wo gwinne, u angeri, wo haut verliere. Das Teili cha si no nid ysetze, wius es no gar nid git. Si hoffet eifach, dass de di Nüupi lückelos i di angere gryffe. Ja, si wott ändlech Ornig mache, im Dürenang ufruume. Es tüecht se, si chönn u wöu d Wahrheit nümm lenger ungerem Dechu bhaute. Es chönnt zwar kritisch wärde. Si weis nid wis usechunnt. Tochter chunnt mit em Füfi-Zug. Si het en Öpfuchueche bbache. Dä nimmt si grad usem Ofe, wo ds Telefon lütet. Si chönn leider hütt nid choo. Ir Nachtwach fau eini uus, u itz müess sii yspringe. «Gottlob! – E Gnadefrischt!» däicht d Mueter. Si steit im Gang vor e Spiegu u streckt Zunge use, u d Grimasse isch fratzehaft im Glas gfange, gaffet zrugg, verziet ds Muu, wi we si wett lache ... oder vilech doch gränne? – Si fingerlet am Liechtschauter: häu – dunku – häu – dunku – häu ... u gseht geng ds glyche Gsicht, stuunet geng i di glyche Ouge. U si wünscht sech, dass d Chreft vor Fantasie d Würklechkeit verändere. – Wo Tochter am angere Tag chunnt, wunderet die sech, dass d Wohnigstür bschlosse isch. Ihri Mueter isch doch süsch nid vergässlech.

Si bschliesst uuf ... u fingt d Mueter am Tisch vor em Öpfuchueche hocke, d Händ im Schoss, der Chopf uf em Täuer, ds Muu wyt offe – tot! – Ersch wo der jung Maa us der Nachbarwohnig sech ar Beärdigung Haus über Chopf i d Sandchaschte-Spiukameradin us Chindertage verliebt, bringt sy Vater Liecht i d Sach.

U Dihr, heit Dihr o so Lyche im Chäuer?
Weit Dihr nid ändlech ufruume?
U we Dihr säuber kener dunkle Gheimnis heit,
was ratet Dihr dene, wo settegi mit sech desumetrage?
Verzeuet:

Überigens hätt si der Tochter o wöue verzeue, dass sii der Vater, auso i däm Fau ihre Stifvater, vergiftet het. – Si het dä Vorfau verdrängt; es isch ihre jahrelang gglunge di Sach vor sich säuber gheim z bhaute. – Si hätt verzeut, dass sis eifach nümm usghaute het: ds Lüge u ds glychgüutige enang verbyschwyge. Si hätt ere verzeut, dass si Schlaftablette «gsammlet» het. Hätt verzeut, dass si em Dokter vorgjammeret heig, si chönn nümm schlafe, syg de der ganz Tag müed u schlapp. Der Dokter het de e Packig Rohypnol verschribe. Hätt wöue säge, dass si de di Tablette einisch i sym tägleche Bätziwasser-Schlaftrunk ufglöst, u är dä «Exit-Cocktail» trunke heig.

U de, was säget Dihr?
Verzeuet:

U gäuet, we me meint e Gschicht syg fertig, de mues die no lang nid fertig syy. Was würdet Dihr säge, wen i Öich verrate, dass dä unglücklech verliebt jung Maa no e Haubschwöschter meh het?

Es git äbe nüüt, wos nid git!
U de?
Verzeuet?

Es chunnt vor, dass me sich fragt weler Spuure Zyt u weler Spuure ds Läbe hingerlaat. Aber das isch en angeri Gschicht.

ZYTSPUURE – LÄBESSPUURE

U itz isch si gstorbe. – Tot! Der Tod isch jedem Mönsch sy Zuekunft. O myni u dyni. O Öji. – Zuekunft vo üs aune! U stärbe tuet jede sy eiget Tod. Chasch nid üebe. Weisch vilech öppis vom Ghöresäge. Bisch vilech derby gsi, we öpper der letscht Aatezug taa het. Stärbe isch Realität. – Der Tod aber blybt es Gheimnis. U das vom Paradies auä e schöni oder vilech für viu Lüt e tröschtlechi Gschicht. Meh chuum. Vilech o es Märli. Vilech hanget d Idee vom Paradies mit Adam u Eva zäme, wo aagäblech us em «Garte Eden» vertribe worde syge. U eso isch d Sehnsucht nach em Paradies zum sehnsüchtige Sehnsuchtsort vo Mönsche worde. Sigs wis wöu: E schöni Gschicht blybt e schöni Gschicht, es Märli blybt es Märli, e Wunschtroum blybt e Wunschtroum u ne Sehnsucht blybt es Sehne u Sueche u wird nid wahrer, o we me fescht dra gloubt. – Fiktion isch Illusion, Idee, Meinig, Vermuetig, Theorie, Hypothese, Ybiudig, u äbe nid Realität.

U geng ume d Frag, was «Zyt», was «Liebi», was «Gloube» eigentlech isch. Absolut? Universell? Wahr? Relativ? – Oder je nach däm? Si isch ihri beschti Fründin gsi. E «Seeleverwandti» chönnt me säge.

U drum tuet der Verluscht u Gwüssheit vom «Nie meh» – der ändgüutig Abschid – so weh. Di Tote läbe zwar i üser Erinnerig wyter. U mit jeder Erinnerig zouberet me es Stück Läbe us em gläbte Läbe, auso us der Vergangeheit, i d Gägewart. Aber gsi isch gsi! U verby isch verby! U ds Läbe geit wyter. Es git ja no e Zuekunft.
E Zuekunft, wo, we si da isch, scho i d Vergangeheit verbrösmelet, verrünelet, wi Sand ir Sanduhr.
Si fragt sech, was vom Läbe, vom Erläbte u vo Erinnerige blybt.
Ob aus einisch verlore geit oder ob Läbesspuure irgendwo feschtgschribe u ufbewahrt wärde. – Vilech inere Art «Erinnergis-Cloud», abrüefbar für die, wo de no a eim däiche.
Si möcht wüsse, ob ds Läbe Zuefau isch.
Si möcht wüsse, ob Zyt zytlos isch.
Si möcht wüsse, ob Liebi zytlos isch. Oder ob Zyt u Liebi e Haubwärtszyt hei.
Si möcht wüsse ob gloube meh isch aus vertroue u hoffe.
Si möcht wüsse was d Seeu isch.
Si fragt sech, ob d Seeu üses Unbewusste, üses Ungerbewusste isch? Ds «Über-Ich»? Es unbestimmts «Es»?
Si möcht wüsse, obs d Seeu überhoupt git.
Ob d Seeu vilech e unsichtbare u unortbare Teu vom Mönsch, vo Läbewäse isch.

Unsichtbar wi Luft, unsichtbar wi Geischt, unsichtbar wi Gfüeu, unsichtbar wi Gedanke.

U si fragt sech, ob d Seeu – wes es se git – ächt einisch verschwindet, sich uflöst wi Träne im Meer. Verschwindet isch vilech ds lätze Wort. Vilech müesst me frage, ob d Seeu einisch im Meer vom Vergässe i d Ewigkeit ygeit … u de vilech einisch usere Wuuche aus Wassertröpfli tropfet, wo sich der Rägeboge drin spieglet …

U Dihr? – Heit Dihr o Frage zum Läbe u zum Tod?
Oder heit Dihr Antworte?
Verzeuet:

*Es chunnt vor, dass eine, wo syr Frou gärn
Angscht macht, zum Gschpass sich säuber Angscht macht.
Aber das isch en angeri Gschicht.*

PARABELLUM & «PÄNG!» – «PÄNG!» – – – «PÄNG!»

Es wär nid passiert, we si der Polizei d Wahrheit gseit hätt. Wo die gfragt hei, öb si oder ihre Maa e Waffe heig. Auso e Waffe ohni Waffeschyn i ihrem Bsitz syg. Är isch nid daheim gsi, u si het ddäicht, we sis sägi, wärd är verruckt. U si wüss ja, wi dä chönn tue. Nei, i ihrem Hushaut gäbs ke Waffe. U der Maa heig ds Gwehr nach der Usmuschterig im Züghuus abggä. «Nüüt säge, däicht si, isch no lang nid gloge!» Wo si em Maa vom Bsuech vor Polizei brichtet, rüeft dä uus, brüelet wi ne Waud vou Affe. Es syg unerhört, dass sech der Staat i privati familiäri Aaglägeheite mischi. Ob die de nüüt angersch z tüe heige, aus unbeschouteni Bürger z bespitzle. Di grossgchotzete Ornigshüeter söue doch afe bi sich ufruume! Är heig de öppe gnue vo däm Überwachigsstaat. – Zum Dervolouffe syg das! Wen ihm ds Läbe verleidi, verlöi är sich de nid uf «Exit», das syg für Feiglinge. Är machi de churze Prozäss u erschiessi sich de – «Päng!»... u fertig. Är reicht sy Parabellum us em Nachttischschublädli, hocket a Chuchitisch, wo scho für ds Znacht ddeckt isch, u hantiert mit der Pischtole. U wiu är syr Frou gärn chli Angscht macht, setzt er zum Gschpass d Mündig vom Louf a d Schläfe, verdrääit d Ouge u möögget: «Päng!» – «Päng!» – – – «Päng!» U bim letschte «Päng!» löst sech e Schuss.

Was säget Dihr zu somene Maa?
Verzeuet:

Die Gschicht isch us mym Mundartbuech «U plötzlech passierts»

Es chunnt vor, dass öppis passiert,
u niemer weis warum.
Aber das isch en angeri Gschicht.

GGAFFI MIT SCHUSS

Är bsteut es «Ggaffi mit Schuss», auso eis mit scharfem Schnaps, nimmt paar Schlück, schrysst plötzlech e Pischtole us em Hosegurt ... ziet ab – u «Paff!» – «Paff!» – «Päng!» ... knaueret di lääre Gleser, wo – wi Soudate bim Aaträtte – i Reih u Glied im Gsteu stöö, i tuusig Schärbi. U de erlediget er no grad drei vou Bierhümpe uf em Büffee. Der Chrage platzt nid nume em Bier, wo itz nümm schuumet ... u a Bode tropfet u pflotschet u glungget. D Serviertochter steit bleich u mit weiche Chnöi ir Gaschtstube, wo si mit eme füechte Lumpe grad e Tisch abhudlet. D Wirti, wo vor Chuchi uus zueluegt, macht grossi Ouge u schlaat verduzt d Händ über em Muu zäme. Isch eifach sprachlos ... Teu Gescht hei sech unger Tische gflüchtet. Sy eifach abtoucht.
Me weis ja nie, was no aus passiert! We itz niemer öppis ungernimmt, mues me aanäh, dass Bluet fliesst, u di ganzi vertrouti Gaschtstubegmüetlechkeit i luter Schärbi versplitteret. Die am Stammtisch näh der Stumpe, Pfyffe, Zigarillo, Zigarette u der Sargnagu us em Muu, u sy sech einig: «Itz längts! – Der Schuss isch duss u gnue Höi dunger!» Si stöö wi uf Komando uuf, der schiesswüetig Schütz chehrt sech, o wi uf Komando um, u zilet uf syner Gägner. «Chrieg ir Beiz!» wär auä di passendi Schlagzyle für d Sensations-Press. D Wirti düüsselet us der Chuchi u ziet däm mit der Pischtole vo hinger di schwäri Gussisebratpfanne über d Rüebe. – «Pännnng!» ... tönts, wi we d Glogge im Chiuchturm eis schlaat – u macht dä Uflaat manöverierunfähig.
U de isch es plötzlech muggsmüüsli stiu.

Nume der Gugger schneut wi pfickt us sym Versteck im Guggerzytli ar Gaschtstubewand u guggeret zäh Mau «Guggugg!» – «Guggugg!» – «Guggugg!» ... «Mattäi am letschte!» seit dä mit em Stumpe zwüsche Mittufinger u Zeigfinger, wo itz grad e schöni, längi, graui Äschestange abbrösmelet, u wo de, wi nes gfährlechs rots Oug lüüchtet u ir Fyschteri umegschpängschtet, wiu d Serviertochter ir Ufregig ds Liecht glösche het. Totestiui! – U de chiichigs Schnuufe u häus, metauigs «Klick-Klacke» ...
Wo ds Liecht ume aageit, ligt dä mit der Pischtole ohni Pischtole, derfür mit föif Sackhegle im Ranze, am Bode u streckt aui Vieri vo sech. Itz ziet jede sy Hegu us em Buuch vo däm Uflaat, putzt di blueteġi Klinge süüferli am Nastuech ab, klappt ds Mässer süüferli zue, u versorgets süüferli – fasch wi wes öppis Wärtvous oder Heiligs oder äbe es «Corpus delicti» – wär, im Hosesack. – Was itz? Was passiert isch, cha me nid ungscheh mache. Wi chönnt me dä ohni Ufseh la verschwinde?
Dä mit der Zigarillo het d Idee mit der Kadaversammusteu.
Dä mit der Pfyffe meint, me chönnt ne imene Bschüttloch la versuuffe.
Dä mit der Zigarette fragt: «Warum ne nid hinger der Beiz i ds Bachtobu achegheie?»
Dä mit dem Stumpe im rächte Muulegge chüschelet chyschterig: «Notwehr!»
Dä mit em Sargnagu schlaat vor, der Polizei aazlüte. Heja, ihne chönn me doch ke Vorwurf mache. Das syg doch nüüt angesch aus «Notwehr» gsi!
Me steu sech einisch das Bluetbad vor, we dä wyter um sech püuveret hätt!
D Gaschtstube het d Deckig ufggä. Niemer me huuret unger emne Tisch, u me isch sech einig: «Notwehr!» – Sanitäter trage de der Haubtot uf ere Bahre i ds Outo vom Rettigsdienscht u fahre mit Düüdää-Ghüü dervo. Der Polizeihouptkommissar chunnt zrugg i Gaschtstube u danket dene tapfere Manne, wo

dä us em Gfängnis türmt, mehrfach vorbestraft Delinquänt so muetig bodiget hei.
D Wirti spändiert e Rundi «Ggaffi mit Schuss», u de läärt sech Gaschtstube naadisnaa. Di füf Sackheguheude styge i ds Outo vo däm, wo geng no am Stumpe sugget, wo itz im lingge Muulegge hanget. Dä git Gas, us em Outoradio plääret em Hazy Osterwald-Sextett sy «Gassehouer», u d Heude johle u grööle u holeie übermüetig: «Kriminal-Tango in der Taverne, dunkle Gestalten und rotes Licht. Und sie tanzten einen Tango, Jacky Brown und Baby Miller...» – I de Nachrichte wird über e Fau vom syt Tage gsuechte Usbrächer-Mörder bbrichtet. U de weis di ganzi Schwyz, dass es no e guraschierti Wirti u muetigi Manne git.

Kennet Dihr o so muetigi, tapferi
u bravi Froue oder Manne?
Was hei die gmacht oder voubracht oder gleischtet?
Bewundert Dihr guraschierti Lüt?
Verzeuet:

Es chunnt vor, dass eine meh aus gytig isch.
Aber das isch en angeri Gschicht.

CHÄSTEILET

Me cha äbe nid geng, was me am liebschte wett! – Si sy vo Merlige här düre buntbletterig Waud ungerwägs i ds idyllische Justistau. Dert isch hütt Chästeilet. Nach autem Bruuch wärde am Ändi vom Aupsummer d Mutschli us der Miuch vo de gsümmerete Chüe unger de Pure verteut. U mänge verchouft e Teu vom chüschtige Bärgchäs grad wyter. – Wo si am Spycherbärg aachöme, empfaat se ds Echo vomene urchige Jutz, wo wäuewys zwüsche de stotzige Feuswänd vom Sigriswilergrat un em Güggigrat hin u här pängglet wird, u ds ganze Tau füut. Es het viu Lüt, wo bim Chäsfescht wei derby sy: Senne im sametige Chüejermutz mit ygwobene Eduwyss uf de Bouelehemmli, mit Enziane u Auperose uf em Huet, Lüt us der Stadt, u Feriegescht us em Usland, wo sech dä Spektaku nid wei la entgaa. – «Lue», seit är zu ihre, «dise isch o da, dä wo geng so fründlech tuet – ömu wes ne nüüt choschtet!» U itz het dä grad ds letschte haube Chäsli ersteigeret. Bevor der fründlech Maa sy Chäs im Rucksack cha verstoue, oder enger verstecke, trappet äine zueche u seit: «I hätt mitüüri o gärn chli Chäs gsteigeret, aber schynbar isch bereits usverchoufft. – Schad! Cheibe schad!»
U de luegt er dä mit em letschte ergatterete Chäs, wo dise grad ir Fyschteri vom Rucksack laat la verschwinde, mit ämmitalerchäslochgrosse Ouge aa.
U itz isch es däm mit em Chäs doch nümm so rächt wou.
«I würd dir ja gärn e Bitz vo mym Chäsli gä. Aber i ha kes Mässer!» probiert dise sys Hab u Guet z rette. «Kes Problem!» seit äine, reckt i Hosesack, u scho spieglet sech di goudegi

Herbscht-Bärgsunne uf der blitzblanke Klinge vomene Militär-Sackhegu. «Das Problem wär glöst!» schmunzlet dä ohni Chäs u ziet derzue d Muulegge obsi.

«He nu», seit dä mit em Chäs, nimmt ihm der Hegu us der Hand u schnäflet es schnifeligs Schnäfeli – angersch cha me däm Versuecherli nid säge – ab, u seit:
«Lue, da hesch!»
«Vergäuts Gott!» spiut äine das Spiili mit, bedanket sech überschwänglech bim schlitzohrige Gyzgnäpper, u seit mit füreddrückte Fröideträne i de wässerig-blaue Ouge, är wärdi ihm das nie, ganz sicher nie vergässe! U derzue putz er ganz langsam di scharfi Klinge vom Sackhegu, won är em angere – däm Gyzgnäpper-Möff – am liebschte i Ranze oder wenigschtens vo hinger i Rucksack würd...
Är isch ihm nachegschliche ... u hets gmacht! – Ömu im Troum.

Was däichet Dihr vo so mene gytige Gyzgnäpper?
Verzeuet:

*Es chunnt vor, dass me froh isch, wes nid isch,
wis chönnt syy.
Aber das isch en angeri Gschicht.*

HEILIGESCHYN

We me guet würd luege, würd me über ihrem Chopf e Heiligeschyn gseh lüüchte – natürlech nid richtig – aber we me guet würd luege, gsäch me ne.
Si würd sogar amene Rägewurm über d Strass häufe. E Jumbojet sicher lande, wo der Pilot öppe grad vergässe hätt wie. Si würds im Summer la schneie, we öpper uf em Totebett no einisch Winter wett erläbe.
Si würd e Muus i ne Tiger verzoubere, dass d Chatz, wo vor em Muuseloch guenet u gluschtet u geiferet, Hüenerhut überchäm u im Schnuus dervo schnuusseti.
Oder si würd amene Margritli, wo so ne Glünggi wägem Oraku: «Si het mi gärn, si het mi nid gärn ... gärn, nid gärn ... gärn, nid gärn!» di uschuudige, wysse Blüeteblettli uszupft het, die ume um ds gäube Chöpfli mit Stoubgfäss u Stämpu tischele. Si würd dunkli, pächschwarzi Gwitterwuuche häu aamale, u us aune böse Gedanke vo böse Lüt Liebesgschichte schrybe. Si miech aus. Si würd aune häufe. Aus Leid us der Wäut schaffe.
Aber si cha nid. Si ligt ygchlemmt ungerem Outoschassi. Vo wythär ghört si Stimme, wo ufgregt umebrüele, ghört es Martinshorn, gseht blaus Liecht, wo närvös im Kreis drääit. Ihre isch es sturm u chötzerig-schlächt. Aus isch wyt wägg, verschleieret, verschwumme, verschwindet, löst sech im wysse Näbu vor Ungwüssheit uuf. Fäde vo däm, wo isch gsi u vo däm, wo isch u vo däm, wo wird, verschlinge, verschlüüfe u verschloufe sech zumene Chnüppu. D Vergangeheit u Zuekunft verlyyre sech ir Gägewart.

Irgendwie gspürt si, dass aus, wo isch gsi – o das mit däm Maa, wo sii mit ihm im Paradies hätt wöue en Öpfuboum pflanze – u das, wo isch, dass aus Vorussetzig isch für das, wo chunnt, u das, wo wird. Ihrer Gedanke renne gäge d Wand vo däm, wo me nid cha säge. Si het füürheiss u yschchaut, schwitzt, isch bachnass. Aus isch chrüzwys u z tromsig, verwobe, verchnüpplet, u verschmiuzt zum Itz. Zum Itz-grad u hie. Si ligt gfange i wysse Lyntüecher imene Bett. Aus tuet weh. Beidi Bei sy ygmuuret i wyssem Gips. Vo dervorenne ke Reed. Im Chopf helikoptere Schmärze ..., rotiere, trääie, wirble u würble aus dürenang. Träne rünele über d Backe uf ds Chüssi, u si weis grad nid, ob si über sich, über ds Läbe oder über ds Leid u d Ungrächtigkeit uf der Wäut grännet. Am gschydschte tuet si di verhüülete Ouge grad ume zue. «Was gsi isch, isch gsi, was chunnt, chunnt», isch ihre letscht Gedanke, bevor ... si us däm sturme Aubtroum erwachet. Erwachet mit der Gwüssheit, dass jede Troum öppis bedütet. Mit der Gwüssheit, dass se öpper oder öppis het wöue us em Wäg ruume. «Aber wär oder was u warum?» Het si gwärweiset. – Obwou bi däm Spuuk e undurchsichtige, doppubödige Zug vo Ironie, vo zwöidütigem Doppusinn mitgmischt het, het si sech Zyt glaa, het Wörter u Gedanke hin u här ddräit, u druf gwartet, dass si e Sinn ergä. «Wär?» het si sech geng u geng ume gfragt. «Wär?» ... «Was?» ... «Wie?» ... «Warum?» ... Oder isch si uf em Houzwäg, sii, die, wo gnue vom Läbe gha, aber zweni Schlaftablette gschlückt het? – I Gedanke het si ihri verletzti Seeu i ne weiche, wuuche-

wysse, sydefyne – mit glänzige Siuberfäde dürwobne, goudige Paillette u bunt-schimmerige Perle bestickte – Stoff glyyret, u das het ere guet taa! U ds blaudämmerige Morgeliecht, wo si dryluegt, isch häu u warm, aber es isch nid ds paradiesisch-himmlische Liecht!...
Si isch nid tot!

Heit Dihr o scho einisch «gnue vom Läbe» gha?
Heit Dihr o scho einisch so sturms Züüg tröimt?
Verzeuet:

Es chunnt vor, dass öpper i öpper
wahnsinnig verliebt isch ...
Aber das isch en angeri Gschicht.

VERLIEBT BIS ÜBER BEIDI OHRE

E Summer lang u no paar Tag meh isch si verliebt gsi. Verliebt bis über beidi Ohre! So verliebt, dass es gar kener Wörter git, wo das Gfüeu, di Empfindige, dä Ruusch chönnte beschrybe. Si sy zäme uf «Wuuche sibe» gschwäbt, hei d Würklechkeit nümm wahrgno, d Wäut um sich ume vergässe. Ihres Zwöier-Universum isch vomene märlihafte Zouber umgä gsi. Ihri Liebesgluet het se aazüntet, het aafa züngle u lodere, het se zämegschmouze, u aus rundume het sech inere Spirale himuwärts i Kosmos drääit. Het se us der Zyt uf e Liebesolymp, i ds Nirwana treit. Himmlisch schön! Zäme sy si dür di elyseschi Ewigkeit gondlet. Paradiesisch!
– U de hets ihm plötzech pressiert u är isch abgreiset. Si isch uf em Perron gstange, u d Wörter sy re uf der Zunge blybe chläbe, u si het gwunke, gwunke ... u geng no gwunke, wo me der Zug scho lang nümm gseh het, u wo der Zugluft scho lang verwääit u nidemau meh d Idee vomene abgfahrne Zug ir Luft ghanget isch. Nüüt aus lääri Schine, wo ir Summerhitz siuberig i ds lääre Nüüt flimmere. Gwitterwuuche hei de em Tagesliecht der Glanz gno, u was isch gsi, het im Dunscht Konture aafa verliere. Uf em Heimwäg het si es Nastuech vou ghüület u ghoffet, dass nid aus verby syg. U das isch de – nume het si das denn no nid gwüsst – der schönscht Summer vo ihrem Läbe gsi ... u bblibe.
U de het si e Maa ghürate mit ere Fantasie u mene Wortschatz vomene eisiubige Chrüzworträtsuwörtlisuecher u aagfrässne Sudokuzahletischeler.

E furztrochene, lägwylige, fantasielose Realischt.
Eine, wo ihre e Liebeserklärig gmacht het, wo i ihrne Ohre tönt het wi ne Wätterprognose, wo nes Sturmtief i Ussicht steut: Chuttiwätter mit graue Wuuche, wo di erschte goudige Aabestärne am Himu verdecke.
Nüüt vo schwärme, schwäbe u tröime...
Nüüt vo d Wäut um sich ume – u aus wo me no sött u o no müesst – vergässe...
Nume no «Fakts», no «Fun».
Nume no was me gseht.
Nume no was me cha zeue.
Nume no was me cha verbueche.
Nume no was me cha bewyse
Ihrer Gfüeu hei sech – ir Erinnerig a heiss Summerzoubertroum – a däm chaute Maa gribe, ufgribe, seelisch bluetiggribe. U d Sehnsucht het sech eifach nid im Bluet u i de Schmärze la ertränke. Si het weder yy no uus gwüsst. Es sy nid nume di üssere Zeiche gsi, wo se us der innere Rue bbracht hei. Si het dä Maa, wo si us Trotz wägem verlorene Summerglück ghürate het – em ächte u einzige Glück wo si gmeint het – verlaa.

U de isch es über se cho, es isch eifach passiert, ganz vo säuber, ohni z wöue, ohni Richtig, ohne feschti Form, ender wi ne verschwummene Schatteriss: E Art vo Erkenntnis, vo Säubschterkenntnis. Si het gmerkt – u es isch ihre wi Schuppe vo de Ouge gfläderlet –, dass ihres Sehne u Wünsche es Trugbiud, es verhürschets Hirngschpinscht isch. Si het gmerkt, dass nüüt isch wis schynt. U nüüt schynt wis isch. Si het gmerkt, dass o sii zwo Syte u zwöi Gsichter het. Si het gspürt, dass di haubi Wahrheit nüüt wärt isch, dass nume di ganzi Wahrheit zeut. Das grouehaft klare Bewusstsyy, dass si aus begriffe u nüüt verstande het, het se schier wahnsinnig gmacht.

Si het plötzlech gwüsst, dass me im «Itz» u nid ir Vergangeheit oder i Tröim läbt. Het gspürt u gwüsst, dass geng ume nöi «Itz» isch. U dass sii sech däm geng ume «Itz» mues steue. U si het sech

gsteut! Plötzlech het si gwüsst wie u was. Plötzlech hets pressiert! Sys Lieblingsässe isch e dicki, scharfi Minestrone mit viu Chnoblouch u Pfäffer, u natürlech mues es gäderigs Gnagi drin schwümme.
– D Outo hinger ihm hei ghornet wi wiud, ganz muffi hei ds Fäischter acheglaa u hässig «Arschloch!» «Schafsecku!» «Blöde Aff!» u süsch no Schlämperlige us em Tierbuech gmöögget. Kolone isch geng lenger worde. Ds grüene Liecht ar Ample isch ume gäub u de rot worde, gäub u grüen u gäub u ume rot! Andlech isch eim i Sinn cho, är chönnt ja ga luege, was davore los syg. Der Chopf vom Maa isch uf em Stürrad gläge u d Ouge hei gfürchig i ds Wyte glotzet oder i ds Unändleche gstuunet. Tot! – D Suppe het gwürkt! Zuggää, si isch nid ganz ohni – u o nid ganz ohni Rattegift gsi.

Heit Dihr vilech o so ne Summer oder e grossi Liebi, wo de doch keni gsi isch, erläbt?
U hättet Dihr für Öie Maa oder für Öiji Frou o scho am liebschte so ne Suppe ...
Verzeuet:

Es chunnt vor, dass zwöi ds tupfglyche plane.
Aber das isch en angeri Gschicht.

CHAUT ABSERVIERT

Dä söu nid meine, si löi sech eifachso la abserviere! Yschchaut la chautsteue! Sit denn, dass si gmerkt het, auso sider, dass si weis, dass är es Doppuläbe füert, het sich der Zouber vor ewige Liebi wie ne Brusetablette im Wasserglas i Plööterli ufglöst, u plötzlech hets Spiuruum für nöii Müglechkeite ggä. Uf der Gedankeschoukle isch si geng höcher u höcher gfloge, u uf de Flugu vor Fantasie geng wyter u wyter vor Würklechkeit ewägg gschwäbt. Bi ihre sy Rachegluscht am chöcherle, eigentlech bereits am blöderle u blodere. Si weis nume no nid wie u was u wenn, aber dass öppis oder öpper mues ga, das isch klar! Si wett u wott sech d Händ nid säuber dräckig mache. Es mues eifach öppis passiere, uf irgend e geissart öppis gscheh, u zwar eso gscheh, dass me niemerem nüüt cha nachewyse. Vergifte oder erschiesse, das isch aus nid dubelisicher. Isch liecht nachwysbar. Es mues professioneu sy. Aber wi organisiert me so öppis? U de no ohni Spure z hingerlaa? – «Darknet» heisst ds Zouberwort. Dert fingt me Lüt, auso Vagante, Gouner u düschteri oder dubiosi Gstaute – vilech mit kriminéuer Vergangeheit – auso o Uftragskiller, wo di Sach fachmännisch gekonnt, anonym, unuffäuig u sozäge lutlos im Stiuue diskret erledige. Aber das choschtet! Sicher paar Tuusiger! – Si fingt es wärs wärt – Aber wohär näh u nid stäle? Si het zwar scho lang geng öppis vom Hushautigsgäut abzweigt, aber das längt sicher nid. – Si suecht e Steu u hocket stundewys ar Kasse vomene Grossverteiler. Zum Dervoloufe ööd! ... Das passt ihm natürlech. Itz hei är u sii – sy «amour fou» – sturmfrei Bude. Si tuet derglyche, wi we si nüüt

vo dene Schäferstündli würd merke. Macht Pfuuscht im Sack, spiut di Ahnigslosi – o we ihre d Gaue obsi chunnt – u maut sech uus, was si de mit ihrer nöie Freiheit macht. Ändlech cha mache, was sii wott! Si probiert d Gägewart mit der Zuekunft z verdränge. Si isch ja de e Frou mit Vermöge u Ränte! – Vilech e Chrüzfahrt? Ferie ir Karibik oder z Schwede? E Tanzkurs – vilech Tango? Vilech Manne «usprobiere» u se de yschchaut abserviere? Se la schmachte! Sech luschtvou rääche! E Sprachkurs? E Massage- oder e Farbtherapieusbiudig? Es git bestimmt gnue «komeschi» Manne u Froue, wo so öppis bruuche u derfür no zale. Während si ar Kasse Artiku um Artiku registriert, registriere ihrer Gedanke ganz angeri Sache: «Wenn isch der günschtigscht Zytpunkt für di Tat? Was mag so ne Killer würklech choschte? Wi übergit me ds Gäut eso, dass niemer öppis merkt?» – Si het ir trüebe Brüeji vom «Darknet», unger dene dunkle Gstaute, wo sech dert tummle, gfischet. Eine zablet ar Angle, eine, wos miech. Für paar Tuusiger. Klar isch, dass so eine kes Konto binere Bank het. Ds Gäut auso bar uf d i e Hand wott, wos de macht. Si «buechet». Aus ganz anonym. Si wett u wott dä Uftragskiller nid gseh. Ihm nie begägne. Ihm nid i d Ouge luege. Si hätt de auä Aubtröim, we si wüsst, wär das isch, oder gsi isch.

Si gö aafangs Dezämber geng i ds Oberland ga schyfahre. Am Chlousetag syge si uf der schwarze Buggupischte. Dert söus passiere.

«Okay» u «No problem!» u «Prima Idee!» seit der Killer.

Ds Gäut söu si vierzäh Tag vorhär, genau am zwöufi Zmittag, ir Bahnhofhaue – imene blaue Guweer – i Ghüderchübu näbem öffentleche Poschtbriefchaschte gheie. Si söu sech de ja nid umdrääie, u ja nid öppe zruggluege, süsch …

U de, was säget Dihr zu däm Uftragsmord?
Wi isch es ächt uschoo?
Het me ihre doch öppis chönne nachewyse?
Verzeuet:

Es isch de äbe aus ganz angersch choo. Nid är isch im Tobu unger tot blybe lige, sondern sii! – Dä Gangschter het gouneret, u grad zwöimau kassiert. Ihre Maa het nämlech genau der glych Plan gha. Zuefäu gits – we me se zuefäuigerwys guet organisiert!

Es chunnt vor, dass me e bsungere Tag niemeh vergisst.
Aber das isch en angeri Gschicht.

ZWÖI HÄRZ

E Sackhegu isch zwar gäbig, aber haut o gfährlech! – Si fahre mit em Zug bis Erlebach, buggle d Ruckseck u näh der Wäg uf ds Stockhorn unger d Wanderschue. Si het Ygchlemmti mit Hamme u Chäs, e längi, grasgrüeni Gurke, Tomate, e Birewegge u Öpfle ypackt. De no e Lippestift, e Strääu, u für au Fäu e Rägeschutz. Är het sy Rägeschutz um Thermosfläsche mit em warme Ggaffi glyret, für dass die bim Loufe nid a d Fläsche mit em chaute Münzetee putscht. Si zie zügig los, gniesse di wiudhöi-würzegi Bärgluft u d Ussicht i ds Simmetau. Si hei e gute Tag verwütscht, eine mit klarer Wytsicht. Am Hingerstockeseeli verby geits uf d Oberstocke-Aup. Me gloubts schier nid: Vo hie us gseht me meh aus 200 Bärggipfle vom Titlis bis zum Moléson! Über ds Stockefäud, stotzig obsi, chöme si am Ziu aa. U de verschlaats ne schier der Aate! Vor Panorama-Ussichtsplattform ir Stockhorn-Nordwand gseht me dunger im Tau der Thunersee glitzere, u über ds Mittuland ahnet me änet em Jura d Vogese u der Schwarzwaud. «Wau! Ungloublech! Fänomenau!» rüeft si begeischteret. «E bsungere Tag! E Tag, wo me nid sött vergässe!» seit är.

Si höckle uf enes verwitterets Tannehouz-Bänkli, picknicke u luege u luege u stuune, gniesse d Sunne, u d Ussicht u ds Zämesyy, un es zarts Band, wo lüchtet wi ne Rägeboge, het ihrer Härz verbunge. – Wo si ufstöö für nidsi z loufe u über d Bachaup em Gurnigu zu z schuene, hets ar Rüggelähne vom Bänkli zwöi ygritzti Härz mit de Aafangsbuechstabe vo ihre u vo ihm, u drunger steit ds Datum vo däm dänkwürdige Tag. – Mit eme Sackmässer cha me äbe nid nume Gurke redle, Tomate viertle u de Öpfle ds Gigertschi usehoue!

Heit Dihr Öich o scho einisch irgendwo mit Hiuf vomene Sackhegu vereewiget?
Verzeuet:

Imene gäbige, bhäbige Bärglerschritt trappe si gmüetlech hingerenang ds stotzige Zick-zack-Wägli ab. Uf eme schmale Grat blybt är staa u grüblet der Sackhegu us em Hosesack. Chli ungerhaub vom Wägli wachse Eduwyss. So eis mues sy Frou haa, zur Erinnerig a dä unvergässlech Tag! Är macht süüferli paar Schritt nidsi, rütscht uf em glitschig-nasse Gras uus, schliferet geng schnäuer vo Mutte zu Mutte, stouperet, stürchlet, blybt i de Auperose bhange u gheit um. Blöderwys preicht d Klinge vom Sackhegu, won er ir Hand het u dermit wiud umefuchtlet, d Schlagadere am Haus ...
Der Rettigsheli isch z spät choo!

Wes blöd geit, geits blöd!
Heit Dihr o scho so öppis erläbt?
Verzeuet:

*Es chunnt vor, dass d Lösig vom Problem brutau isch.
Aber das isch en angeri Gschicht.*

HÄRZCHÄFER STATT GIFTGUEG

Syt Jahre füere si e Schnapsbrönnerei. Är beherrscht ds Handwärk u d Bätziwasser-Kunscht us em äffäff, u kennt d Finesse vom Würze u Destilliere vo Spezialitäte wi chuum eine: Vom «Bätziwasser» übere «Chrütterbätzi» zum «Vieille pomme», «Vieille poire», «Vieille prune» zum Kirsch, zum Grappa, zum «Single-Malt» bis zum «Whysky». U sii, sy Frou, erlediget d Schrybereie mit der Chundschaft u der Papierchrieg mit der Aukohouverwautig. Rächnet Stüüre gwüssehaft ab, luegt, dass Kasse stimmt, hushautet huslig mit em Gäut, u het ds Vermöge zäme. Aber naadisnaa isch di einisch heissis Liebi erchautet, u Gfüeuscheuti langsam zu Gfüeuspermafroscht gfrore u si hei enang geng flyssiger aagiftelet.

Im Herbscht het e jungi Frou Fesser mit Brönnguet abglade. Är het die no nie gseh. «Mues e Uswärtegi syy!» het er ddäicht, het se schier nid gnue chönne aaluege, het se mit de Ouge verschlückt. Gnaugnoo chönnt me säge, är heig sech «verluegt», «vergaffet», sich «zum Aff» gmacht. – So öppis buschpers Jungs, so ne luschtige, gluschtige, flitterig-flattierige, zuckersüesse Härzchäfer anstatt e surniblige, rumpusurige, giftelige Giftgueg, das würd ihm gfaue! Är isch ganz giggerige worde! I Gedanke het sich sy Zunge a de zarte Chnoschpe vo de jungfröileche Püppi verlustiertiert, u es het ne i de Ungerhose zwickt u gjuckt, u im Buuch gchrämelet u gchrämselet u gchräsmelet u gramüselet. Di schmachtendi Männlechkeit het sech ufdringlech u plastisch bemerkbar gmacht. E Männlechkeit im Ufstand, wo sech inere warme, füechte, chläberige Explosion entlade het!

U im Oberstübli hei d Wünsch mit em Verlange tanzet, u d Vernunft mit em Verstand gchääret. – Sy Frou isch ihm ungereinisch aut, uraut vorcho. Plötzlech hei ne d Chrääjefüess näbe de Ouge u d Runzele uf der Stirne, ds Doppuchini u d Fäutli um ds Muu, u der Chummerspäck a d Hüft, u di paar graue Haar gstört. U o d Brüscht, wo im Blusli plampe u waupele wi teiggi Ankebire, wiu si scho lang ke Püppihutte me treit: vilech e Frouefurz u vilech e emanzipatoreschi Schnapsidee? Wär weis das scho! He nu. Di jungi Frou isch nümm us syne Gedanke u nümm us syne Tröim verschwunde! Wi ne Dämon, wi nes feeehafts Gspängscht, isch si Nacht für Nacht i sym Chopf desumeturnet u desumeggogeret u sogar ryttligse uf sy Buuch ghocket, het ne am richtige Ort fyn gstrychlet u ne derzue mit müntschelig-schmatzige Müntschi vermüntschelet, u är isch y syne Fantasie-Troum-Gfüeu ertrunke. – O vo syr Frou het er tröimt: nämlech, dass o sii ertrunke isch. U das het ne uf ene Idee bbracht. «Si mues wägg!», het er ddäicht. «Wägg u furt! Am beschte spurlos verschwinde!» Das mit der aamächelige junge Frou – e wahre Knaueffekt vor Natur! – wärd är de scho richte. – Är het befole si söu Sauzsüüri bsteue, me müess d Destillieraalag umen einisch gründlech düreputze. Di aggressivi Süüri isch de imene Chupferfass gliferet worde. Amene Aabe spät het er der Frou grüeft, si söu ihm häufe, är müess wüsse, wiviu vo däm Züüg im Fass syg, obs längi. Är het vo wytem mit ere Stange der Dechu glüpft u gseit: «Lueg einisch nache, wi viu dass no fäut, bis es vou isch!» Wo si i ds Fass gluegt het, het er – mit ere Gasmasgge vor der Nase – wi vo Sinne u vo aune guete Geischter verlaa, geng u geng ume mit eme Bieli uf ihre Chopf brätschet. D Haar-

nadle hets wi pfickt i au Himusrichtige us em Bürzi gspickt, u plötzlech het – mit eme trochene, chnochige Knacke – e Spaut im Schädu klafft, u derdür he er ds wyss-graue Hirni gseh schwabele – wo usgseh het wi ne füechti Morchle oder wi ne grosse Boumnusschärne oder wi ne Hampfele bleichi Ängerlinge oder wi nes Täuer vou Äuplermaggrone oder wi ne Chlumpe us em Wasser zogni Eierspätzli oder wi ne Äschebächer ghuuffetvou Zigarettestummle ... So öppis het är no nie gseh! De het er se a de Bci ufglüpft, se chopfvoraa i ds Fass kippt, der Dechu druftätscht u rundume mit Chitt abdichtet. Uf ene Zedu het er mit Fiuzstift es rots Drüegg mit eme dicke schwarze Usruefzeiche zeichnet u drunger gschribe: «Achtung!!! Nicht öffnen! Gärung nicht abgeschlossen! Explosionsgefahr!!!» De het er der Zedu uf e Dechu gchläbt u ds Fass i hingerscht Egge versorget. Är het no schnäu ds Bluet u d Hirnmasse vom verschmierte Bieli gwäsche, het ihri Windjagge greicht, het – für Spuure z vermyde – Gartehändsche u auti Turnschue aagleit, isch mit ihrem Outo i Waud gfahre, het d Jagge i ds Gstrüpp pängglet, u ds Outo mit offener Tür uf eme Waudwäg la staa. De isch er hei gschuenet, u het derzue im Takt vo syne Schritte gmöönet: «Schnaps, das war ihr letztes Wort, dann trugen si die Englein fort. Schnaps, das war ...» U de isch er ga lige: natürlech mit der junge Frou im Chopf, uf em Buuch u zwüsche de Bei. – Am angere Tag het er d Händsche u d Schue verbrönnt, u der «Verluscht» vor Frou bir Polizei gmäudet. Me suechi Vermissti ersch, we si nach paarne Tage nid uftouchi, hei d Ornigshüeter gseit. «He nu sode!» het er ddäicht. «De haut!» – Si isch nid uftoucht. Ds Outo het me im Waud gfunge, u Polizei het uf Entfüerig tippt. Vilech uf enes Gwaut-

verbräche. – Dass är nach em Verschwinde vo syr Frou nid haub so truurig gsi isch, wi me hätt chönne aanää, isch de Lüt ufgfaue. U dass är der junge Frou nacheloufft, het z rede ggä. Me het gmunklet..., u nüüt chönne bewyse. Aber ds Härz vom junge Härzchäfer het für ne angere brönnt, aus für dä ufsässig Bätziwasserbrönner-Chlööni. U är het de haut weder es härzigs Himugüegeli no e chratzbürschtige Giftgueg gha!
Eines Tages het me der Schnapsbrönner zwüsche syne Fesser u Gütter u Chorbfläsche u Kanischter u Bombonele tot gfunge. Der Revouver dernäbe. «Säubschtmord!» het me gseit. Der Grund het niemer kennt. – Wo der nöi Bsitzer d Schnapsbrönnerei gründlech ufgruumt het, het me das aagäblech «explosionsgfährleche» Fass – säubverständlech unger stränge Sicherheitsmassnahme – anere Füürwehrüebig uftaa...
Dä, wo der Dechu glüpft het, het Ouge wi Pfluegsredli u ne gwautige Gump hingertsi gmacht, wi we ne gruusig-grossi, giftegi Schlange drinn wär, wo göiferig zünglet!
Im Fass het me de e goudige Ehering u ne goudegi Hauschötti gfunge, u glys gwüsst, dass d Frou vom Schnapsbrönner nid dürebrönnt, sondern ... im Süüribad gruusam um ds Läbe cho isch.
U de, was säget Dihr zu so nere Tat, wo öpper i heissem Hass planet u im wahrschte Sinn vom Wort «chautblüetig» dürefüert!

D Rächnig isch zwar nid ufggange, aber d Idee... –
Was meinet Dihr?
Verzeuet:

*Es chunnt vor, dass useme luschtige Spiu
bittere Ärnscht wird.
Aber das isch en angeri Gschicht.*

DA GITS NÜÜT Z LACHE!

«Wi mängisch hesch du scho di Maa erschosse?» fragt äini.
«No nie!» git disi ume, wo weis, dass äini gärn makkaberi Gschpäss macht.
Wo der Maa de bim Zmittag umen einisch gar nid luegt u o nid gseht, was si gchochet het, u was är mampfet, wiu er Zytig vor der Nase het u wäret em Läse mit der Gable blind im Täuer umestocheret, macht si i Gedanke Pfuuscht, streckt der Zeigfinger i sy Richtig u däicht: «Päng!» – «Däiche isch no lang nid mache!» däicht si, u mues grad chli lache. Nume lyseli i sech iche gügele, süsch fragt er, was si z lache heig. U si het ja gar nüüt z lache! – Eigentlech! U won är am Aabe ume nume i sym Lähnstueu hocket u zum Fernsehluege es Chrüzworträtsu löst u nid merkt, dass si o no daa isch u vilech öppis angersch wett luege, macht si grad beid Pfüüscht, richtet beid Zeigfinger ungerem Salontischli i sy Richtig und däicht: «Päng!» – «Päng!» Dä merkt nüüt u gheit o nid vom Stueu. Wi wett er o, we si ja nume fingiert mit em Fingern zilet u ohni Puuver schiesst. U wiu sii ihm so totau glychgüutig isch, ömu solang si daheime aus im Schuss het, macht si das «Pänge» für sich zum Spiili. – Si het ja süsch nüüt z lache!
U syder nimmt si ne o nümm ärnscht. Dä isch für se erschosse u erlediget u eigentlech gstorbe. – Eigentlech! U dermit wär di Gschicht fertig. We si fertig wär. Aber luege mer dene zwöine no chli zue. Är isch Presidänt vom Schützeverein im Dorf. U ne träffsichere Chranzschütz. Mit syne Manne geit er a jedes Schützefescht. U de wird aube no gfyret u gholeiet u so Züüg.

Si geit nie mit, das isch ihre z blöd. Wen är aube a nes «Päng-Päng»-Chäferfescht geit u unger der Tür «Tschou, es cha de spät wärde!» rüeft, seit si o: «Tschou!» macht Pfuuscht, richtet der Zeigfinger u trifft i ds Schwarze: «Päng!» –
U itz isch är für zwe Tag am Eidgenössische. U itz het si ändlech oppis z lache! Isch aleini. Cha mache, was si wott. Si geit i d Stadt ga lädele, macht Pfuuscht im Jaggesack u erschiesst au Manne, wo ihre i Queri chöme: «Päng!» – «Päng!» – «Päng!» u däicht: «We die wüsste!» U de begägnet si äire, äbe ihrer Fründin.
U die fragt scho ume, wi mängisch dass si ihre Maa itz erschosse heig.
Disi lachet, nimmt d Pfuuschut usem Sack, zilet mit em Zeigfinger u seit, we sii e Maa wär, de wär sii itz grad tot. Si lädele mannemordend, bewaffnet mit vier Pfuuscht-Pischtole im Aaschlag.
Nume di ganz schöne knaue si nid ab! – U wiu beide öppe der glych Gschmack hei, entscheidet e churze Blickwächsu über «up» oder «down».
Si gönne sech es feins Zvieri. Der Chäuner blybt am Läbe. Öpper mues ja di «Killer-Ladies» bediene. «Was mache mir morn?» fragt d Fründin. U si sy sech gly einig: «Ds glyche Spiili!»
Ir Nacht het si e Troum: Si hocket ufeme herte, schmale Bank inere düschtere, chaute Chiuche. E Chor singt ds «Ave Maria». Vor im Chor hets – näb emene Sarg – Fahne u Chränz mit Schleife. Si cha nid läse was druffe steit, aber si weis, dass si ar Beärdigung vo ihrem Maa isch.

Irgendeinisch lütet ds Telefon. Schlafsturm nimmt si ab. Ihre Maa! ... Es syg schrecklech! ... Ihre Maa! Bim Sturmgwehrputze syg e Scharfe ab. Me wüss nid warum u wiso so öppis überhoupt heig chönne passiere. Si syge doch geng vorsichtig, üsserscht vorsichtig! Di Chugle heig ihre Maa ... – är chönns säuber nid gloube – zmitts i ds Härz preicht!

U i däm Momänt isch us em «Päng-Päng-Spiu» mit eim Chlapf ärnscht, u ihre bewusst worde, wi weni ds Läbe vom Tod trennt. De het si d Ouge vou Träne gha, u nid gwüsst ... ob si lachet oder grännet.

Isch bi Öich o scho einisch us öppis Luschtigem bittere Ärnscht worde?
Verzeuet:

Es chunnt vor, dass eine eim nach Jahre öppis zrugg zaut.
Aber das isch en angeri Gschicht.

RÖIBER U POLI

Si hei Röiber u Poli gspiut.
Hein ihm e Strick um beid Händ glyyret, verchnüpplet u ne im Schopf ybschlosse.
E blödi Situation! Aber wenigschtens hei si ihm der Rucksack glaa.
U dä het er ir Fyschteri gfunge.
Mit Müei u Not u grosser Aasträngig het er der Ryssverschluss uftaa u das, won är geng – u für au Fäu – bi sech het, füregrüblet: E rächte Hegu.
Är het der Mässergriff zwüsche d Chnöi gchlemmt u isch mit em Seilistück zwüsche de beide Händ süüferli über di scharfi Klinge gfahre, het der Strick düregfiegget bis er het lagaa. De het er ds Seili vo de Händ abglyyret, het ds Mässer versorget, der Rucksack aagleit u het hinger der Tür gwartet.
Es isch lang ggange, bis eine vor der Tür grüeft het: «Hallo, wi geits?»
Är het nüüt derglychetaa u ghoffet, dass dä, wo rüeft, yche chunnt.
Wo Tür äntlech spautwyt ufgeit, gseht er im schmale, häue Liechtstrau e Hand, de e zwöiti.
Dä wo vo dusse chunnt isch ja no nid a d Fyschteri gwanet gsi u het nüüt gseh. Dä dinne packt di beide Händ, lyyret ds Seili fescht drum, macht e Chnüppu, seit kes Wort, schletzt d Schöpflitüre zue, bschliesst, u geit.
Dä im Fyschtere isch totau überrumplet u chunnt zersch gar nid rächt nache, was passiert isch. Ersch naadinaa kapiert er dä

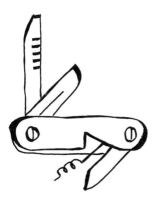

Rouetuusch. – Äine isch ne de nam ne Zytli cho erlöse. Das Erläbnis mit umkehrte Vorzeiche isch disem ygfahre. Isch ihm e Lehr gsi für ds ganze Läbe! Aber am liebschte hätt er denn dä hingerlischtig Usbräcker eifach abgmurxet.
Di unfreiwiuegi Gfangeschaft het jahrelang in ihm inne gmottet.
Wos der Zuefau – oder ds Schicksau oder was o geng – ergää het, dass di zwe im Militär im Wintergebirgskurs i di glychi Gruppe yteut worde sy u zäme d «Haute Route» vo Zermatt nach Chamonix gmacht hei, isch es passiert.
Si sy am glyche Seili gsi: dise aus Zwöithingerschte, äine het der Schluss gmacht. Uf eme schmale Grat, anere Steu, wos gfährlech linggs u rächts pouzgredi ache ggange isch, het dise mit em Sackhegu ds Seili verhoue, äine isch gstürchlet, abgstürzt, über ne Feusnase i Töifi gschlitteret u troolet ... u paar hundert Meter wyter unger inere Gröuhaude tot blybe lige.

Heit Dihr o scho einisch so öppis erläbt?
Oder heit Dihr vilech o scho einisch öpper zum «Schorsch Gaggo» gmacht?
Hets Fouge gha?
Verzeuet:

Es chunnt vor, dass eine plötzlech nüt meh seit.
Aber das isch en angeri Gschicht.

DS GROSSE SCHWYGE

Si läbe im Autersheim. Jedes het sys Zimmer. We ds einte stirbt, mues ds angere de nid no einisch zügle. Är hocket füraa am Fäischter, stieret i Gedanke versunke use oder i irgend öppis iche, wo niemer en Ahnig het was es chönnt syy. Gseht, was numen är gseht. Erinneret sech a Sache, wo nie passiert sy, won är aber nid cha vergässe. Zyt louft rückwärts, u nume no d Vergangeheit zeut. Är het ke Zuekunft, kener Füess, kener Flügu u kener Ziu meh. Är seit fasch nüt meh. U seit er öppis – mit viune Pouse u weni Wort – weis er auä gly nümm, was er gseit het. U am Ändi vo jedem Satz luuret ds Schwyge. Ds Schwyge, wi ne Fium ohni Ton. – Aber us ihre sprudlets wi ne Wasserfau. Us ihrem Plappermuu plätschere meh Wörter, aus i syne Ohre Platz hei. Der ganz Tag redt si uf ihn yy u befiut, was är dörf u söu u müess mache, u was är nid dörf u nid söu u nid müess mache. Vilech redt si soviu, dass ds Läbe nid so schnäu verby isch! – Won är se – oder besser gseit, sii ihn – ghürate het, het si scho zwöi Chind vo zwene Manne gha. Die hei se nid wöue, aber ihn het si verwütscht! Är isch säubständige Gwärbler gsi u viu ungerwägs, irgendwo am Usmässe oder Montiere. D Lehrlinge u Lehrtöchtere, won är natürlech mit uf Montage gno het, hei ne möge. Si het d Buechhautig gmacht. Eso het si geng öppe gwüsst, was louft, was er macht u won är isch. – Einisch hei ir Wösch Ungerhose von ihm gfäut. Itz isch Füür im Dach gsi! Potz moumäu! Es het es grosses Hallo ggä! D Froue-Fantasie het d Schrube u der Salto rückwärts gmacht, pürzliböimlet u ghurrlibuebet. U im Frouehirni hets gstrubuusset, Gedanke hei

tanzet u amurösi Vermuetige enang im Kreis desumegjagt. Si het genau, haargenau wöue wüsse, wo di Ungerhose sy, won är die verlore oder het la lige, u was passiert isch. Dihr wüsst scho, was si vermuetet het!
Är het gschwyge wi nes Grab. – U syt denn isch är naadinaa verstummt.
Rede tuet er numeno ds Nötigschte. Derfür däicht er fasch Tag u Nacht im Gheime drann ume, win är di gwunderegi Besserwüsser-Schnuri-Giftnuudle chönnt los wärde ...

Gäuet, Sache gits!
Kennet Dihr öppe o so Lüt?
Verzeuet:

Einisch het si ume schuderhaft gjammeret u wehlydig über Chopfweh gchlagt. «E settige Gring mues eim ja wehtue!» het är ddäicht. Für settig Fäu hets e grossi Packig Schmärzmittu im Apiteeggerschäftli ghaa. Är het gseit, är bringi ihre es Chopf-

wehpuuver – wi geng! Im Badzimmer het er es paar – u zwar e zünftegi Hampfele – vo dene ovale wysse Tablette zwüsche Papiernastüchli tischelet u de a Bode gleit, isch mit de Schue druffume tschaupet, dass ds Klacke vo de Absätz ds ganze Badzimmer gfüut het. De het er ds fyn verbrösmelete Puuver i nes Glas mit Wasser gströit u mit eme Löffu grüert, bis sech di wysse Chörndli ufglöst hei. I di miuchegi Löösig het er e gäbige Gutsch Hueschtesirup – wo süess u herrlech nach *«Bäredräck» gschmöckt het – u no ordeli Cognac gmischt, u zletscht aus mit eme Zitroneschnitz garniert ...
Si het am Glas gschmöckt u gfunge, dä «Heiltrank» gsei nid nume aamächelig uus, är heig o nes feins Güüli. Si het der Zitroneschnitz usgsugget u ds Glas i eim Zuug gläärt ... u isch röif u foocht yg- schlafe. – Gottlob für geng!
U wiu imene Autersheim öppe öpper über Nacht stirbt, isch niemerem nüüt Bsungers ufgfaue.

U de, was säget Dihr itz?
Verzeuet:

Ja, är hets genau eso gmacht, wi Dihrs o würdet mache: Är het Papiernastüechli im WC achegspüut, het ds lääre Glas im Badzimmerbrünnli mit warmem Wasser suber abgwäsche, hets süüferli, u ohni Fingerabdrück z hingerlaa, abtröchnet, hets versorget, het ihre es Müntschi uf d Stirne ddrückt, «schlaf guet!» u «adie!» gseit, u isch i sym Zimmer i sym Bett unger d Dechi gschlüffe.

*«Bäredräck» isch Lakritze.

Es chunnt vor, dass öppis ganz angersch isch aus es schynt.
Aber das isch en angeri Gschicht.

«AHAA, ESO ISCH DAS!?» ...

Ihre Maa isch gstorbe. Het eifach d Ouge zuetaa! Isch eifach ygschlafe! Isch eifach gstorbe! – Ne-nei, o we sii sechs mängisch gwünscht het, si het nüüt mit em plötzleche Tod z tüe gha! – D Urne mit syr Äsche steit no im Ygang uf em Schueschäftli.
Beärdiget wird är de, we der Sohn – wo z Amerika läbt – einisch Zyt het für hei z choo.
Ar Huustür lütets. Si tuet uf. «Grüessech Herr Pfarrer», seit si. «Chömet iche», seit si aastandshauber. Si cha doch der Herr Pfarrer nid vor der Tür la staa!
Är fragt wis göng. Ob si sech scho chli a ds aleinisyy gwanet heig. Am nächschte Zyschtig syg Autersnamittag, si söu doch de o cho, seit er fründlech. Es gäb Tee oder Ggaffi u Süesses, u öpper läsi Gschichtli vor, das wärd sicher luschtig, u tät ihre bestimmt guet, gäb e chli Abwächslig i Autag, bättet är es verlockends Programm vor.
U imene Monet göng de d Chiuchgmein mit Seniorinne u Seniore i ds Oberland i d Ferie. Das tät o ihre sicher guet, paar Tag wägg vo daheime. Me chönn sech geng no aamäude.
– Hinger der Badzimmertür däicht eine ungedudig: «Gopf! – We dä Lyyri nume ändlech würd d Finke chlopfe u giengǃ» Aber är cha nid no lenger warte, mues uf e Chehr. U de geit d Badzimmertür uf, u der Pöschteler chunnt use.
Di zwe Manne luege, oder besser gseit gaffe enang aa. Der geischtlech Herr vergisst ds Muu offe. Der Pöschteler seit: «Uf Widerluege!» u verschwindet schnäu wi ds Bisiwätter zur Huustür us. Är ghört em Pfarrer sys verblüffte «Adieuǃ» nümm.

– Oder het dä öppe «au diable!» gmeint!? U blitzschnäu sy di pfarrherrleche Gedanke uf Abwäge choo: «Isch ihre Maa öppe wägem Gschleipf mit em Pöschteler so plötzlech u unerwartet zmitts us em Labe gschrisse worde?» het er dä Maa, wo sech i syne Ouge so harmlos-tifig furtgschliche het – me chönnt säge: gflüchtet isch – zumene «postillon d' amour» degradiert. – «Ahaa, eso isch das!?» … seit der Pfarrherr zur Witfrou, runzelet sy Dänkerstirne u rybt d Händ, wi wen är se symbolisch i Uschuud würd wäsche. U es düecht se, di pfarrherrleche Ohre überchöm e Stich i ds Rötschelige.

– Es syg nid win är vilech meini, seit si. Der Pöschteler heig gfragt, ob är ächt bi ihre schnäu uf en Aabee chönn, är heig Not, u bis i «Bäre» füre längis auä nümm, u a Wägrand bysle – wes öpper gsäch – miech sech nid grad guet. «Ahaa, eso isch das!?» … seit der Herr Pfarrer no einisch, imene Ton wo nüüt aber o aus cha bedüte. Öppis angersch chunnt ihm grad nid i Sinn.

Ihre aber scho: Ob är nid däichi, dass es Chrischtepflicht syg, amne Mönsch ir Not z häufe? fragt si, u lachet derzue uf de Stockzähn.

U Dihr, was hättet Dihr i der delikate Situation aus geischtleche Maa ddäicht?
Hättet Dihr o grad vermuetet, dass d Witfrou u der Pöschteler...
Verzeuet:

*Es cha syy, dass eim ds gläbte Läbe wi ne Fium vorchunt.
Aber das isch en angeri Gschicht.*

«I HA DI GÄRN!»

«Wi blöd cha me ömu o syy?» ergeret är sich. Är hätt nie ddäicht, dass es so schnäu chönnt ga. Aber itz isch es z spät! Är hätt de nid eifach «schlaf guet!» gseit, u wyter Schuttmatsch gluegt, wen är gwüsst hätt, dass sii, wo si uf ds Kanapee ligt u seit si syg müed ... eifach nümm erwachet. Är hätt ihre de no öppis Liebs woue säge. Vilech für di gmeinsami, gueti Zyt danke. «Uf Widerluege!» säge oder «machs guet!» oder ... oder ... «Nei», seit er zu sich säuber, «öpperem wo de grad stirbt, chasch doch nid «uf Widerluege» säge, weisch ja nid, obs e Himu oder e Höu git, wo Gstorbni fridlech zämeläbe oder besser zäme himle, enang aahimle oder aahimmle oder ir Höu schwitze, schmore u schmaachte.» U derzue het er a ds schourig-schöne u ydrückleche Jüngschte Gricht über em Portau am Bärner Münschter ddäicht. – «Verpasst isch verpasst!» sinniert er. «Wenne u abere nützt nüüt!» u «Zyt zruggdrääie! Öppis ungscheh mache, geit nid!» das isch ihm klar.

E Sanduhr sött me haa», däicht er. «By dere rünelet Zyt vo obenache ache – u we Zyt – auso der fyn Sand aue ir Vergangeheit, auso dunger aacho isch, de drääit me ds Glas eifach um, u us der Vergangeheit wird Gägewart. Zyt aus ewigs «Perpetuum mobile» ... Nid digitau u wägg!» Blybt nume d Frag, ob der scho grünelet Sand, wo itz ume dobe isch, auso der aut Sand, di auti oder e nöji Zyt bringt. Är hätt ihre doch no wöue säge, dass är se gärn gha heig, dass är se us Liebi ghürate heig, u nid wägem Gäut, dass är aus beröji, wo ihre Sorge gmacht heig wäg ihm.

Är heig ihre nie wöue weh tue, heig se nie wöue beleidige, aber är syg haut mängisch e Stürmi, eine, wo vor em Rede nid geng däichi, är syg haut eso, u si kenn ihn ja.
U dass är ihre nie hätt wöue untröi sy. We si denn nid so blöd töipelt hätt, wär är nie zur Praktikantin unger Dechi gschlüffe. Aber passiert syg passiert u gscheh syg gscheh.
Was är itz no für se chönn tue, dass mach är. Är erfüui ihre Wunsch, u sorgi derfür, dass ihri Äsche im Waudpark unger der Truurwyde verströit – oder beärdiget oder bygsetzt – wärdi. Inere Voumondnacht, wi sii sech das gwünscht heig. Für dass das göng, setzi är au Heble i Bewegig. U är wöu de o einisch dert bi ihre sy letschti Rue finge. – U de het er Tag für Tag wytergläbt ... u uf e Tod gwartet. Ds Auter, ds Wüsse, dass Tröim überflüssig sy, d Gwüssheit vom Ändi het syne Gedanke d Schwäri gno, het ne miuder, gspüriger, verständnisvouer, nachsichtiger u demüetig gmacht.

Är isch zmitts am Tag im Lähnstueu ygschlafe. Zytig isch ihm us de Händ uf e Schoss gheit. Was er gläse het, isch schnäu im Vergässe ungergggange, u är ir Troumwäut versunke ... I Gedanke zruggluege, rückwärts läbe ... Langsam u mit chlyne Schrittli amene Bach nah der Queue zue spaziere, gedankewandere uf em Wäg vor Ändgüutigkeit zum Ursprung. Ds gläbte Läbe überdäiche: der Troum faat aa u hört nümm uf aafaa. D Vergangeheit ziet wi ne Fium vor sym innere Oug verby.
Är het ds Ruusche vom Wasser im Ohr, ds Murmle u Plätschere vo Wäue, wo übermüetig über Steine gumpe, won är, wi us em

Nüüt d Idee het, är chönnt ...
Är het de nümm chönne. Niemer het ddäicht, dass es o mit ihm so schnäu chönnt ga.
U was är no hätt wöue, weis me itz nid.

We Dihr däichet, Gschicht syg hie fertig, är syg ja tot, de läset nid wyter.
Aber es chönnt vilech eso gsi sy:
Är isch nid zmitts am Tag im Lähnstueu ygschlafe!
Är gloubt u hoffet eifach, dass sii – o wen är nüüt gseit het – gspürt het, dass är se schetzt u gärn het. U hingerfür chan er ja nid! U de studiert er em Läbe – em gläbte Läbe – nache.
Däicht zrugg, zrugg a Zyt, wo si no jung sy gsi. No vou im Saft. Sii het denn Im Autersheim gchochet. – U isch si nid einisch i so ne spezieue Kurs für Diätchuchi ggange? Auso ds Heim he se gschickt. Me het ja d Verpflegig nöischte Erkenntnis müesse aapasse, we me nid aus «hingerem Mond» het wöue gäute.
E ganzi Wuche isch dä Kurs ggange, u dä isch z Luzärn gsi. U si het dert müesse übernachte. E ganzi Wuche lang! U usgrächnet i der Wuche – u das scho am erschte Tag – steit im Tagebuech, won är i ihrem Nachttischschublädli gfunge het «I ha di gärn!» ... U de gits ihm schier öppis. So öppis hätt är nie vo ihre ddäicht!
Het das öppe e verliebte, heissblüetige Chuchitiger, so ne Fynschmöcker-Freak, so ne Gwürz-Lüschtling, so ne ybiudete Chochkunscht-Jünger, so ne dubiose Rezäpt-Guru, so ne obskure Gourmet-Künschtler mit styffer, wysser Chef-Hube oder ere schwarze Dechlichappe «à la mode française» ... mit gsticktem Monogramm uf der gstylete Chochchutte, e «Nöu-risk-nöu-fun-Profet», e nid ganz bbachne Röschti-Raffle-Mufti im Chuchi-Dunscht-Delirium zu ihre gseit? Wen är denn gwüsst hätt, was das für eine isch, däm hätt er de – botz wooumääu – ds Möösch putzt! U d Chappe gschrootet! Potz Donnergueg u Affezahn! Dä hätt er grad mit em Chuechetröoli platt gwauzt! – Dä yver-

süchtig Eifautspinsu het sech «posthum» i ne blindi Wuet iche gsteigeret, sech grüen u blau gergeret u nume no rot gseh! – Jä nu, teu Lüt tüe sech äbe gärn ergeuschtere u im Säubschtbeduure bade, bevor si nachedäiche u ds Naheligende i Betracht zie. – U de isch ihm de doch ändlech es Liecht ufggange: «I ha di gärn!» Chönnt är ihre das nid denn vor der Abreis! ... Auem aa het är ihre das eso säute gseit, dass sis ufgschribe, feschtgschribe, ir Läbesbuechhautig verbuechet het! – E Mürggu isch er! E Gali! E blinde Löu! Me chönnt säge e lieblose, rücksichtslose, säubschtgfäuige Egoischt. Aber das nützt itz o nüt meh. U o mit emene grosse, ärdeschöne Bluemebuggee uf em Grab unger der Truurwyde im Waudpark chan är das nid ungscheh mache. Är hoffet eifach, dass sii – o ohni Liebeserklärig – gspürt het, dass är se schetzt u gärn het. Wiu hingerfür chan er ja nid, dä Tröchni! – Är het ihre Briefe gschribe, het se verschrisse u d Fötzle sy i Papierchorb gsäglet zu de angere Fötzle, wo o ke Brief worde sy. Derfür git är jedem Vogu – wo zwüsche Himu u Ärde syner Kreise ziet – i Gedanke geng liebi Grüess für sy Frou mit.

Es git sicher mänge Maa u mängi Frou, wo ihm u ihre es ehrlechs «I ha di gärn!» wou tät!
Was däichet Dihr?
Verzeuet:

Es chunnt vor, dass eim – unverhofft us heiterblauem Himu – e «coup de foudre» trifft.
Aber das isch en angeri Gschicht.

WI CHA SO NE MAA TRÖI SYY?

Wie – um ds Himusgottswyue – cha ne Maa, won ihm d Frouehärz nume so zueflüge, tröi syy? Geng ume e «coup de foudre», da chasch nüüt mache! Geng ume Liebi uf e erscht Blick. Wes di trifft, de prelchts di! Schlaats y, wi ne Blitz! E Blitz us heiterblauem Himu. Es isch nume blöd, we das äbe geng u geng ume passiert.

Schon x-mau het är Froue versproche är wöu tröi syy, se ehre, achte u gärn ha ... bis zum Tod. U so fautsch isch das Verspräche gar nie gsi!

Ds Ändi vonere Liebi isch ja o fasch wi ne Tod. We Gfüeu stärbe, Zueneigig schmiuzt wi Schnee ar Märzsunne, Tröji verdunschtet, d Achtig brösmelet, d Luscht verkümmeret, Glychgüetigkeit sech breit macht u d Liebi sech i Luft uflöst, de isch doch emotionau «tote Hose!» U itz isch ihm das scho ume passiert. Un är isch machtlos syne Gfüeu usgliferet! – Vilech chan är mit nume eir Frou eifach nid glücklech wärde? Oder är het di Richtegi no nid gfunge?

Oder het ne vilech ds «Don-Juan»-Froueheude-Syndrom – ds ewige Spiu mit der Liebi – i de Chlaue? So ne Maa isch z beduure! Oder öppe nid? – Won är bir nöie Flamme ar Huustür lütet, plääret dinn us em Radio em Louis Prima sy Gassehouer vom

Gigolo, däm Froueheud, wo eifach nid cha u auä o nid wott tröi syy.
Passt prima!
Vouträffer! Zmitts i ds Schwarze preicht!

«*I`m just e gigolo and everywhere I go*
People know the part I`m playing,
Paid for every dance, selling each romance
Ooh, what they're saying
There will come a day ... »

U Dihr, heit Dihr beduure mit so mene Maa?
Chöit Dihr so eine öppe sogar verstah?
Verzeuet:

We dä wüsst, dass syner Stündli zeut sy! Dass är grad i ne tödlechi Faue trappet, de würd er hantli rächtsumkehrt mache u tifig – was-gisch-was-hesch – wi ds Bisiwätter dervo renne.
Aber so eine rennt äbe siegessicher u blind i nes nöis Aabetüür.
U dasmau zaut ers tüür!
Paar vo syne chaut abgleite Flamme, wo einisch für ne brönnt hei, hei sech zämetaa, u ...
Was hei si ächt beschlosse?

Was däichet Dihr, was die mit däm himutruurige Härzensbrächer vor hei?
Was miechet Dihr?
Verzeuet:

Ihm zeige, wo Bartli der Moscht reicht? – Vergifte? – Erschiesse? – Verstücklet u ir Chüeutruehe la verschwinde? – Ymuure? – Über ne Feuswand? ... Uf ere Chrüzfahrt i ds Meer? ... – Är isch eines Tages eifach verschwunde. Verschwunde gsi u verschwunde blibe. Me weis bis hütt nid wie u was u wo. Nume paar Froue wüsse wie u was u wo u warum!

*Es chunnt vor, dass eine meint me merki nid,
was är machi.
Aber das isch en angeri Gschicht.*

VELOTOUR

Si sy zäme uf ere Velotour. Är, sy Fründ u däm sy Fründin. U uf die Frou het är scho lang es Oug oder meh gworfe. Aber die het schynbar nume Ouge für sy Fründ.

«Henu», däicht er, «mir wei de luege!» – Di drüü pedale em Brienzersee nah vo Bönige här der Hoger uf. Dert stygt d Strass nämlech z grächtem aa. Bym Chiswärch obe wartet me ufenang. Der Fründ isch zersch dobe. Är pressiert äxtra nid, pedalet im aueri, aueri chlynschte Gang, stramplet wi nes Dubeli, u blybt ir Neechi vo ihre. U de radle si z dreie wyter. Z Iseltwald unger hocke si zum Verschnuufe a See. De geits ume i d Höger, u uf eme houperige Wäg über Steine u Wurzle düre Waud zu de Giessbachfäu. U de nidsi gäge Brienz. Obe am See, uf eme Grienplatz steue si Göpple ab, hocke uf grossi Steiblöck u gniesse d Ussicht über ds verwäschne Türkisblau vom Bärgsee. Rächts ds Brienzerrothorn, linggs ds Fuhorn. U mit echli Fantasie chönnt me sech hingerem Fuhorn Eiger, Mönch u d Jungfrou vorsteue. Si mache es Füürli, näh d Cervelats us em Rucksack, z Trinke, Brot u Öpfle. «Donnerwätter!» wätteret der Fründ «itz han i ds Mässer daheim vergässe. D Würscht sött me doch yschnyde. Was mache mer itz?»

«Wart», seit der anger, «i ha nes Mässer ir Saggosche.»

Är geit zu de Velo wo si unger de Hasustude i Schatte gsteut hei, nuuschet i syr Saggosche u chunnt mit eme Sackhegu zrugg. Übergit ne mit ere ungerwürfige Verböigig u mene doofe Grinse em «Chuchichef» u gspasset: «Häb Sorg, i ha de kes Verbandszüüg.»

Der Fründ präpariert d Cervelats fachgrächt, steckt jedi a ne länge Stäcke u verteut di ufgspiesste Würscht. Är wöu de nid tschuud sy, we eini sött schwarz verchole, seit er. Wo o d Öpfle sy ggässe gsi, packe si zäme.
Ds Ggaffi nähm si de z Brienz, sy si sech einig. «Haut!» – rüeft der Fründ – «I ha ne Platte!»

Är u d Fründin chehre um u häufe ratiburgere was itz. Kes het weder en Ersatzschluuch no Flickzüüg mitgnoh. Är söu das Velo ga Brienz i ds Dorf stosse u dert ychehre. Beize heigs ja gnue.
Är u d Fründin radli über Interlake i ds Nöihuus, ladi dert d Velo uf ds parkierte Outo u chömi ihn de cho reiche. – Di zwöi sy de ggange. Ihm hets nid pressiert.

We me näbenang het chönne fahre, isch är naach näb se choo, het mit ere eidütig aazüglech gschäkeret u se ganz offesichtlech aabbaggeret. Gnützt hets nüüt, u är het sech nume vor sich säuber lächerlech gmacht. Nach der Harderbahnstation hei si scharf rächts uf enes Näbesträssli abghaa u sy de der Aare nah u dür ds Stedtli Unterseen i ds Nöihuus gfahre.
Är het se wöue zum ne Ggaffi ylade. Si het abgwunke. Si wöu ihre Fründ nid no lenger la warte.

U si heig de schon gseh, win är mit em Sackmässer schnäu e Schlitz i Pnö vom Velo vo ihrem Fründ gstoche heig! – Am liebschte hätt si ds Mässer us der Saggosche zouberet un ihm di scharfi Klinge mit Wucht i d Füdlebacke grammt, eso, dass ihn dä Stich nid nume bim Velofahre läbeslänglech plaaget hätt.

Was däichet Dihr über settegi Macheschafte?
Verzeuet:

Es chunnt vor, dass me nid zwöiti Waau wott syy.
Aber das isch en angeri Gschicht.

«SÖU I? ... ODER SÖU I NID?»

Är het de haut di angeri ghürate – die isch liechter z erobere gsi.
U itz sy si syt viune Jahr us der Schueu u hei Klassezämekunft.
Di angeri, äbe sy Frou, isch gstorbe.
Itz macht ar ihre der Hof.
Söu si?
Söu si nid?
Si isch nid zwöiti Waau!
Nei! sii isch bigoscht nid zwöiti Waau!
U doch ...
Nei!
Si wott doch dä Maa – wo se synerzyt so schnäu ufggä u sich mit ere angere tröschtet het – i ihrne aute Tage nid öppe no z Tod pflege!?
Nei!
Um ds himusgottswiue nei!
Chunnt nid i Frag!
Uf ke Fau!
Oder vilech doch?
Nei!
Ganz bestimmt nid!
Oder doch?
Oder nid?
Oder doch?
Oder ...

Heit Dihr grad sofort der richtig Parnter, di richtegi Partnere gfunge?
Oder nid? Oder no nid?
Wär «zwöiti Waau» für Öich en Option?
Verzeuet:

Si sy de – trotz auem – zämezoge, u hei no paar rächt gueti Jahr gha.
Mit der Zyt isch är ihre aber schampar uf e Wecker ggange.
Är het bi fasch auem öppis uszsetze gha. Einisch hei ne Rümpf im Lyntuech bim Schlafe gstört, einisch isch d Suppe z chaut gsi oder de het ihm ds Wätter nid passt: der Schnee isch z matschig u der Räge z nass gsi! Aber da derfür het si wäger u wahrhaftig nüüt chönne. We si gseit het: «Lue einisch dä blau Himu!» Het är gseit: «Hesch de das Wüuchli dert nid gseh?!!! Är het usgrüeft u reklamiert u lamäntiert, we si ihrer Fründinne troffe het. Natürlech ohni ihn. Aleini! We si zäme sy ga spaziere u im Stadtpark no öpper näbe dranne uf ds Bänkli abghocket isch,

het er sofort vo früecher verzeut u plagiert, was är für ne
Auerwäutskärli u ne Sibesiech gsi syg. Win är aus Schofför fasch ir
ganze Wäut desumecho syg, u was är ds Spanie u ds Pole u ds
Russland u ds Afganistan u uf der Sydestrass erläbt heig. We si uf
em Heimwäg no i ds Tea-Room het wöue, het är unbedingt hei
müesse, für am Fernseh e Schuttmatsch oder e Tennismatsch oder
e Boxkampf oder es Velorenne oder Liechtathletik ga z luege.
Überhoupt het är geng meh bestimmt, was me luegt. Wo si einisch
d Färnbedienig äxtra versteckt het, isch ds Füür im Dach gsi! Si het
ghoufe sueche, aber natürlech niene nüüt gfunge. Botz Sackermänt,
het das es Donnerwätter ggä, u nes Wörtergwitter ghaglet!

«Nei!» het si ddäicht, «eso cha das nid wytergaa!» Si isch churzum
uszoge u i nes Autersheim züglet. Es isch nid lang ggange, isch är
i ds glyche Autersheim züglet. Är het ds Gfüeu gha, si ghöri ihm,
u het se o dert ume wöue «bevormunde». Är het töipelet, we si mit
angerne Manne gjasset het, u se la merke – eso dass es aui angere
o gmerkt hei – dass er yversüchtig isch. Är het se eifach nümm us
de Ouge glaa.

Einisch isch si i das Naturhistorischemuseum a ne Füerig über
Indigeni Vöuker ggange. E Voukskundlere het viu Intressants
über ds Läbe vo Mönsche gwüsst, wo wyt vor Zivilisation, i
Wäuder läbe. Si het Gägeständ u Wärchzüüg u Kuutfigürli zeigt
u erklärt, u über Brüüch, Kuutur, Gloube u Gsetz verzeut.
Usere Vitrine het si mit spitzige Finger es Fläschli gno u gseit,
drinne syg «Curare», es Jagdgift, es Pfiugift us Südamerika. Das
machi me unger angerem us Mondsamegwächs. We dä Stoff dür
ne vergiftete Pfiuspitz i d Bluetbahn vom troffene Tier chöm,
de lähmi das d Atmigsmuskulatur, u ds Tier stärbi. Wo plötzlech
eine vor Bsuechergruppe zämesacket, steut di verdattereti
Wüsseschaftlere ds Fläschli eifach uf e Rand vor Vitrine. – Sii
nimmts, u laats blitzschnäu im Hosesack verschwinde. Bi der
Ufregig, wo plötzlech ufcho isch, het das neimer gmerkt.

U de, was het si ächt im Sinn?
Verzeuet:

෴ ....

....

....

....

Genau! – Ihres Vorhabe het si lang u guet überleit, Schritt für Schritt haarchlyn plaanet u heimlech theoretisch güebt, u i Gedanke geng u geng ume düregspiut.
Är, auso dä, wo ihre uf d Närve geit, het «offni Bei», u si isch ir letschte Zyt mängisch derby, we der Verband gwächslet wird, u hiuft ganz harmlos mit. Wi d Pflegere, het si aube o Gumihändsche aagleit, u de mit Watte süferli ds Bluet, wo us de Wunde gsücheret isch, abputzt, während äini ds Verbandszüüg zwäggmacht het. Si isch auso quasi Hiufschrankeschwöschter worde.
Eines Tages het si ds Bluet us de offne Wunde mit eme ganz bsungere Wattebousch, wo si imene Plastikbächerli im Jaggesack versteckt gha het – auso mit «Curare» tränkter Watte – abtupft. Das heisst, si het dä pflotschnass u vergiftet Wattebousch äxtra lang uf di bluetegi Wunde ddrückt, u ne de tifig ume la verschwinde, wo äini mit em Verbandszüüg cho isch u süüferli verbunge het. – I der Nacht isch er de gstorbe.

U de, schudig oder nid? Mord oder Schicksau?
Was gloubet Dihr?
Verzeuet:

෴ ....

....

....

Vilech wär er ja o süsch gstorbe, meinet Dihr. – Sygs wis wöu! Mir wei dä Maa doch no chli begleite. Natürlech nid «richtig». Wär weis de scho was nachär chunt. – Aber löö mer der Fantasie freie Louf! Am angere Morge het der Reklamieri u Lamäntieri vor em Himustor gwartet. Churz vor ihm isch e Pfarrer aachoo gsi. Aber der Petrus het dise, wo so wyt ir Wäut desumechoo isch, zersch i Himu glaa. Der Pfarrer het sech ufgregt, grüen u blau gergeret, greklamiert, gjammeret u usgrüeft, dass gotterbarm, u em Petrus Vorwürf gmacht. Het ne aaghässelet u gfragt: «Warum het dä ganz gwöhnlech «Irgendöpper», dä eifäutig «Nüüt» u nüütelig «Niemer» vor mir – em gstudierte Geischtleche Herr – i Himu dörfe?» Der Petrus isch sech settıgs auä gwanet gsi. I eir Seelerue het er em beleidigete Pfarrherr erklärt, dass, wen är aube prediget heig, d Lüt ygschlafe syge. Aber we der Schofför mit sym Gar e Reisegruppe rassig um hundert Kurve über ne schmali Passstrass ueche u äne aache gstüüret heig, heige d Lüt bbättet. – Äbe desswäge!

U de, was säget Dihr?
Verzeuet:

Es chunnt vor, dass eine aabysst.
Aber das isch en angeri Gschicht.

WÜRMLI BADE …

Si wüsses scho, ohni Patänt darf me nid fische, auso ke Fisch us em See zie. Aber e Schnuer mit eme Haagge, won es Würmil dran zablet, isch ja no lang ke Fischruete! Der Vater ruederet, d Mueter list e Liebesroman u tröimt vo weis i was… Der Giu luegt mit Sperberouge, ob sech am Ändi vor Schnuer öppis tuet. Si stüüre es versteckts, romantisches Büchtli aa. Eis wo nume Yheimeschi kenne.

Churz vor der Landig streckt sech d Schnuer, u eine het aabbisse. Der Giu rüeft übermüetig «Petri Heil!» ziet der Fang yy, befreit der glitschig Fisch mit em zablige Würmli im Muu, u laat ne i Wasserchessu pflotsche, won är für e Fau vom Fischfangerfoug mitgno het. Ds Boot zie si uf ds Ufergrien. U zu de Ygchlemmte, em Haubeli Rote u em Moscht, wo d Mueter us em Hänkuchorb uspackt, wette si dä Fisch brate. Aber wie, we me kes Mässer het, cha me e Fisch nid usnäh! – Uf em verwunschnige Plätzli het öpper us eme Lade e eifache Tisch, u us Houzrugeli Hocker zimmeret. Das louschige Örti kenne auemaa o no paar angeri Lüt.

U uf em Tisch ligt wahrhaftig es auts, chli aagroschtets Fleischmässer, wo auä öpper het la lige. «Cool!» rüeft der Giu. Mit em Houzgriff vom Hegu, hout der Vater em Fisch eis uf e Gring, schuppet ne ab, putzt mit Sand der Roscht vor Klinge, schnäflet em Fisch der Buuch uf, nimmt d Innereie use, zwackt der Schwanz ab – der Gring laat er wäge de Bäckli dranne – wirft, was me nid cha ässe i See, u leit di beide Fischhäuftine uf grossi Ahornbletter. Us em düre Houz, wo d Mueter syder zämegläse u ane Huufe gheit het, zünglet gly es gäbigs Füürli. Der Giu spitzt mit däm Mässer, wo schnyt, wi ne tote Hund bysst, zwe Hasustäcke zu Spiesse, u wo d Gluet rot-glüeijig glüeit u d Sunne mit miudem Liecht der grüen See u ds verwäschnige Blau vom Himu vergoudet, wird im Büchtli bbrätlet u gschlemmet. Der Giu isch im sumpfige Wäudli desumegstrielet u het vonere chruttige Stude mit fyngfiderete Bletter u chugelige Doude – är het ddäicht es syg gwöhnlechi Schafgarbe – chlyni, wyssi Blüete zupft, u dermit der bbratnig Fisch aamächelig dekoriert. Ds nächschte Mau, seit d Mueter, nähm si de no Sauz mit.

Mit em nächschte Mau isch es de nüüt worde! Am angere Morge hei Spaziergänger näbe der graue Äsche, wo drunger no roti Glüetli gfunklet hei, e toti Frou, e tote Maa u ne tote Giu gseh lige. Ir Rächtsmedizin het me de usegfunge, dass dä Fisch, wo si bbrate u gässe hei, versüücht gsi isch. U me het vermuetet, dass di Vergiftig vor Munition, wo vor Jahre im See versänkt worde isch… Aber das isch nid aus gsi: me het ono usegfunge, dass aui drüü erwurgglet, auso erstick sy. Wius uf em Tisch grüeni, fyngfidereti Pflanzebletter u chlyni, wyssi Blüemli gha het, weis me, dass di bluemegi Dekoration ke Schafgarbe, sondern giftige Wasserschierling gsi isch, wo zur tödleche Atelähmig gfüert het.

*Kennet Dihr o schöni, gheimi, verwunscheni Örtli?
Verzeuet:*

Es chunnt vor, dass es plötzlech z spät isch.
Aber das isch en angeri Gschicht.

WEN ÄR GWÜSST HÄTT!

Wen är gwüsst, hätt, dass si bir Operation – während emene relativ eifache Ygriff – stirbt, hätt är ihre no gseit, dass är se gärn heig.
Vilech no, dass är ihre für aus danki...
Aber äbe, we me aus wüsst... U mängisch isch es sicher guet, u auä sogar besser, dass me nid aus weis. Nüüt zum Voruus weis.
Me chönnt ja gar nümm sorglos i Tag läbe, we me wüsst, was eim wartet.

Är hätt ihre no wöue säge, dass si ihm gfaut, geng no gfaut, o we si itz nümm di Jüngschti isch, u dass ne d Chräjiefüess u d Runzele u di wysse Haar nid störi.
U itz isch es z spät! Für aus z spät! Eifach z spät!

Warum, fragt är sich, het er früecher nid gseit, dass si ihm im breitrandige Summerhuet mit em weiche Schlampirand gfaut, wo si geng i de Summerferie mit a ds Meer gno het. Aber nei, de isch är no yfersüchtig worde, we ne angere Maa se aagluegt u re schöni Ouge gmacht het, oder scho nume, wen er gmeint het, eine luegi se aa! Oder är hätt ihre gseit, dass es ne geng luschtig ddüecht het, we si am Strand uf em Rügge gläge isch u mit beidne Arme linggs u rächts Haubkreise i goudig Sand gwüscht u gseit het, si syg itz en Ängu mit Flügle. U si flügi mit ihm furt, so wyt u wohäre, dass är wöu. U är Tröchni het gseit är chömm nid mit, wägem Lande. Anstatt dass är gseit hätt: «Chumm, mir flüge zäme i ds Paradies!» Är hätt ihre no chönne

säge, dass er aube stouz isch gsi, we si zäme gwauzeret hei: sii so liechtfüessig u elegant dür e Tanzsaau gschwäbt isch u ihn, e schwärfäuige Tschauppi, mitgno het, oder besser gseit, het la mitschwäbe. So liecht wi denn het är sech nie gfüeut. Sogar sys Härz isch fröhlech mitghüpft. Sys blöde Härz, wo Müei het, öpperem öppis Liebs z säge. Wo Angscht het, me chönnt zviu vo sich säuber verrate u drum lieber schwygt. Es Zämeläbelang gschwige het!

Är hätt ihre o einisch chönne säge, dass si der bescht Chäschueche bachi, zu de Bratwürsch di beschti Zibeleschweizi, di beschti Mäusuppe u ds chüschtigschte Gulasch chochi. Aber so öppis isch ihm nid über d Lippe cho. – U itz … itz isch es z spät! Är isch truurig gsi, het Abschiid gno, u Zyt het de der Abschiid i d Ändgüutigkeit treit. Aber Truur isch nid verschwunde, het ir Erinnerig Wurzle gschlage u wyter gwucheret. U ir Nacht, wes dunku u stiu worde isch, u är im Bett uf e Schlaf gwartet u mit syne Gedanke aleini gsi isch, het niemer sy Verzwyflig ghört.

*Heit Dihr o scho öpperm öppis nümm chönne säge?
Oder finget Dihrs sogar besser, we öppis doch vilech ungseit blybt?
Verzeuet:*

Dihr müesst nid geng grad ds Schlimmschte däiche.
Es git Schlimmers!
Aber das isch en angeri Gschicht.

«MIT SÄNF, BITTE!» ...

Si het Angscht! Schuderhafti Angscht! I Gedanke het si nach emne beruehigende Biud gsuecht, nach öppis Positivem, wo si sech drann chönnt häbe. Troscht u vilech inneri Rue chönnt finge. Eigentlech wär si itz grad gärn e Spatz u würd dervo flüge. Wyt, wyt, unändlech wyt furt. U de uf ene Wuuche hocke u ache luege uf das, wo si aagreiset het. Eigentlech het si ke Wuet im Buuch gha. Het nid um sech gschlage. Nid bbrüelet. Nid ghüület. Si hets eifach müesse mache. Si hets müesse hinger sich bringe. Erledige. E Schlussstrich zie.
Si isch d Stäge uuf, meh gschliche aus gloffe, lysli, dass se niemer ghört u öppe no öppis fragt. U de isch pötzlech ds Liecht usggange. Es isch fyschter worde wi inere Chue. Zum förchte! Si isch uf e nächscht Stägetritt ghocket, het ghoffet ds Liecht göng gly ume aa, u het im Mief vo Bodewichsi, Javelwasser u Sigolin, wo d Huswarti dermit di abgriffne Messingchnöpf am Stägegländer uf Hochglanz poliert het, gwartet u ghoffet. Ds Härz het bis i Haus ueche gchlopfet, tschäderet win es loses Schirmbläch amene Velo, we me uf ere houperige Strass e Stutz dürab freeset.
Im Chopf hets ghämmeret, wi we öpper e Nagu i ne Betongwand schlaat. Ungerwägs het si inere schummerige Bar e Whisky trunke. Hätt si doch zwee oder meh intus, de wäre vilech di blöde Gedanke ersoffe, u de hätt si vilech warm, u würd nid di yschegi Cheuti im Stägehuus gspüre, wo der Rügge uuf chräsmet, se hüenerhutet, se düür u düür erhudlet, u se a Körper u Seeu laat tschudere. U de ghört si Töön. Musig! Öpper spiut hinger ere Tür, irgendwo im Huus, Klavier. Bach! Akkörd hange ir Luft u schwäbe uf em Düürzug dür ds fyschtere Stägehuus, purzle i

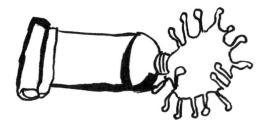

ihrer Ohre. E klari Melodie. U plötzlech gseht si klar. Glasklar. Es isch komisch wi klar e Sach wird, we me se vor angere Syte aaluegt. Janu, itz isch es gscheh! – Är isch nümm unger de Läbige! Är isch tot! ... Si het glächlet, wi we si öppis würd verstaa, wo angeri nid verstöh. Öppis würd begryfe, wos nid git.

Was däicht Dihr, was gscheh isch?
Verzeuet:

Dihr müesst nid geng grad ds Schlimmschte däiche. Es git Schlimmers! Was si gmacht het, isch schlimmer aus schlimm. Schlimmer aus ds Schlimmschte, wo me sech cha vorsteue. Unvorsteubar isch das! – Aber was? Ja, we me das wüsst, de wüsst mes. Aber si het das äbe niemerem verzeut. Ömu bis itz nid.

Was däichet Dihr, was isch es, das wo si no niemerem verzeut het?
Verzeuet:

Si leits aa. Ds schwarze T-Shirt mit em wysse Totechopf passt! Eigentlech gfaut ere das Teili nid, aber es provoziert. U si provoziert gärn. Si verchleidet sech gärn i öpper, wo si nid isch. Verzeut gärn Züüg u Sache, wo nid stimme. Git de Lüt gärn öppis z Däiche u z Wärweise. – Si söu itz ändlech säge u verzeue was u wie u warum, mahnet e inneri Stimm. Si cha nid. Si weis es ja säuber nid. Wott sech nid erinnere. Erinneret sech nid oder nümm. Aber si merkt, dass Angscht e Farbe het: Schwarz! Choleraabeschwarz! Es donnerert, u us grau-schwarze, ufblääit-wuuschtige Wuuche platsche schwäri Rägetröpf. We die uf em Bode ufschlöö, sprütze rundume chlyni Rägetröpfli i d Höchi, u jedes Glünggli wird es Blüemli, öppis win e Sunnetou – e fleischfrässendi Pflanze – u us viune Glünggli wird e gierig-hungeregi Rägetröpfli-Sunnetoumatte. Si renne zäme über dä mörderisch-gfrääsig Tröpflibluemeteppich. Är wott ihre es Müntschi gä, si git ihm e Mupf, är rütscht uus, u scho schnappe u züngle u läcke u schmatze u frässe di gfrääsige Pflanzemüüler gierig a syne Arme u Bei. Är isch chlyner u chlyner worde u verschwunde. Sie het d Wäut wi dür nes Kaleidoskop vo Träne gseh versplittere u ungergaa. U si isch i däm Tränemeer töifer u töifer gsunke, u säuber langsam versunke u ungerggange. U während ihre d Luft usggange isch, het si probiert, di zwo rätsuhafte Gwaute vom Läbe, vor mönschleche Existänz – d Liebi u der Tod – mitenang z versöhne oder wenigschtens e Kompromiss z finge. E Mittuwäg anstatt Rache! Es isch nid ggange. Wo Ihrer Idee härchöme blüeie Illusione, schiesse Nöirose i ds Chrutt u vermatsche unger der Lascht vo Schuud. Si het ... si chas säuber nid gloube, dass sii das gmacht het! – Weder im Bach, im Tobu unger no im See het me e verstümmleti Lych gfunge.

Verruckti Gschicht, oder?
Verzeuet:

«Mit Ketchup oder Sänf?» fragt ihre Fründ. D Wörter plätschere wi Wäue i ihres Bewusstsy. Nei, si het kener Flosse a de Füess, kes Surstoffgrät am Rügge, ke Schnorchu u ke Toucherbrüue, trotzdäm toucht si usere schwarze Ungerwasser-Troumwäut uf, ligt uf em sänfgäube Badtuech – rundume ke gfräsige Sunnetou, nume grüene Rase – ligt uf em sänfgäube Badtuech ir Badi, u seit: «Mit Sänf, bitte!» hocket uuf, schlüüft i ds T-Shirt mit em Totechopf, u är streckt ihre es Gartongtäuer häre mit Pommes u Bratwurscht u mene runde Sänfhuffe, wo usgseht wi gfrässige Sunnetou. U si fragt sech, was ächt der «Quintesänf» vo ihrem Troum syg.

Was meinte Dihr, was dä Troum chönnt bedüte?
Verzeuet:

Es chunnt vor, dass öpper doch nid verschwindet, u dass zletscht aus ganz angersch isch.
Aber das isch en angeri Gschicht.

WASSERRATTE

Si sy zäme nach Spanie a ds Meer i d Ferie. Är het zwar scho lang mit ere wöue Schluss mache. Het nume no nid gwüsst wie. Si het ke Ahnig gha. Si hei es schiggs Säguboot mit Motor gmietet, sy usegfahre, wyt use i ds blaue Meer, u geng wyter u wyter vom Strand wägg, bis si im unändlech wyte, blaue Horizont verschwunde sy: dert, wo Wasser u Himu zumne grosse Ganze zämefliesse u me nümm weis, ob sich der Himu im Meer oder ds Meer im Himu spieglet. Är het gfragt, ob si wöu bade. U sii, e richtegi Wasserratte, isch mit emne übermüetige «Juhuiiiii-Fröideschrei!!!» chöpflige i ds Meer ggumpet. – Ät het d Sägu yzoge, der Motor het lut ufghüület, är hets la sädere u isch inere schnittige Kurve dervo ddüüset. Eso het är das läschtige Problem elegant glöst!

E Monet später fischet sy nöji Fründin – unger angerem – e Charte us sym Briefchaschte.
Druff steit: «Meerwasserfeuchte Grüsse und salzige Küsse aus Afrika. Deine aufgefischte Nixe!» U aus Ungerschrift nüüt aus e lüchtig rote Müntschi-Lippeabdruck!

Gäuet, das isch ke schöni Gschicht!
Itz het är auä zwo am Haus!
Wi geit das ächt wyter mit der nöjie u der ehemalige, grettete, meerwasserfüechte Fründin mit de versauzne Müntschi?
Verzeuet:

Dihr vermuetet, dass, wo di nöji Schabe ihm di Charte zeigt u ne z Reed gsteut het, dicki Luft isch ufcho. – Am angere Morge dümplet uf em See es Ruederboot, u drinn ligt e junge Maa mit eme Hegu zwüsche de Rippi, zmitts im Härz. Verblüetet. Tot! Der Täter oder d Tätere – es gäb ja schyns o Froue, wo … – het me nie verwütscht. U unger üs: «Es git chum öppis scherfers aus e yversüchtegi Frou mit emne scharfe Mässer!»

Dä Maa het sy Straf übercho! Suberwui!
E mässerscharfi Straf!
Was meinet Dihr?
Verzeuet:

Aha, Dihr heit en angeri, e spannenderi Idee zum brutale Ändi vo der Beziehigs-Chischte! Die, won är denn im Meer usgsetzt het, u wo ja – wi me weis – nid ertrunke, sondern grettet worde isch, die, säget Dihr, syg zruggcho, heig ne beobachtet u ihri Sach ddäicht. Ddäicht, däm zau siis hei. Wiu si synerzyt unger emne lockere Stei ir Outoysteuhaue e Resärve-Schlüssu zu syr Wohnig deponiert heig, syg ihrem Plan nüüt im Wäg gstange. Wo ds Garaschtor einisch offe gsi syg, heig si der Schlüssu greicht. U inere fyschtere, stürmische Gwitternacht syg si ds Stägehuus ufgschliche u i d Wohnig ybbroche, heig ir Chuchi der Gashane am Herd ufddrääit u Tür zum Schlafzimmer lysli uftaa... Der Schlüssu heig si paar Strasse wyter imene Sänkloch la verschwinde. – Me heig de di zwöi, ängumschlunge u tot, im Bett gfunge, u aagno, es syg e Doppu-Säubschtmord.

Zueggää, e «eleganti» Rache-Variante!
Was meinet Dihr?
Verzeuet:

Was, no en Idee! – Öpper het di Gschicht ganz genau, haargenau u mit kriminalistischem Gspüri gläse u gmerkt, dass di nöji Fründin – «unger angerem» – e Charte us em Briefchaschte gfischet heig... auso auemaa nid nume die Charte, mit de meerwasserfüechte Grüess und de sauzige Müntschi us Afrika. «Unger angerem» heissi – vermuetet öpper – es syg no e zwöiti Charte im Briefchaschte gsi, aber vo dere heig si ihrem Fründ nüüt verzeut. Di zwöiti Charte heig si versteckt.

Auso, nachdäm e Mietere der Polizei aaglüte u gseit heig, es schmöcki so komisch im Stägehuus, heig me ir Wohnig di zwöi, ängumschlunge u tot, im Bett gfunge. Schusswunde u ytrochnets Bluet uf de Lyntüecher heige eidütig uf ene brutale Mord, ja e chautblüetegi Hiirichtig hiigwise. D Spuuresicherig heig de der ganz Hushaut uf e Chopf gsteut u jedi chlynschti Spuur usgwärtet, aber ke bruchbare Hiiwys gfunge. Nüüt! Eifach nüüt! Aber wius ke Mord ohni Täter u ohni Tatverdächtegi gäb, heig me wyter gsuecht, u de im Toilettetäschli vo ihre – auso vo der nöjie, u itz tote Fründin – e chlyn zämegleiti Charte entdeckt, wo druffe nüüt aus ds Wort «Schlampe!» gstange syg. «Schlampe!» mit Usruefzeiche. Der Oberteu vom Usruefzeiche syg eidütig es

Grabchrüz u der Punkt drunger e Toteschädu gsi. Es Piktogramm! Es dütlechs u unmissverständlechs Biuderschriftzeiche! E klari Aasag! E offesichtlechi u eidütegi Morddrohig! E handfeschte Bewys! Ds Handynummero – wo der Schrift aa auä sii uf di Charte gschribe heig – heig de zum Mörder, auso zu ihrem abservierte, stärnsverruckte, tubetänzig-yfersüchtige Liebhaber gfüert, zu däm, wo si für dise verlaa heig.

Gäuet, es isch äbe nid geng aus eso wis schynt!
Verzeuet:

☠ ....

....

....

....

....

....

....

....

Spannend: Öpper het eis u eis zämezeut u meint, dass, di zwöi vilech u vermuetlech u wahrschynlech auä scho vor em «Chochgasagriff» tot – auso ermordet – syge gsi oder chönnte gsi syy.

Es chunnt vor, dass me nid glycher Meinig isch.
Aber das isch en angeri Gschicht.

FRÖIDETRÄNE

Schneeflocke wirble ir Luft dürenang, wi we si sech müesste bsinne, ob obsi oder nidsi. Stiu isch es, aus ob aui Grüüsch ygfrore wäre. Si gspürt, dass se ds Glück ougeblickschurz gstreift het. Fröideträne rugele us ihrne Ouge, rünele über d Backe zu de Muulegge u tropfe uf e mohnrot Morgerock, wo si im Bluememuschter versickere. Si wüscht se nid wägg, putzt se nid ab. Laat se troole. D Ougewasserbächli schwemme furt was isch gsi. Si fragt sech, ob ds Glück irgendwo im Hirni huset oder obs im Härz wohnt.

Ob me Glück cha vergässe oder ob me Glück vilech nume cha wöue vergässe.

Si löscht ds Liecht, hocket im Fyschtere u laat de Gedanke freie Louf, laat se dür Zyt u Ruum schwäbe. «Es git viu Frage», däicht si. «Es git viu Antworte, aber weli stimmt? Weli isch wahr? U weli chunnt der Wahrheit am nechschte?» – Si isch schwanger! Si weis es ersch syt paarne Stund. Es Chind! Si fröit sech. Obwou sii sy bsitzergryffendi u gwauttätegi Liebi jedes Mau aus Zuemuetig empfingt, fingt si, das Chind müess e Vater haa.
Si mues ihms säge. Aber wenn? U wie? «Was einisch gseit isch, cha me nid ungseit mache», däicht si. – Si schilet nach der Zytig uf em Tisch, wi we si dert drinne di passendi Antwort würd finge.

Si nimmt syner Händ i ihrer Händ, luegt ihm i d Ouge u seit ... seit eifach, wi we das ds Normauschte vor Wäut wär: «Mir überchöme es Chind!»
Obwou er nid fromm isch gsi het er d Händ im Äcke gfautet, wi wen er wett hingerzibätte, isch de desume tigeret, wi wen er es Revier wett marggiere. De het er d Muslg ufdräält, dass d Luft vibriert u d Wänd zitteret hei. Het d Händ, wo ihre itz wi Pranke vorchoo sy, ume im Äcke verschränkt, het sech uf d Ungerlippe bbisse, u mit eme ufmüpfige Flackere i de Ouge gseit ... oder vilech öppis wöue säge ..., het aber gschwige. Ds Schwyge isch wi ne dumpfi Lääri ir Luft ghanget. Irgendwie het si im Schwyge öppis wi Zärtlechkeit gspürt – oder wöue gspüre. Zärtlechkeit ... u glychzytig Hass!
Si hei sech gägesytig mit Blicke inenang verhäicht u gschwige.
– Won er Tür zuegeschlage het – eso, wi we si niemeh ufgieng – isch es unheimlech stiu worde. Stiu, wi we Zyt würd stiu staa. U si het e schwarzi Ahnig gha.

Was däichet Dihr, was het är gmacht oder ddäicht oder ungerno?
Was isch passiert?
Verzeuet:

Zyt isch aber nid blybe staa. U si wartet. Si hocket uf em Kanapee, geng no im Fyschtere, d Händ über em Buuch gfautet, u luegt dür ne Träneschleier de Schneeflocke zue, wo itz im Schyn vor Strasselampe am dunke Nachthimu tanze. Zwüsche Himu u Ärde hange, schwäbe, im Ungwüsse wirble, bevor si irgendwo lande.
Wo landet ächt ihri Liebi? – Wo landet sii? Wo landet är? Wo lande si beidi?
U was, we das Chind nid vo ihm isch? Was, we ds Chind bruni Ouge, bruni Hut u schwarzi Chrusle het? – Was, we der Usrütscher denn ... u ds zärtleche Schäferstündli mit däm schöne Afrikaner? ... Si wird chrydebleich, het plötzlech heiss u chaut: Schweissusbrüch u Schüttufröscht. U de wirds ere himutruurig schlächt. Si chnöilet vor der WC-Schüssle u worgget u wörgget u ggöögget u chotzet gruusigs, gäubs, süesslechs Gschlüder. «Souerei!» u «Ekuhaft!» däicht si, u rybt Verzwyfligs-Träne us de Ouge. U de hocket si ganz erschöpft uf ds Kanapee, geng no im Fyschtere, u wartet. Si ghört nid, dass er ychechunnt, meh schlycht u düüsselt aus chunnt. – «Päng!» ... E Knau verschrysst di schwarzi, gedankenschwäri Stiui! – «Päng!» – u no einisch «Päng!» – U mit eme lute «Päng» gheit d Wohnigstür i ds Schloss. U mit eme lute «Päng» schletzt er d Outotüre zue. – Vor em Kanapee am Bode ligt e Frou imene Morgerock mit mohnrote Mohnblueme, wo langsam im Bluet bluetrot ertrinke.

Was für ne Gschicht vo Liebi, Läbe u Tod!
Warum passiert so öppis?
Verzeuet:

Es chunnt vor, dass eine a syne wüeschte Wörter erstickt.
Aber das isch en angeri Gschicht.

DI SCHÖNI, GROSSI, FRÜNDLECHI FROU & DER CHLYN, HÄSSLECH, EIFÄUTIG ZWÄRG

Si isch e schöni, grossi, fründlechi Frou.
Är isch e chlyne, hässleche, eifäutige Zwärg.
Är schwärmt für di Frou. Die u ke angeri wott er!
Si schwärmt für ne angere.
Si isch arm.
Der anger isch o arm.
Der Zwärg isch rych. Stinkrych.
Wiu si nid vo säuber chunnt, laat der Zwärg di schöni, grossi, fründlechi Frou entfüere.
Um sys Huus, wo ne Villa, es Ritterguet, e Burg, e Palascht, ja es Schloss isch, hets e höchi Muur. Aui Türe, Tor u Törli ir Muur si Tag u Nacht bewacht.
Der chlyn, hässlech, eifäutig Zwärg laat aus für ds Hochzyt zwägmache.
Feschtlech söus sy! Prunkvou! Föidau! Pompös! Grandios! Bombastisch!
U di schöni, grossi, fründlechi Frou mues nüüt, aus im rächte Momänt «Ja» säge.
Das bringt är ihre de scho no by!

Är bruucht e nöji Kluft, u prachtvoui Chleider für di grossi, schöni, fründlechi Frou.
Är laat der Schnyder la cho für Mass z näh.
Nume di fürnähmschte, schönschte, apartigschte, fynschte u tüürschte Stöff chöme i Frag. – Der Schnyder bringt di feschtleche Chleider zur erschte Aaprob inere grosse Gofere. Der Schnydergseu hiuft ihm trage.
Bir letschte Aaprob chüschelet der Schnyder der grosse, schöne, fründleche Frou i ds Ohr, si söu sech i der Gofere verstecke. Är leit es paar Stoffbitze uf di schöni, grossi, fründlechi Frou, schletzt der Goferedechu zue, ds Schloss schnappt y, u der Schnydergseu hiuft di schwäri Gofere use uf e Chare trage.
Der Schnyder geit bim chlyne, hässleche, eifäutige Zwärg ga der Lohn reiche u verspricht, är bringi de di schön gletteti Garderobe am nächschte Tag rächtzytig zum Fescht. Der chlyn, hässlech, eifäutig Zwärg brüelet ne aa, är söu ne i Rue laa, sech pfääje u de ke Pfusch lifere! Süsch ...
«Befäu isch Befäu!» däicht der Schnyder, u macht sech schnäu – was-gisch-was-hesch – us em Stoub.
Un es «Happy End» isch es «Happy End!» Gschicht nimmt es guets Ändi! Di schöni, grossi, fründlechi Frou u der Schnyder hei mängs Jahr, zwar bescheide, aber glücklech zäme gläbt.
Der chlyn, hässlech, eifäutig Zwärg het vor luter Erger, Töibi u Wuet so lut gmöögget, gschroue, glärmet, ggrännet, ghässelet, ggeiferet, ggiftelet, gcheibet, gchäderet, grumpusuuret, gfluechet, glamäntiert, gheilandet, gherrgottsdonneret, gläschteret, gwätteret, gwimmeret, gwummeret, gchouderet, ggriesgräämelet,

gmofflet, gmufflet, ggirigaagget, gsirachet, glyyret, gschumpfe, guflaatet, gholeiet, gjohlet, ggröhlet u gchatzejammeret, dass är – grad wo der Schnyder us sym Troum erwachet – a de böse Wörter erstickt.

Gäuet, das isch däm blöde u überhebleche Zwärg rächt gscheh!
Oder öppe nid?
Wäret Dihr lieber mit emene eifäutige, ryche Zwärg zäme, aus mit eme arme, yfüeusame, eifache Maa – o wes nume im Troum wär?
Verzeuet:

Es chunnt vor, dass eim d Haar z Bärg stöö.
Aber das isch en angeri Gschicht.

GSCHEH ISCH GSCHEH!

Si luegt im Internet Hochzytsröck aa. U de geit grad es Mail yy.
Si tuets uf u list:
«Es tut mir wahnsinnig leid!!! Du musst es glauben, es tut mir wirklich, ja, wirklich und aufrichtig, ehrlich, wahrhaftig und wahnsinnig leid!!! Aber wir haben miteinander geschlafen! Er und ich. Er ziet mich magisch an und er sagt, ich sei sein süsses Gift. Entschuldigung! Tausendmal Entschuldigung! Es tut mir leid! Wie gesagt, wahnsinnig leid! Vergib mir! Aber passiert ist passiert! Ich wollte dir das sagen. Ich denke, das solltest, ja musst du wissen.»
Ihre stöö d Haar z Bärg! «Gscheh isch gscheh!!! So eifach isch das!» brüelet si. D Enttüüschig u d Wuet raase vom Hirni diräkt i Pfüüscht! Wen är itz da wär, de... de würd si ne verchnütsche! Ne verprügle u dryschaage, bis er grüen u blau wär u nidemau meh «papp» chönnt säge. Si laat sech büchligse uf ds Kanapee gheie u brätschet mit beiden Pfüüscht u mit vouer Wucht – wi ne wüetige, düppuhürnige Houzhacker – uf ds Chüssi, dass d Näht platze u ne Hüenerfädereschneesturm ir Luft desume wirblet. Si päägget u möögget u hüület wi ne Schlosshung, u schlaat um sech, bis ihre aus weh tuet. – Si hei doch wöue hürate!

Si mailet ihm, dass si nüt meh vo ihm wöu wüsse, dass si ne nie meh, nie meh, gar nie meh wöu gseh, dass si ne verachti u hassi, dass är e miise, e obermiise, e blöde u gemeine Kärli syg, dass är ihri Liebi verrate heig. – Es tüei ihm soooooo leid! Es syg eifach passiert! Me chönn doch über aus rede! Si söu ihm doch no e Chance gä! Är heig se doch gärn! Är wöu se doch nid verliere!

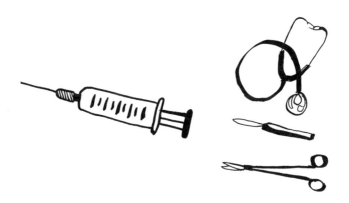

Är wöu doch mit ihre zämesyy! Är wöu doch sii u nume sii hürate! Si syg doch sy Schatz, sys Schätzeli! Si syg doch sy Ängu! Das zwüsche ihne zwöine syg doch öppis ganz Bsungers! Öppis Fimaligs! «Sövu Usruefzeiche i dene paar Sätzli», spottet si. U es lächeret se schier. Är chunnt ere vor, wi ne Hund, wo der Schwanz yziet u se verschlage-schuudbewusst vo ungerueche aaluegt, ungertänig weisselet u joulet u winslet u aabättlet u aaschmachtet u aahimmlet. «Nei danke!» mailet si zrugg – o mit Usruefzeiche. – Si wöue sich doch uf nöitralem Bode träffe u zäme rede, schlaat är vor, bevor me eifach der Huet ufwärfi u der Bättu häregheji. Am Frytig am sächsi ir Stadt. Är wärdi ihre de churz vorhär säge wo genau. «Okay!» quittiert si dä Vorschlag, nid ohni Hingergedanke – u ume mit Usruefzeiche. – «Hotäu Stärnebärg, Zimmer 313!» mailet är, natürlech mit Usruefzeiche.

Si parkiert irgendwo am Trottoirrand. Louft dür d Stadt zum Hotäu, geit düre Hingerygang i «Stärnebärg», u fahrt mit em Lift diräkt i dritt Stock. «We dä meint, är bringi mii mit chly schmychle imene Hotäuzimmer ume Egge, de het är sech ghörig tosche!» däicht si – ume mit Usruefzeiche.

Chuum het si gchlopfet, geit Tür uf, u är – dä Eifautspinsu – steit mit offene Arme u mene uschuudig-süesse Lächle vor ihre. Si macht sech chlyn u schlüüft unger sym usgstreckte rächte Arm düre i ds

Zimmer. «Ne-nei», däicht si, si bruuchi ke Umarmig u so Züüg. Si hocket ab, leit d Händ i Schoss, seit kes Wort, luegt ne nume aa. Är ziet e Stueu vor se häre, hocket ab, u versperrt ere – we si öppe eifach wett gaa – der Wäg ab, u lamäntiert, wi leid ihm aus tüei, u dass är sech nümm chönn erkläre, warum är mit ihrer Fründin i ds Bett gstige syg. Die heig ihn auä verhäxet. Är syg doch kene vo dene, wo so öppis vorsätzlech machi. Nei, är doch nid! Niemaus! Är verstöng sich säuber nid! Si söu ihm doch no e Chance gä! Aus tönt nach Usruefzeiche! – «Nei! U no einisch nei!» seit si ganz ruehig, nuuschet ir Täsche, steit uf, luegt ihm töif i d Ouge u sticht zue. – Si tuet d Tür lysli zue, rennt d Stäge ache, geit – wi si choo isch – unbemerkt usem Hotäu, hocket i ihres Outo, schnuufet töif düre u fahrt hei. – Am Mändig ligt e Lych auf em Seziertisch ir Rächtsmedizin. Si het Dienscht u söu usefinge, a was dä jung Maa so plötzlech gstorbe isch. Si fingt nüüt ir Läbere, nüüt i de Niere, nüüt im Mage, nüüt im Bluet... Si stocheret u schniflet mit em Skalpell luschtvou am Härzmusku umenang. Am liebschte würd si das Härz eifach useschnäfle u i ds Gheg vo de Hyäne im Tierpark pänggle! – Das Härz, wo se so hingerlischtig u hingerhäutig hingergange het. U sii – sy Ängu u o sy Todesängu – het sy Name mit bluetroter Tinte us der Agenda gstriche.

Was däichet Dihr, a was chönnt dä jung Maa gstorbe syy? Aha, Dir wüssets!
Verzeuet:

Komplimänt, Dihr heits errate. Insulin! Si het ihm Insulin gsprützt. Das sänkt bi Lüt, wo nid Diabetiker sy, der Bluetzucker, füert zum Tod, u cha im Bluet nid nachegwise wärde.
Clever!

U was het si ächt mit ihrer «beschte Fründin» gmacht? Verzeuet:

Es chunnt vor, dass es doch vilech no Hoffnig git.
Aber das isch en angeri Gschicht.

E HUUCH VO POESIE

Si het e Schauplatte uf em autmödische Gramofon abgspiut, u us em Trichter hets tönt, wi we si e Büchse Ärbsli ufta hätt, so chugelirhythmischrund sy Konsärve-Tön us de Riue böhnlet, ihm i d Ohre troolet, u hei ne troffe wi nes Haguwätter. Dose-Musig im dopplete Sinn! Aber äbe, o ds Banale het e Huuch vo Poesie, genau wi d Liebi!

Är het sech gfragt obs «true love» würklech gäb, het sech gfragt, ob me Höchine u Töifine vom Läbe vilech o chönn mässe, wi Schwingige vo Tön ir Musig. – D Musig hätt passt, u d Frag het passt. Är isch e Ärbslizeuer. Uf ihn cha me zeue. Är isch gnau wi nes Chiuchezyt, u zuverlässig wi d Wätterprognose. Är nimmt gärn öppe öpper uf en Arm. Schwärmt ds Blaue vom Himu u isch doch gärdet. E Luftibus mit Bodehaftig!

Si het ddäicht, u glychzytig gwüsst, dass aus es Zytli här isch, u dass sii a auem, wo denn isch gsi, nüüt meh cha ändere. Aber es het se nid los glaa. D Erinnerig a das, wo verlore ggange isch, het i ihre inne gglüeit u gmottet, wi nes erstickts Füür unger emne Mutthuuffe, u se mängisch schier verbrönnt u vor Truur versprängt. Es kabutts Glück, e kabutti Liebi, wo i tuusig Splitter verschärbelet isch, u scharfi Kante hei bluetegi Wunde i d Seeu gschnitte. – Überigens: us de Erinnerige chönnt si sech e Dechi zämeblätze, aber die gäb nid warm! Lieber möcht si sech i d Vergangeheit zrugg taschte u ds Läbe nöi zämeblätze.

Är isch denn ggange, het nüüt gseit, wiu er nüüt Ändgüutigs het wöue säge. Nüüt het wöue säge, wo sii hätt chönne düte. Är het nid wöue, dass öppis ufhört, wo vilech gar nid fertig isch, het aus wöue offe laa, het nüüt wöue, aus Abstand. – Är het doch vo ihre nüüt Unmüglechs erwartet oder verlangt, u sech mängisch, i einsame Stunde gfragt, warums eso usecho syg. Obs nid o angersch hätt chönne syy oder wärde. Ds Läbe. Ob ds Schicksau oder der Zuefau mitgspiut heig. – Är het überläbt. Irgendwie. Überläbe isch fautsch. Är füeut sech meh «unger» aus «über». Chunnt sech vom Schicksau überfahre u em Zuefau ungerworfe vor. Verdrückt! Derzwüsche gchlemmt! Schuudig! Aus verchachlet! Ei Schärbihuuffe!

D Musig het o nach Jahre geng no ärbsli-chugelirhythmischrund us em autmödische Gramophon gschepperet. «Gits o Konsärve-Liebi? Liebi ohni Verfaudatum?» het si sech gfragt. Si hei sech doch zum Frässe gärn gha? Är het se doch gärn ghaa! Si het ihn doch gärn ghaa! – Ghaa! Isch es eifach nid gnue gsi? Hätt sii für ihn würklech aus söue ufgä? Aus, wo ihre wichtig gsi isch! Denn. We me jung syg, läbi me im Hie u Itz. Vilech läbi me de im Auter ir Vergangeheit u chnorzi i de konservierte Erinnerige am «Denn» u am «Aube» u am «Warum» u am «Wiso» ume, het si dddäicht. U isch froh gsi, dass me zersch jung isch u de aut wird. U doch ischs ere vorcho wi ne dopplet verchehrt-verchehrti Wäut!

Är isch sech i sym Schärbihuuffe vorcho wi eine, wo glasegi Ouge wyt offe het u doch nüüt gseht. U syner Tröim hei d Würklechkeit uf Abstand ghaa.

Si het ir Vergangeheit gchramet u ir Zuekunft gstöberet u luter Sätz us Buechstabe u Wörter ddäicht, wo aus wüsse, u doch nüüt chöi erkläre. Si het ihrer Gfüeu sortiert, tischelet u i Gedanke i d Ornig taa, was nume im Chaos sy Reiz het ghaa, u nume im Gfüeuspuff Sinn het gmacht. U si het dran zwyflet, dass es überhoupt e «Non-Profit»-Liebi, auso di grossi, wahri, ächti, äbe «true love» git.

Är het geng no ihre Gruch ir Nase. E Duft isch wi ne Schatte – aber ohni dä oder die, wo ne wirft – isch wi ne Melodie ohne Tön, e Fium ohni Biuder, e Brandig ohni Meer, e Orkan ohni Sturm, e Blitz ohni Donner, e Wuuchebruch ohni Räge, e Wasserfau ohni Wasser, e Voumondnacht ohni Mond, e Rägeboge ohni Farbe, e Himu ohni Blau, e Nacht ohni Tag.
Är het Ferieprospäkte u Stadtplän aagluegt, für der Sehnsucht e Bode z gää, u di Biuder mit i Tröim z näh, Zouber-Biuder, wo Abstand i Würklechkeit verwandle.

Si het ds Chrüzworträtsu glöst u abgschickt. De het si es Glas Gwürztraminer ygschäicht, gnippt u gschlücklet, u naadisnaa hei sech faadi Gedanke u schali Gfüeu mit em fruchtig-süffig-süesse Räbesaft zumene erwartigsvou-frivole Fröide-Cocktail gmischt. Si isch chli benäblet im sibete Himu sanft uf wysse Wuuche gschwäbt, u het sech vorgsteut wis wär, we si di Rätsu-Prysreis würklech würd gwinne.

Si het de e Chrüzfahrt gwunne. Itz steit si ds Los Angeles im «Aquarium of the Pacific» am Rainbow Harbour z Long Beach, u stuunet über di viufäutegi, bunti Ungerwasserwäut. Si drückt d Nase a dicks Glas, luegt de Fische zue u ihrer Ouge ertrinke ir Wasserungerwäut. U de gseht si sys Gsicht. Si drückt d Nase platt, ds Gsicht verschwindet nid. Fata Morgana? Hirngschpinscht? Illusion? Ybiudig? Fiktion? Vorspiegelig von fautsche Tatsache? Oder öppe Wunschtroumwahn? – Si mues use a d Luft!

O är het vor angere Syte dür ds Meerwasser zwüsche Fische u Koraue ihres Gsicht gseh. Ihre Schatte het ne bländet, u är het sech gfragt, wi das chönn syy. Fata Morgana? Hirngschpinscht? Illusion? Ybiudig? Fiktion? Vorspiegelig von fautsche Tatsache? Oder öppe Wunschtroumwahn? – Är mues use a d Luft! U de chrüze sech ihrer Wäge. Sii ungerwägs. Är ungerwägs. Zur glyche Zyt am glyche Ort! Schicksau? Zuefau? Si luege enang aa. Luege u sueche nach em Gsicht, wo si kenne, kennt u nie vergässe hei. U wi denn Konsärvemusig us der Ärbslibüchse böhnlet isch, troolet itz d Hoffnig us der Büchse vor Pandora.

«I bis!» seit är. «Du bisch es!» seit sii u chas fasch nid gloube. Beidi hei ds Gfüeu, es syg wi aube, u doch hei beide ds Gfüeu, si heige öppis verpasst, heige sich verpasst. «So öppis!» seit si. Si luegt ne aa u stuunet, luegt u luegt… Ds Härz chlopfet wi wiud, gumpet u macht e Pürziboum mit doppleter Schrube samt Salto rückwärts u vorwärts. Mit der Hand strycht si – wi früecher – verläge e Haarlocke hinger ds Oh. E Locke, won är weis, dass si dert nid lang blybt.

«So öppis!» seit är. Är het ds Gfüeu, är müess ihre öppis erkläre, weis aber nid was u wie. Verläge vergrabt är d Händ i de Hosesek. Si däicht a dä Momänt, wo si ne zum erschte mau gseh, u sech Haus über Chopf i ne verliebt het genau eso – mit de Händ i de Hoseseck – isch är vor ihre gstange. U si gspürt, dass das, wo se einisch verbunge het, geng no amene Sydefädeli hanget. Si hoffet, u het glychzytig angscht, dass är ihre vilech für geng abhandecho syg. Dass är imene Läbe läbi, wo sii ke Platz heig. U si sehnt sech nach syne Händ, nach syne sanft-bsitzergryffende Berüerige. Sehnt sech eifach nach ihm.

«Was itz?» fragt är, u im Ton schwingt fröhlechi Unsicherheit u truurige Übermuet mit.

Wi geits ächt wyter?
Verzeuet:

♥ ....

....

....

Si het ne nümm wöue verliere. Het ne ganz für sich wöue. Aber d Vergangeheit, ihri Enttüüschig über sy Flucht denn, isch wi ne schwäri Lascht geng schwärer zwüsche ihne gstange. Am Jahrestag vo ihrer «Versöhnig» het si ne zumene Champagner-Picknick yglade. Ganz romantisch bi Voumond hei si am See – wo gglitzeret u gflimmeret u gflunkeret u gflackeret het, wi we d Miuchstrass i ds Wasser gheit wär – uf ewegi Tröii u uf «true love» aagstosse. U derzue sy di aute, chugelirhythmischrunde Konsärve-Tön us em Handy böhnlet, u ds Ganze het e Huuch vo Poesie gha … genau wi d Liebi!
Am Morge hei Spaziergänger dä Maa im Ufegras gfunge. Tot! – I sym Glas hets äbe näbe Champagner u K.-o.-Tropfe no e rächte Gutsch «True-Love-Drug» Ecstasy gha …

U de?
Verzeuet:

♥ ....

....

....

*Es chunnt vor, dass me nid weis, ob öppis es Missgschick,
en Unfau oder ... vilech doch Mord isch.
Aber das isch en angeri Gschicht.*

SPORT ISCH GSUND

Är ziet der Buuch y, streckt der Rügge, o wen er nume a se däicht. Är isch bis über beid Füdlebacke verliebt. Sii isch e düretränierti, athleteschi jungi Frou. Wen är se zärtlech oder o chli chächer a sech drückt, gspürt er – statt weichi Brüscht – es chnochigs Bruschtbei u ne herte, ghögerige Wöschbrättbuuch. Sogar Liebimache isch für se Sport. Si träniere zäme im Fitnesszäntrum. Jede Aabe nach der Büez, u am Samschtig u am Sunntig. Sy «Body» isch o nid ohni, aber är füert nid über jedes Muskugramm Buech. Muskle statt Fettpöuschterli isch für ihn nid ds A u ds O. – Eigentlech isst är gärn, u nid geng nume «gsunds Züüg» wi Salat u Gmües. Är gönnt sech öppe Pommes mit Ketchup, u derzue es paniertes Blätzli oder es «Cordonbleu», u nes Glas Rote. U hingernache es «Tiramisu». Oder Spaghetti mit Tomatesosse, u ne Bratwurscht, u de no e Merängge. Oder Surrüebe, Härdöpfle u schön dürzogne Späck, u vilech no es Schwynswürschtli oder zwöi. Ihre strääuts grad hingere, wen er vo so öppisem o nume aadütigswys schwärmt. Si schwört uf äxtra «Powerfood» mit Protein, uf fettarmi Miuchprodukt, Magerquark, Magerjoghurt, magers Fleisch, Lachs u Thunfisch, ab u zue chli Parmesan, Roti Linse, Quinoa, Kidneybohne, Ärbsli, Soja u Banane. Si het ihm vorgrächnet, dass für ne optimale Erfoug bim Muskuufbou e Proteinmängi vo täglech 1,8 Gramm pro Kilo Körpergwicht empfole wird, auso guet ds Dopplete vo däm, wo ne normale, erwachsne Mönsch bruucht. Das Ernährigsdiktat geit ihm uf e Wecker!

Ir Gantine vom Betrieb won är wärchet, macht eini es Praktikum ir Chuchi. E fröhlechi, chli mollegi Nuudle. Me gseht ere aa, dass si auä gärn isst. U me ghört, dass si gärn lachet. Es chunnt, wis äbe mängisch chunnt! «Mönsche u Liebi», das isch es Kapitu für sich! Wen är die fröhlechi Nuudle i Gedanke ärfelet, de gspürt er hampfelewys Püppi, u süsch no wohlig-praui Rundige. Un är ghört es luschtvou-luschtigs, gügeligs Lache ... Läbesfröid puur, won ihm woutuet bis i d Seeu. «Di Frou isch e Sächser im Lotto mit Zuesatzzau», däicht er. – U drum möcht er eini – äbe äini – los wärde. Aber wie? U mit der angere möcht er aabändle.

Wo si umen einisch zäme träniere, seit si, är söu ere häufe, si wöu bim «Bänklidrücke» d Bizepse fecke. Är söu – für au Fäu – Hiuf staa. Si häicht ar Länghantu-Stange liggs u rächts geng meh u geng schwäreri Yseredli aa, u geng meh u no meh Gwicht. Am Chopfändi vom Bänkli, wo si rüggligse druff ligt, steit är parat: d Arme usgstreckt, breitbeinig ir Grätsche, mit aagwinklete Chnöi. Si het d Stange stier im Oug, bysst uf Zähn, schnuufet yy, presst d Luft i Bruschtchaschte, chrampfet, drück u stemmt ds Gwicht mit zitterige Arme i d Höchi. Plötzlech säderet d Stange obenache, är gryft blitzschnäu zue, ds glatte, runde Yse rütscht ihm us de schweisige Händ, gheit ere uf e Haus, steut ere d Luft ab, u bricht ere mit eme chnochige Knacke ds Gnick!

Är het nid sofort häregluegt. Ersch wo us ihrem wyt offene Muu – wo mit de rote Lippe, de wysse Zähn u der usegstreckte Zunge usgseht wi ne fleischfrässendi Blueme – ersch, wo warms, rots Bluet uf syner wysse, nygu nagu nöie Sport-«Sneeker» tropfet, het er gluegt. Het i ihres rächte Oug gluegt, wo us der Ougehöhli gchuglet, nume no amne dünne Närvefade bambelet u ne – wi ne blaugrau-gspräglete Märmu – aastieret. Ds angere Oug het stumpf i ds Lääre glotzet.

U de, was gloubet Dihr?
Missgschick?
Unfau?
Oder vilech doch Absicht?
Verzeuet:

Es chunnt vor, dass sech es Problem vo säuber löst.
Aber das isch en angeri Gschicht.

SEEROSEGARTE

Si seit, si göng no schnäu chli i ds Wasser.
Si het ds Meer gärn.
Si wär mängisch gärn e Fisch oder süsch es Meertier.
Si schwümmt, ligt de uf e Rügge u laat sech vom weiche, warme Wasser trage.
Si schouklet uf sanfte, sunnegoudige Wäue.
Si gspürt, wi öppis Weichs se sidefyn streift.
Si gspürt, dass öppis komisch isch.
Si gspürt, dass öppis angersch isch aus süsch.
Si gspürt, wi längi, weichi Arme ihre Körper fyn abtaschte.
Si cha sech nümm uf e Buuch chehre u schwümme.
Si isch baff, überrascht, fassigslos, hiuflos.
Si isch wi verzouberet.
Si isch wi glähmt.
Si rüeft um Hiuf.
Si rüeft si syg umgarnet, gfange imene Netz.
Ihre Maa nimmt ds Touchermässer, won är bim Schwümme im Meer geng bi sech het, us der Badtäsche, rennt samt em Chopftuech, won är wäge der Glatze aus Sunneschutz bruucht, übere heiss Sand i ds Wasser, rennt düre wyss Wäuegischt, chlemmt ds Mässer zwüsche Zähn – me chönnt meine, är syg e verwägne u gfährleche Seeröiber – schwümmt u schwümmt u gseht, wi ne grosse Tintefisch mit gschliferig-schlaberig-nüupige Fangarme am Badchleid vo syr Frou umefingerlet, mit grosse Ouge intressiert der ufdruckt Seerosegarte muschteret ...

u de syner Tentakle büschelet u mit ruckartige Stossbewegige wägg schwümmt. Abtoucht. Verschwindet.

Är isch froh, dass er das gfährleche Mässer nid het müesse bruuche, u dä gwunderig Seeroseintressänt schynbar nume bluemegi Absichte gha het. U süsch hätt de dä zäharmig Chopffüessler es feins Znacht ggä!

Güuet, mängisch het me Absichte, wo di angere fautsch interpretiere.
Isch das Öich öppe o scho passiert?
Het sech ds Läbe öppe o scho über Öich luschtig gmach?
Verzeuet:

Es chunnt vor, dass e Maa spurlos verschwindet.
Aber das isch en angeri Gschicht.

RAVIOLI MIT PIGGANTER FÜUIG

Dä het eifach nid chönne tröi sy. Jede Rock – churz oder läng –, jedes knackige Frouehosefüdle het ne greizt. D Hormon hei verruckt gspiut, hei en Art eroteschi Suchtpotänz stimuliert. O mit verbungne Ouge hätt är sys Jagdopfer gwitteret. O si isch nid von ihm los cho. Obwou är aui ihrer Fründinne verfüert het! Irgendöppis het dä Maa unwiderstehlech gmacht. «Itz längts!» het si gfunge. Si wöu ihm am Samschtignamittag öppis Intressants zeige, är söu a Fröidebärgwäg i Betrieb choo. Aus Gschäftsfüerere het si jederzyt Zuetritt zur Grossmetzgerei. Si gö zäme i Tiefchüeuruum. Är vorab... Si schletzt d Türe zue, ds Schloss schnappt y. Si schiebt der Rigu. Är dinn. Si duss.

Am Sunntig, gäge Aabe, het si däm gfrornige Lüschtling d Chleider abzoge, ne fachgrächt zerleit u dür e Fleischwouf ddrääit.

D Wuche druuf ladt si ihrer Fründinne zunere Summernachtsparty y. Zersch gits «Amuse-Bouches» u derzue e «Liebfrouemiuch» im Bocksbütu vom «Nonnestyg». De e Spargugremsuppe mit gröschtete Männertröisame. Aus Vorspys Liebesöpfusalat us gäube Tomate mit em verheissigsvoue Name «Bella bionda», mit Büffu-Mozzarella u früsche Liebstöckubletter.

Aus Houptgang säuber gmachti Ravioli mit pigganter Füuig anere «Sauce funèbre», garniert mit Pfifferlinge, Totetrumpetli unere Prise «Frivolité». Unger Truurwide stosse si ir zitronesorbetbleiche Voumondnacht übermüetig mit eme fruchtige, bluetrote «Saint-Amour» uf unaataschtbari, ewogi u heilegi Jungfroue-Freiheit aa U nume si weis … was i de Ravioli …

U de, was tüecht Öich? Gluscht nach Ravioli?
Verzeuet:

Die Gschicht isch us mym Mundartbuech «U plötzlech passierts»

Es chunnt vor, dass eim schier ds Härz i d Hose gheit.
Aber das isch en angeri Gschicht.

ES KOSCHTBARS LÄCHLE

«I würd ... wen i wüsst wis wär, wen i s miech», däicht är. Ahnigsvou u glychzytig hoffnigslos maut är sich us wis wär, wen är ihre sy Zueneigig oder genauer gseit sy Liebi, sys Härz würd vor d Füess lege. Auso säge, dass är se guet mag. – Dass är viu für se empfingt ... auä meh, aus er sött. – Dass är se gärn het.

Är chunnt sech vor wi zwüsche zwöine Füür. Entwäder versteit si ne, mag ne oo oder de lachet si ne us! – Eis Füür wärmt ne, heizt d Hoffnig aa, ds angere Füür verbrönnt ne, vernichtet ne. Im Momänt isch Zuekunft für ihn ungwüss. Es cha eso oder eso, oder eso oder angersch unsechoo. U wi söu är sys Aalige formuliere? Wi söu är di rächte, nei di richtige, di einzig richtige Wörter finge? Me mues doch, bevor me so öppis lut seit, jedes einzelne Wort uf sy Bedütig, uf sy töifer Sinn abchlopfe. Jedes Wort uf Goudwaag lege. U de aus im Zämehang gseh, erfasse, verstah... U de d Betonig! En Ussag besteit ja nid nume us Wörter, o der Ton, d Betonig, d Sprachmusig isch wichtig! Säge d Franzose nid: «C'est le ton, qui fait la musique?!» U die kenne sech doch i Sache Liebi uus wi niemer süsch. «L' âmour, c'est fou!» oder öppe nid? Är leit sich sy Satz – ömu der wichtigscht – zwäg, steit vor e Spiegu u luegt u lost sich zue. Inhaut u Ton sy ds einte. Ar Mimik mues er no schrüble. Es sött u mues «eifach so» u ganz normau, das heisst, nid ufgsetzt usgseh. Aber das «einfach so» isch nid eifach so eifach! U de Pouse zwüsche de Wörter! Sprach isch – wi gseit – o Musig. Musig het Tön, Melodie, Dynamik, isch lut u lysli, u derzwüsche hets äbe o Pouse. – Im Wasserfau vo Idee u Bedänke wird sys Hemmli pflotschnass.

Är wott doch lieber no einisch drüber schlafe. «Morn isch o no e Tag», stüdelet är sys Vorhabe use. U de nimmt är ds Härz i beid Händ – natürlech im übertragene Sinn – treits zu ihre, hets ganz fescht, verdrückts u erstickts schier … Si hocket im Läsisaau vor Stadtbiblioteegg a ihrem gwohnte Platz, bletteret imene Buech u macht Notize. List u schrybt. Es isch stiu wi inere Chiuche. Är steit vor se, steit ihre quasi vor ds Liecht, wo d Sunne zwüsche schwarze Gwitterwuuche u dunkle Fäischtersprosse vom Himu obenache i dä müffelig Läsisaau ströit. Si luegt uuf u verschäicht ihres Lächle – churz u lüüchtig – wi ne Koschtbarkeit. U das wirft ne einisch meh schier um. «Du…», chüschelet är gheimnisvou, u syner Ohre wärde heiss u rot. U si seit mit herter, trochener Stimm, wo ke Platz für wyteri Frage laat, spitz u lysli, nüüt aus: «Hallo?!» – U es düecht ne, vo ihrne Lippe wääji e tschuderig-chaute Huuch u si strahli öppis spöttisch Verwägnigs u öppis hingerlischtig Triumphierends us. – «Nid hütt u nid hie! – Chumm morn zu mir hei», seit si. Der chaut Huuch streift ne… un är bschliesst schnäu das koschtbare Lächle vo vori wi nes Juwel i sys Härz y. Het de e schlaflosi Nacht mit Härzwonne u Härzweh, mit Härzchlopfe u Härzrase u Härzhüpfe u Härzgumpe, u Härzstampfe u Härzhoppse u Härzflattere u Härzflimmere… Won är am angere Tag vor ihrer Wohnigstür steit u lütet, u wartet, u ume lütet, u wartet … u niemer uftuet, geit er zum Huswart u fragt, ob är wüssi, wo si syg. – «Uszoge!» seit dä, un är wüss bim beschte Wiue nid wohäre si züglet syg.

Itz isch däm verliebte Glünggi schier ds Härz i d Hose gheit. U ds Härzchlopfe u ds Härzrase u ds Härzhüpfe u ds Härzgumpe u ds Härzstampfe u ds Härzhoppse u ds Härzflattere u ds Härzflimmere isch wi ne Chrankheit über ne cho u het sys Härz wi ne yschchaute

Bysluft i ne yschige Yschzapfe verwandlet. Me het ne de inere yschchaute Winternacht – stierstärns haguvou, stockbsoffe mit der Pischtole ir Hand – im Stadtpark uf eme Bänkli gfunge.

Was däichet Dihr, cha das doch no irgendwie guet cho? Oder isch es ussichtslos?
Verzeuet:

Es chunnt vor, dass me nid weis was u wie u warum passiert isch, was passiert isch.
Aber das isch en angeri Gschicht.

STRASSEROUDI

Plötzlech chlepfts! Un är däicht no: «Seich, itz isch Schluss!» Wi imene Fium gseht er, win är – u är weis, dass er bsoffe, stärnshagu vou u stierstärns verruckt isch, wiu er ke Lohnerhöchig überchunt, itz, won är doch grad e nöjie Chlapf gchouft het – gseht, win är i syr Wuet ds Outoradio vou ufdrääit, dass es dröhnt, wi we der Lutspräche diräkt i sym Gring wär, ds Gaspedau düredrückt u aui Chäre überhout, liechthuupet, we eine no wyt vor ihm uf der Überhouspur isch, u eifach blindwüetig raset.

Eine geit nid ewägg, macht nid Platz, un är schwänkt plötzlech scharf rächts iche, drückt rücksichtslos i d Kolone. Dä, won är ihm vor d Nase fahrt, cha nid brämse. – U de chlepfts! Chlepfts u rumplets u pouderets u räblets u tätschts u tschäderets u häscherets u bläächeltes u splitterets! U de weis er nüüt meh, gseht nume no schwarz.

Won är im Spitaubett erwachet, chan är d Bei nid bewege. Beid Scheiche sy ygipset.
Im Bett näbedranne döset eine, wo beid Arme im Gips het, eine ganz, der anger vor Hand bis zum Euboge.
Zwüsche de Bett hets es Nachttischli, u dert druffe steit es Schnabutassli mit Tee für dä mit de lädierte Arme un es Glas für en anger. – Rede tüe di zwe Patiänte kes Wort mitenang. Wiu si nid di glychi Sprach rede, würde si sech o gar nid verstah.
Är tuet d Ouge lieber grad ume zue. «Was me nid gseht, gits nid ...», däicht er.

Paar Tag später chöme zwe Polizischte i vouer Montur i ds Zimmer, u de no en Übersetzere.

Eine hocket a Tisch u klappt der Laptop uf. Der anger steut e Stueu zwüsche di zwöi Bett, hocket ab u faat aa Frage steue. D Übersetzere übersetzt.
Ob si wüssi, warum si im Spitau syge?
Ob eine vo ihne sech chönn erinnere was passiert syg? Kene weis irgend öppis. Oder vilech wott sech o kene a öppis erinnere. «Bir Polizei muesch vorsichtig sy. Lieber nüüt säge u abwarte», däicht ömu dä mit de Gipsbei.
Der anger tuet nidemau d Ouge uuf.
De rapportiert der Polizischt churz was passiert isch, u was di verchehrstechneschi Ungersuechig zum Unfau ergää het.
Der anger läptopet ds Verhörprotokou, hacket schwarz uf wyss, was der Kolleg – ufgrund vo Zügeussage – aus muetmassleche Unfauhärgang schiuderet.

Nöis chunnt bir Befragig nid use. Di zwe wüsse aaschynend vo nüüt. Ds Protokou wird usdruckt, u de müesse beid ungerschrybe. Dä mit de Gippsbei cha, dä mit de Gipsarme macht e Chribu. Dä mit de Gipsbei lächlet mit eme Lächle, wo me sofort gseht, dass es kes ächts Lächle isch. Wo Polizischte ggange sy, dämmerets o em angere dene zwene langsam wär da im Bett näbedranne ligt. – Vo denn a sammlet der eint aui Schmärzpiueli u Schlafmittu.
Der anger macht o sy Plan.
Einisch, amene Morge, lige beid tot i ihrne Bett.
Eine erschlage, der anger vergiftet!

Was isch ächt passiert?
Was däichet Dihr?
Wele het wele?
U wie?
Verzeuet:

✗

Es chunnt vor, dass e klare Schnitt ...
Aber das isch en angeri Gschicht.

U DE ISCH ES PASSIERT!

E Tag wi us em Biuderbuech! Si hei z Meiringe d Velo hinger am Poschtouto ufghäicht, sy ygstige, hei bim Schofför es Bilijee glöst, u los isch di kurverychi Fahrt Richtig Schwarzwaudaup, Grossi Scheidegg, Grinduwaud ggange. Ds Poschi isch graglet vou gsi. Summerferiezyt! Der Schofför het sys Gfährt ruehig bärguuf gstüüret. Gottlob sy bir Station Richebachfäu es paar Lüt usgstige. Di einte sy grad ir Beiz verschwunde, angeri sy uf de Spuure vom Sherlok Holmes dür di imposanti Gletscherschlucht – mit de mystische Grotte u de tobende Wasserfäu – ume tauwärts nidsi gschuenet. Di meischte aber sy blybe hocke. Ir Roseloui sy ume paar use. U we nid d Velo hinger am Poschi ghanget wäre, hätt es se gwüss gluschtet im «Belle Epoque»-Hotäu yzchehre. Ersch uf der Schwarzwaudaup hets de glugget. Nach der Aup Alpigen isch der Horizont geng wyter worde, u d Panoramasicht uf Eiger, Mönch u d Jungfrou geng prächtiger. Churz vor der Grosse Scheidegg, isch ds Poschi inere Chueherde gstrandet. Der Schofför het bbrämset, geng ume i Rückspiegu guenet, u geng um vore usegluegt, het Gas ggä, bbrämset, Gas ggä u probiert süüferli dür di Chueherde z manöveriere. Aber Chüe sy äbe Chüe, u dert wo si sy, ghört d Strass ihne. Chüe wüsse nüüt vo Fahrplan yhaute. Der Schofför isch uruehig worde. Het am grosse Stürrad ddrääit u schier der Chopf drufgleit für linggs u rächts u vore u düre Rückspiegu o hinger ömu ja aus im Oug z bhaute. U de isch es passiert! Di blödi Grawatte, wo eim ja sowiso der ganz Tag wörgget, u nume am Renommee vor Transportfirma dienet, het

sech irgendwo u irgendwie verchlemmt. U em Schofför sy Chopf isch plötzlech wi feschtbbunge uf em Stüürrad bblybe lige. Es het fasch usgseh, wi we dä Maa würd schlafe. Der Motor het gsuret, ds Poschi isch langsam graduus gfahre, u Kurve isch geng neecher choo. D Ufregig, u wäger o d Angscht, het d Passagiere la bleich wärde. Was itz? Är gryfft i Rucksack, rennt füre zum Schofför u zwackt mit sym Hegu, won är geng bi sech het – me weis ja nie! – der Gurgelimörder e chli ungerem Grawattechnopf eifach ab. – Es isch ja guet gmeint gsi! Leider isch er bi däm Manöver – wiu der Schofför ufzmau bbrämset, us e Ruck gga het – usgrütscht, u der splitzig Spitz vor scharfe Klinge het ds Gurgeli vom Maa am Stüür verwütscht. Ds Poschtouto isch vor Strass abchoo, u während ds Echo vom Drüklanghorn zwüschem Männleche u em Wätterhorn hin u här pängglet worde isch, het sech das gäube Ungetüm paar Mau überschlage, u isch de uf der Bärgmatte – zmitts i de Auperose – blybe lige. Di meischte sy gottlob mit em Chlupf u paarne Büle dervocho.

Was hautet Dihr vo so mene muetige Maa?
Verzeuet:

Es chunnt vor, dass eim ds Schicksau es Schnippli schlaat.
Aber das isch en angeri Gschicht.

SPÄTFOUGE

Är obe, si unger! Ar über ihre. Si unger ihm. Auso ir Rangornig. Klartägscht: Är isch ihre Lehrer gsi. Si isch sy Schüelere gsi. Är het befole. Si het gfouget. Är isch ihre nid sympathisch gsi. Si isch ihm o nid sympathisch gsi. Är het se nid möge u sii het ihn o nid möge. Si het di zwöi Jahr bin ihm «abghocket». Wi ne Verurteuti isch si sech vorcho. E Strafgfangeni. Ohni Chance uf Flucht. Im Dorf hets nume ei Schueu ggä. Si het i ke angeri Klass zumene angere Lehrer chönne wächsle. Är het se plaaget u schigganiert u kuioniert u ke guete Fade a re gla. Är het se nie grüemt, het geng öppis z nörgele u z kritisiere gha, o we si aus richtig gmacht het. Ds Schlimmschte für se isch gsi, wen är sy fiis Sadismus mit eme zuckersüesse Lächle garniert het. Är het se eifach nid möge schmöcke. Si het nie usegfunge warum. Si het sech düreglitte. Vilech hätts d Muetter gwüsst, aber die het gschwige wi nes Grab, u Tag für Tag ir Dorfbeckerei ds Brot u d Chüeche u di feine Stückli verchoufft, wo ihre Maa bbache het. – U itz isch är – der Quäu- u Plaggeischt, wo ihre ds Läbe schwär gmacht u ihre geng eis uf ds Dach ggä het – im Autersheim! Am Tag hocket er im Lähnstueu am Fäischter u gseht nüüt wo ne fröit, gseht nume was ne ergeret. Ir Nacht ligt er im Bett, cha sech weder säuber drääje no chehre u stieret auä schwarzi Löcher i d Fyschteri. Si macht Nachtdienscht. Drüümau ir Wuche. Är kennt se auä nümm. Isch demänt. Het kenner Gedanke meh, won är chönnt däiche. E geischtig verhüürschete Maa. E Gritti. E Greis. Es auts, hiufloses Hutzumanndli. Si mues ne abzie, wäsche, ihm ds Nachthemm-

li aalege, ne i ds Bett bette, ne zuedecke. Aber si chan ihm o itz nüüt rächt mache. Är het geng öppis z määggele. Chlopfet mit syne blau-rot-gschwuune, gichtig-verchrümmte Finger uf d Bettdechi, söiferet u sabberet u motzet u mofflet derzue imene hässige Ton öppis, wo niemer versteit. Reklamiere u usrüefe, das chan er geng no! – Ir Mottechischte vo ihrne Erinnerige mottets! Si chönnt ihms heimzale. Itz! U si machts! U si het nidemau es schlächts Gwüsse. Si het ihm – statt Insulin – eifach nume Zuckerwasser gsprützt, bis er mit süesse Tröim überegschlafe isch. Ir Todesaazcig hets ghelsse, är syg vo syne Autersbraschte gnadig erlöst worde u fridlech ygschlafe. Im Nachruef isch gstange, är syg mit Lyb u Seeu Vouksbiudhouer gsi.
Vouksbiud h o u e r! – Das Wort het se schier erschlage. Aber es het zmitts i ds Schwarze troffe.

U de, syt Dihr gärn i d Schueu ggange?
Kennet Dihr vilech sogar nätti – vilech strängi, aber grächti – Lehrerinne u Lehrer?
U heit Dihr ir Schueu öppis für ds Läbe gehrt?
Verzeuet:

Es chunnt vor, dass e Frou en Idee het.
Aber das isch en angeri Gschicht.

O E MAA CHA SICH VERÄNDERE...

Är isch nid grad e gspürige Maa u o ke gfüeuvoue. Me chönnt säge är syg e graadlinige, korräkte, mängisch sogar überkorräkte, e gnaue, e ganz e gnaue, en exakte en akkurate, e pfitzte u gwüssehafte Maa. Macht fey e Gattig! Auso, är isch e Maa mit steiherte Prinzip u zementierter Wäutaaschouig. Eine, wo weis wie u was gattigs. Das isch ja an-u-für-sich nüüt Schlächts. – Nei, är isch ke Untane. Isch e Gattlige, aber äbe no lang ke Göttergatte. He nu, är isch win är isch!

Aber sii hätt haut scho gärn eine, wo se öppe einisch ärfelet, se i d Arme nimmt, fragt wis ihre göng. Si fingt, är heig sech ir letschte Zyt geng meh zumene eigelige Eigebrötler entwicklet, heig sech geng meh i sich säuber zruggzoge. Zum stifusinnig wärde syg das, het si gfunge, u isch schier verzwyflet u vergiblet u vergitzlet. Zum düredrääje, zum verruckt wärde, ja abartig syg das, het si gfunge, u nume no schwarz gseh.
Ds einzige won är gärn macht, isch ir Badwanne bade.
Dä Wunsch erfüut si ihm gärn.
I ds Schuumbad mischt si syt eme Zytli geng chli Weichspüeler.
U hoffet ...

Was däichet Dihr, uf was hoffet si?
Würkt Weichspüeler ächt o bi Mönsche u nid nume bir Wösch?
Heit Dihr vilech Erfahrig, wi me so Manne es chöi säubverständlech o Froue syy – «weich chlopfet», auso umgänglecher, gspüriger macht?
Verzeuet:

 ....

....

....

Was, Dihr meinet das syg nid haub eso schlimm. Da syg no nid Hopfe u Mauz verlore. Dihr weit wüsse ob u wie di Schuumbad-Weichspüeubaderei wyter geit.
Voilà: Wo si de mit der Zyt no roti, violetti, blaui, grüeni oder gäubi Läbesmittufarb i ds Badwasser gmischt het, het das Wunder gwürkt! Är isch plötzlech viu gspüriger, viu ufmerksamer, viu fründlecher, nätter, ja ächt scharmant worde. Het ihre – bevor är isch ga wärche – ab u zue e «guete Tag» gwünscht. Het sogar Blueme heibbraacht!

Chli Weichspüeler u chli Farb hei us däm wortkarge, unzuegängleche, schwygsame, zuegchnöpfte Maa e gmögige, umgängleche Typ gmacht. Nid grad e bunte Hund, das de doch nid, aber ds Zämeläbe het nöji Farbtön übercho. Öppis wi ne Rägeboge am Ehehimu nach ere graue Wüeschtwätterphase.

Syt Dihr zfride mit däm Schluss?
Was däichet Dihr, isch itz aus guet gsi?
Verzeut:

Dihr weit no wüsse wi das wytergange isch mit denen zwöine u der bunte Schuumbad-Badwannebaderei!
Auso: Si het wyterhin Weichspüeler u Farb i ds Badwasser gmischt.
Är het das natürlech nid gmerkt. So gmerkig isch er äbe de doch nid oder no nid gsi.
Item, är het badet u si het ... Dihr wüsst scho was.
Mit der Zyt isch dä Maa so weich, winduweich, ja gumibärliweich weichgspüeut gsi, dass er eines Tages samt em Badwasser im Abflussrohr verschwunde isch! – Si het der RohrMax la cho, dä het d Leitig düregspüeut, aber nüüt gfunge.
Dihr däichet vilech der RohrMax ... U rächt heit Dihr!
Si het de gly druuf es Gschleipf mit ihm aagfange. Mit em RohrMäxli.

Was däichet Dihr itz?
Verzeuet:

Ir Zytig het me zwar bis itz no nie vo so öppisem gläse. Aber we der RohrMax-Mäxli doch nid ihrne Wunschvorstellige vomene gspürige, gfüeuvoue, zärtlech-liebevoue u zuvorkommende Maa entspricht, de... wär weis!? – I säge nume: «Schuumbad! u Weichspüeler! u Läbesmittufarb!»

Es chunnt vor, dass Nöirose Blüete trybe.
Aber das isch en angeri Gschicht.

DER GARTEGSTAUTER

Är isch aus Praktikant i d Garteboufirma cho. Tochter het sech fasch ougeblicklech i dä Maa verliebt. Der Chef isch mit em intressierte u kreative junge Gartebouer z fride gsi. Gäge ne Verbindig mit syr einzige Tochter het är nüüt ydswände gha. Är het sogar gfunge, däm chönnt me de einisch der Betrieb übergä.

D Mueter het das nid so rosig gseh. Si het es unguets Gfüeu gha, auso het gmeint, si heig es unguets Gfüeu, ohni dass si genau hätt chönne säge warum u wiso.
Aber dä Maa isch ihre eifach z tüechtig u z hübsch u z nätt gsi.
Si hei ghürate, de si zwöi Chind cho, u ds Gschäft isch guet gloffe.

Eines Tages steit e Frou – schön wi us eme japanische Hochglanzmagazin – ir Gärtnerei. D Mueter fragt, was si wöu. «I have to see him. I will, I must see him!» het di exoteschi Schönheit fürebrösmelet.

«Aha, di Übersee-Schlampe wott, ja m u e s «him» gseh! – Mys Gfüeu het mi doch nid tosche», het d Mueter ddäicht, u ds Katastropheszenario isch wiud i ds Chrutt gschosse. – Dä, wo si wöu bsueche, syg mit der Familie no bis morn z Frankrich. Der Garte vom Monet stöng uf em Programm. «Oh! Monet!» chunnt di asiateschi Hochglanz-Schönheit i ds Schwärme: «Waterlilies!» Ob si sech chli i de Trybhüser bi de exotische Pflanze dörf umeluege?

«Well, I' ll accompany you», seit d Mueter fründlech.
Isch der Schwigersohn, wo usgseht u tuet, aus ob är kes Wässerli chönnt trüebe, nid ir letschte Zyt es paar Mau nach Japan gfloge?»
Der Gedanke isch da, der Entschluss gfasst u d Usfüerig nüüt aus di logeschi Foug ... Wo d Japanere im Orchidee-Trybhuus isch, bschliesst d Mueter d Tür u trääit der Sprinkler mit em Pflanzeschutzgift aa.

Am angere Morge het me d Japanere – d Mueter het der Sprinkler no ir Nacht abgotout, d Lüftig ygcchautet u zur Sicherheit Tür offe glaa – tot zmitts i de Orchidee gfunge.
Si het schynheilig taa, wi we si vo nüüt wüsst, aber ddäicht, itz syg ds Problem glöst.
Wo d Polizei der Louis-Vuitton-Rucksack vo dere aagäbleche Ybrächere ungersuecht, fingt si Dokumänt vor japanische Wirtschaftschammere.

I eim steit, dass är – der Schwigersohn – nume no müess ungerschrybe, u de wärd ihm di lukrativi Verträtig vom exotisch-asiatische Bonsai-Maxi-Vertrieb für ganz Europa übertrage. – Der jung Gartefachmaa, wo sy Schwigermueter lengschtens durchschout het, isch froh, dass är nid dert Landschaftsgärtner isch, wo d Nöirose wuchere ...

U Dihr, heit Dihr o scho so öppis erläbt?
Verzeuet:

....

....

Es chunnt vor, dass e Frou ihre Maa durchschout.
Aber das isch en angeri Gschicht.

HUBSTAPLER

Är het ihre fasch jede Wunsch erfüut. Het se mit Schoggi u Blueme verwöhnt. We si z Bärg het wöue, isch är mit. We si am Sunntignamittag a See het wöue ga Zvieri ässe, isch är gfahre. Si het gfunge, si heiges guet zäme. Das isch eso bblibe, bis nach em «Ja» ir Chiuche mit em Verspräche «... bis dass der Tod üs scheidet». Si het im mechanische Betrieb mitghoufe, u me het en Aagsteute chönne yspare. Mit Verwöhne isch Schluss u fertig gsi.
Si het ke Lohn übercho, un är het nüüt für se i d Soziauversicherig yzaut. Ir Gschäftsbuechhautig het si nid existiert.
Am Aabe, we si müed i ds Bett gsunke isch, het är se nid i Rue gla, u hüü-hüü-hopp ... grob u rücksichtslos no syner Bedürfnis befridiget. Är het nie gfragt, wis ihre göng.
Eines Tages fingt si im Büro inere Schublade es schwarzes Carnet. Druff steit ihre Name u «Auslagen». Si bletteret ... u ihre strääuts hingere! Mit Datum verseh steit: Schokolade Fr. 1.80. Pralinen Fr. 4.20. u 72 Autokilometer Fr. 36.00. Bergbahn Fr. 46.00. Skitag Fr. 164.75. Halstuch Fr. 15.55 ... u so wyter. Uslage-Buechhautig us der Zyt vor ihrem Hochzyt!
Si isch uf d Wäut choo!

Si fahrt mit em Hubstapler im Lager desume u wott es Palett versorge. Är verrüert d Händ. Si fragt, ob öppis nid stimmi. Är möögget, das Palett chömm nid dert häre, sondern hie, genau hie, hie obedruuf. Si brüelet zrugg, är söu doch zeige, wo genau, dass är das Palett wöu ha! Är steit ganz naach unger a ds Gsteu

u hänglet ungeduudig ueche zur Lücke, wo si di Ladig söu platziere. Si fahrt – d Gabuträger mit em Palett uf der passende Höchi – präzis vor ds Gsteu, ziet am Hydroulikhebu... u di tonneschwäri Ladig raset mit vouer Wucht nidsi... Wumm! U Päng! U der Reklamierhouptme het fertig usgrüeft. «Was für ne tragische Unfau!» het me im Dorf gseit.

Ds Läbchuechehärz, won är ihre einisch gschäicht het, het si verbrösmelet u de Hüener gfueteret.

U de, kennet Dihr o settegi Manne?
Verzeuet:

Die Gschicht isch us mym Mundartbuech «U plötzlech passierts»

Es chunnt vor dass, eine draa chunnt.
Aber das isch en angeri Gschicht.

DÄ ISCH NID VO MERKIGE

Syner Gedanke hei sech im Kreis trääit, geng schnäuer u schnäuer, rasend schnäu, verruckt schnäu, wahnwitzig schnäu, schnäu wi ne Tornado! U de het es se usenang gsprängt... u de hei sech Gedankefätze langsam nöi zämegsetzt. U plötzlech het er klar gwüsst, u gseh was nid stimmt, was isch u was er mues. Was er mues müesse. Eifach isch es nid gsi, u är hets niemerem chönne u o niemerem wöue säge.

Dä, wo ihm vor Jahre d Frou usgspannet het, dä, wo tschuud isch, dass är denn der Bode unger de Füess verlore het, bim Aukohou u glyeinisch i de Droge u de im Knascht glandet isch, dä söu ändlech sy grächti Straf übercho. Dä chunnt itz draa! Däm wott ers zeige! Däm Gouner! Däm hingerletschte Lumpehund! Wahrschynlech isch är o säuber tschuud gsi, dass ne sy Frou verlaa het, dass si uf dä Scharmör ychegheit isch, sech het la verfüere vo däm grossgchotzete Möff, däm Plagöör, däm Aagäber, däm blöde Blöffer, däm dumme Kärli, däm gschniglete Laggaff. Är het haut denn grad sy Firma ufbboue, u drum isch sii auä chli z churz cho.

Nach paar strube Jahr het er sech de naadisnaa erhout, u zrugg i nes normaus Läbe gfunge. Das mit syr Frou het er aber nie chönne ungscheh mache u nid vergässe. Vilech o nid wöue vergässe. – Är het di zwöi, so guet dass es unuffäuig ggange isch, im Oug bbhaute.

Är het genau gwüsst, wenn u wo u mit welere dä Casanova sy Frou – auso sy Ex-Frou – betroge het. «Wart nume!» isch sys Credo worde.
Vor zwene Monet isch si gstorbe. Vilech het si nacheghoufe? Är weis es nid, cha sech aber vorsteue, dass si unger em verlogne Doppuläbe vo däm Wyberheud glitte het. U itz het är gseh, wi dä i nes Reisebüro geit. Är geit o iche, hocket ab, versteckt sech hinger ores Zytig u ghört, dass dä e Chrüzfahrt buechet. Wo disc duss isch, buechet är di tupfglychi Chrüzfahrt. «Wart nume!» däicht er.
Är chouft e Perügge u Chleider, wo ne verchleide, u us ihm e «Maa vo Wäut» mache. Uf em Schiff nimmt er dä «Don Juan» scharf i ds Visier. Eines Tages beobachtet er, wi dä am Pool eini aamacht. Es geit nid lang, lige si, Ligistueu a Ligistueu, näbenang u flörte u schäkere u lache. Ke Spuur voTruur übere Tod vo syr Frou!
Nume es niders Tischli trennt sy Ligistueu vo de früsch Verliebte. Är tuet, wi wen är mindeschtens e Änglische Lord wär. Tuet, wi wen är der «Observer», won är aus Tarnig bruucht, würd läse, het aber nume Ouge u Ohre für die, wo näbedrann schmuse u schätzele. Wo der Wyberheud bim Chäuner e dopplet «Whisky on the rocks» bsteut, seit är: «The same, please!»
«Wart nume!» jublets in ihm inne.
Der Chäuner steut di zwöi Gleser näbenang uf ds Tischli. Äine nimmt ds Glas seit: «Cheers!» proschtet disem unverbindlech-übermüetig zue, nimmt e Schluck, chehrt sech ume der nöie Flamme zue u cha se schier nid gnue strychle u tätschle u vermüntschele.

«Äine het nüüt gmerkt! Het nid gmerkt, wär näb ihm d Chrüzfahrt gniesst», fröit sech diese. Är nimmt es munzig chlyns Fläschli us em Sack vom Badmantu, schrubts uuf, tuet, wi wen är sys Whiskyglas wett näh, kippt aber vorhär blitzschnäu öppis i ds angere Glas, u de nippt er a sym Drink u luegt wyter y «Observer».
Us der Zyt aus Junkie weis är, wi me zu illegale u todsicher würksame Substanze chunnt. Wiu, es git geng öpper, wo ne Zuestupf a d Ferie ds Mallorca cha bruuche. – U de wirds uruehig näbedranne. Der Wyberheud wimmeret u weeberet u jammeret, gruchset, stöhnet, röchlet ... u de schnuufet er nümm.
«So, das isch es gsi!» däicht dise.
Wo ds Rösslispiu mit Dokter u Sanitäter losgeit, steit är uuf, nimmt es Glas vom Tischli lähnt a d Reling u wirft unuffäuig öppis munzig Chlyns über Bord.

Wüsset Dihr weles Glas diese mitgno het?
U warum?
Möchtet Dihr mängisch o am liebschte öpper liquidiere?
Verzeuet:

☠ ....

⌒ ....

....

....

....

U Dihr vermuetet, dass dise äim Zyankali i Whisky ... Wiu, nume Kaliumcyanid würki sicher u schnäu. Ja, da heit Dihr wahrschynlech rächt!

Es chunnt vor, dass eine erschosse wird. – U wär het ächt abdrückt? – Wär?
Aber das isch en angeri Gschicht.

EIDÜTIG MORD

Är isch regumässig bim Grossverteiler ga Gmües lifere. U de isch er aaschliessend meischtens ga fite. Ds Fitness-Studio isch ir glyche Überbouig gsi, u är het dert sy 20-Töner gäbig chönne lastaa. – Der anger isch regumässig bim Grossverteiler ga Frücht lifere. Fasch zur glyche Zyt. We der Gmüesler abglade ghaa het u furtgfahre isch, het dise am glyche Gate aadogget. We dä mit de Frücht nid es Gschleipf mit der Frou vo däm mit em Gmües ghaa hätt, de wär ja aus guet gsi. Aber syt der Gmüesler gwüsst, oder vermuetet het, äbe nümm.

Dä mit em Gmües u mit der Frou, het bi mene dubiose Typ – unger der Hand – e Pischtole gchouft: nume e chlyni, ke uffäuegi, es gäbigs, handleches Schiessise. Mit Schaudämpfer.
U geschter, won är der Rüebchöli, der Chabis, d Rüebli, der Louch, d Härdöpfle u der Salat abglade ghaa het, isch er no ga fite. Auso är het ytschegget, het d Sporttäsche ir Mannegarderobe i nes Schäftli gsteut, het im Trainer paar Üebige gmacht, u de isch er churzum unuffäuig abgschliche. Niemer hets gmerkt. Die, wo süsch am Empfang gsi isch, het grad ir Frouegarderobe putzt, u di angere Fiter hei sech säubschtvergässe mit ihrne Müüs u Fettpöuschterli beschäftiget.

Är het ja genau gwüsst, wo der «Fruchti» aaliferet. U är het Glück gha. «Timing is all!» het er ddäicht. Genau i däm Momänt, wo dise rückwärts a d Rampi manöveriert, het äine a d Schybe vor Füererkabine gchlopfet.

- 126 -

Dise tuet Tür uf u fragt: «Was isch?»... u scho het er e Chugle ir Bruscht, auso zmitts im Härz gha. Wiu der Motor glüffe isch, het bi däm Tschäder niemer öppis ghört. U we se öpper gseh hätt, hätt er nüüt Uffäuigs gmerkt: dass Schofföre öppe zäme schnure, isch normau.
Äine het Pischtole, wo ner i ne Zytig ygliiret het, ungerwägs imene grosse Abfauconteiner la verschwinde, u isch zrugg ga fite.

Wo dä Früchteliferant eifach nid usgstige isch, isch me de ga luege, was los syg. U de het ds Polizei-Rösslispiu aafa drääje. Es isch nid uscho, wär der Früchteliferant ermordet, oder besser gseit hiigrichtet het. U gly het der Gmüesler mit der Frou vom Obscht e «Gmües- u Früchte AG» ggründet.

U de, was säget Dihr?
Öich fähle d Wort?
Warum?
Verzeuet:

Aber de gits haut mängisch glych eso öppis, wi ne höcheri Grächtigkeit.
Ir Aaliferstation hets Überwachigs-Kameras gha. Natürlech si di Fiume nach ere gwüsse Zyt glösche worde. Hätte ömu söue glösche wärde. Hätte söue! Hätte! ... Der Zuefau oder was o geng, hets wöue, dass usgrächnet d Ufzeichnige vo däm Tag mit em Mord nid vernichtet worde sy. Der Kriminautechnischdienscht vor Polizei het dä Fium aagluegt, u ume aagluegt ... u gstuunet. Het dä mit der Pischtole – obwou er e schwarzi Dechlichappe anneghaa het – nid däm ggliche, wo vor em Früchteliferant Gmües abglade het? Me het der Chopf vom Gmüesler u der Chopf vom wahrschynleche Mörder vergrösseret. U itz isch aus klar gsi. Sunneklar! U dermit isch sys Fitness-Alibi ir Luft verpufft. Polizei isch bir «Gmües- u Früchte AG» vorgfahre, het der Gschäfts-Mitinhaber mit der Tatsach überrumplet, u ne i Handschäue abgfüert. O der bescht Jurischt u der gerissnigscht Verteidiger hätt di Bewisbiuder nid chönne us der Wäut schaffe. Pischtole het me nie gfunge. Är het trotzdäm wäge Mord paar Jahr müesse hocke. D Frou het sech vo ihm la scheide. U di zwo Froue hei zäme d «Gmües- u Früchte AG» erfougrych wytergfüert.

Zwo taffi Froue!
Oder?
Verzeuet:

Aha, wägem Nachwys vor Waffe! Dihr heit rächt! – Danke für e Hiiwis me söu sy Laptop genauer aaluege. IT-Spezialischte vor Kriminaupolizei hei de usegfunge, dass der Gmüesler aui Date, nid nume Gschäftsdate – blöderwis für ihn, u glücklecherwis für Polizei – ab u zue uf ene Cloud usglageret het. U dert het me de E-Mails gfunge, wo der Kontakt mit Waffeschieber ufdeckt hei. U me het chönne bewyse, dass är – um sibe Egge – genau die Waffe gchouft het, wo dermit der Früchtehändler erschosse worde isch. – U dermit isch dä Fau ändgüutig glöst gsi.

U de, was säget Dihr?
Verzeuet:

🎩

Aha! Dihr vermuetet, dass di Gschicht zwüschem Früchtehändler u der Gmüeslerfrou wahrschynlech nume es Hirngspinscht vom Gmüesler gsi syg. U dass Manne, grad i Sache Yversucht, haut mängisch blind-wüetig um sech schlöie, o we si nume e ungwüssi Vermuetig vonere Vermuetig heige, dass vilech öppis chönnti syy. Dass auso dä Mord für d Chatz gsi syg. Süsch hätte doch di beide Froue nid zämegspannet. – Zueggä, das het öppis!

Es chunnt vor, dass öpper yversüchtig isch ...
u de öppis macht.
Aber das isch en angeri Gschicht.

BEFRÜNDETI FRÜNDE

Si het beid öppe glych gärn, aber der eint vilech doch e chli lieber. Vilech. Si weis nid, ob sis wüsse, d Houptsach isch, dass sis weis. Mit beidne isch si befründet. U beid sy o ungerenang befründet. E verzwickti Situation! Einisch, nach der Chorprob, sy si no ygchehrt, sy a d Bar ghocket u hei Barolo trunke. Äi, der Sänger – auso dise – isch o derby gsi. Der anger – auso sy Fründ – het ir Theatergruppe, wo sii für d Requisite verantwortlech isch, meischtens der Liebhaber gspiut. A däm Aabe, wo d Chorlüt ir Beiz ghocket sy u chli aagheiteret vom Wy italiäneschi Canzoni gsunge us luschtig gha hei – dise isch näbe ihre ghocket u geng chli neecher grütscht – isch es passiert. Äine het se vo dusse beobachtet, isch de schaluus worde u stärnsverruckt dür e Hingerygang i d Garderobe vo de Aagsteute gschliche, het e Chäunerkluft, wo dert amene Chleiderbügu ghanget isch, aagleit – wysses Hemmli, roti Flöige, schwarzes Schilee, wyssi Händsche – isch mit eme siuberige Tablett u Gleser i d Bar choo, u wiu er früecher imene Theaterstück scho einisch e Chäuner gspiut het, het er ds Tablett gekonnt – äbe wi ne Profi – elegant uf eier Hand balanciert. Über der angere Hand het e schneewyssi Serviette gfäcklet. Hinger em Stueu vor Aabättete isch er blybe staa. Unger der Serviette het sech e Pischtolelouf abzeichnet. Är het ere das Schiessise i Rügge drückt, «Tschau bella, tschau!» i ds Ohr gchüschelet, u abdrückt! «Päng!!!» – Si isch abem Hocker gheit u muggsmüüsli tot blybe lige. Ei Tumuut! Eis Züüg! Eis Gschrei! Ei Ufregig! Eis Wirrwarr! Eis Dürenang! – Är isch schnäu verschwunde, isch us der

Chäunerkluft gschlüffe, im schwarze Trainer dervogrennt, het ungerwägs e Dechlichappe u nes Haustuech, won er het la mitloufe, aagleit, het Pischtole i ne Busch pängglet, u isch de, wi we nüüt wär, ganz unuffäuig wyter gspaziert. Dise, wo naach bim Opfer ghocket isch, het der Mörder gseh, vilech sogar erchennt. Är isch im Tohuwabohu-Chaos – u win er aagno het – unbemerkt dervo u em fautsche Chäuner nachegrennt, het Pischtole us em Busch gfischet, het ne aagschliche u ne «Päng!» chautblüetig vo hinger erschosse. Är isch de zrugg i d Bar, het ungerwägs d Pischtole im Container unger de Chuchiabfäu la verschwinde, u de schynheilig derglyche taa, är wüssi vo nüüt! – Polizei het Pischtole nid gfunge. O der Mörder, oder besser gseit, di beide Mörder, nid. Me isch o uf kener bsungere u hiufryche oder verräterischi Spure gstosse. U niemer het im Gstungg ir Bar öppis beobachtet. O der Rex, der Polizeihund, het nüüt erschnüfflet.

Was däichet Dihr, wi hätt me dä Fau doch no chönne ufklääre?
Verzeuet:

⌒

Genau! Der Polizei hätte zum einte di – bim Flüchte – furtgworfne Chäunerchleider chönne uffaue. Ja müesse uffaue! De hätte si vilech DNA-Spure chönne sicherstue. Zum angere hätte si chönne usefinge, wär zum Chor ghört. De hätte Chormitglider wahrschynlech gmerkt u vilech verzeut, dass eine – äbe dise – churz wägg gsi isch. U de hätt Polizei dä befragt, u so wyter. Hätt ne i d Mangi gno, bis er vilech gstange hätt. Vilech?...

Gäuet, chli viu «vilech»!
Wi hättet Dihrs gmacht, we Dihr hättet müesse ermittle?
Verzeuet:

Aha, da het öpper e ganz angeri Idee. Meint, dass äine mit ere Theaterpischtole – auso ohni tödlechi Munition, nume mit harmlose Chäpsli – gchlepft heig. Dass sii de theatermässig theatralisch wi tot ab em Hocker gheit syg. Dass d Flucht vo äim samt der Chäunerkluftszene zur Inszenierig ghört heig, genau wi d Verfougigsjagd. – De wär auso di ganzi mördereschi Morderei nume e abgcharteti, theäterleti Farce gsi! Theater statt bittere Ärnscht! Mörderlis statt Mord! Lache statt Bluetlache! – Warum o nid?

Was meinet Dihr, was stimmt ächt?
Verzeuet:

Ja, genau eso isch es gsi:
«Bravo!»... «Bravoooo!»... «Bravooooo!»... het ds Publikum düre-
nang grüeft u frenetisch gchlatschet, isch ufgstange u het im Rhyth-
mus vom «Bravooooo!»... «Bravissimoooo!»... gstampfet! – Eis
Grööu! Ei Begeischterig! – D Schouspiler hei sech verneigt. Vorhang!
«Bravoooo!»... Vorhang! «Bravoooooooo!»... Vorhang!...
Mängisch sy äbe ds Theater u ds Läbe eis wi ds angere.

Wi isch das bi Öich?
Tüet Dihr öppe o theäterle wes bitterärnst isch?
Verzeuet:

Es chunnt vor, dass plötzlech öpper tot umgheit.
Aber das isch en angeri Gschicht.

E SCHÖNE MAA

Är isch e schöne Maa. E verwärflech schöne Maa. E verbote schöne Maa. E Adonis! Är het himublaui Ouge, Wimpere wi ne Vamp u ne Blick wi ne «homme fatal», wo eim sofort a aus u nüüt laat däiche. E Maa, wo se aazoge, u glychzytig unsicher gmacht het. I syr Necchi isch es ihre füürheiss u grad ume yschchaut worde. I Gedanke het sii ihm d Hand uf ds Chnöi gleit: e Berüerig, wo aui Alarmglogge het la glöggele, bimbele, chlingele, lüte u tschädere. Uf em Heimwäg isch sy Schatte näbe ihre gloffe. Syner Ouge hei gfunklet wi lüüchtendi Stärne, hei sech i ihrer Ouge gschliche, u sys Gsicht het sech geng veränderet, u si het sech gfragt, ob är vilech viu verschideni Gsichter heig.
Si het ne nach däm Aabe vom Jubiläumsfescht ir Firma niemeh gseh. Si het ihm Briefe gschribe, aber nume im Chopf. Si sy nie bin ihm aacho. U de het si ne vergässe: us de Erinnerige, us de Gedanke, us em Sehne u us der Sehnsucht verbannt. Är isch im Wunschdäiche verschwunde, im Meer vom Nüüt versunke, het sech in es nüütig-nüterligs Nüüt ufglöst. Bis si ihm nach paarne Jahr u zwone Scheidige ume begägnet isch. Begägnet isch fautsch. Si isch ihm i d Arme gloffe. Me het sech ggrüesst, meh nid. – Si het ume sehnsüchtig a ne ddäicht. Het sech vorgstuet, win är se i d Arme nimmt. Si het sech di ganzi Gschicht vorgstuet, wi si zwüsche Verliebte, zwüsche Maa u Frou – syt Adam u Eva – ablouft. Si het sech vorgstuet, wi si ne mit eme rotbackige Öpfu verfüert u ne i ihres Paradies lockt. Het sech vorgstuet, wi si zäme giggerig sogar ds Gröibschi samt de Chärne verschlinge, achewörgge, u vor Luscht u Gier fasch verworggle. Wi nume der

Stiu fürblybt. Der hert, höuzig, styf Stiu. Es Seligkeitsgfüeu het se uf wäuig-weiche Wuuche gschouklet, wo si zäme – äng umschlunge u inenang verlyret – uf eme Fygeblatt dür e Himu gschwäbt sy. Si het das nume ddäicht, ddäicht u ddäicht u gwüsst, dass si nume däicht. Sy Absicht aber isch klar gsi. Klar u durchsichtig wi Wasser, das het si gspürt. «Blödi Tröimerei!» het si ddäicht. U isch ygschlafe. – Im Troum steit si vor eme aute, haubblinde Spiegu. Im Spiegu – hinger ihre – spieglet sech sys Gsicht, de naadisnaa der Maa, wo lysli u gfährlech geng neecher chunnt u geng grösser wird. Si macht Pfüüscht, schnuufet töif yy, drääit sech um... schlaat mit vouer, wüetiger u Wucht zue. «Päng!» Preicht! Är gheit tot um! Si brüelet u möögget u päägget u weisselet vöuig ratlos vor Chlupf – u erwachet im vernuuschete Bett, schweisnass... u meint si tröimi. – Aber dä Maa ligt vor ihrem Bett u glotzet se us himublaue Ouge unglöibig aa.

Was säget Dihr zu der Gschicht?
Wahrheit oder Troum oder Wunschtroum?
Verzeuet:

Es chunnt vor, dass eim es Liecht z spät ufgeit u öppis für geng verby isch.
Aber das isch en angeri Gschicht.

VERBY ISCH VERBY!

We Zyt verby isch, isch si verby. Zyt chasch nid stoppe, nid hingerhaa u weder zruggdrääie no vorwärtsschrüble. We der Summer verby isch näh d Herbschtnäbu de Bärge di scharfe Kante, u em Liecht di bländegi Häui. U der Bysluft wääjt buntfarbegi Bletter vo de Böim u verwandlet Stämm u Escht i dunkli Schärischnitt-Skelett. Reduziert se uf ds Wäsentleche, git se em Liecht prys. – We me Liecht i d Sach bringt, schwarz uf wyss feschthautet wis gsi isch, verliert das, wo Angscht gmacht het oder Angscht macht, der fyschter Schrecke. U de isch nüüt meh, wis gsi isch. Ds Aute isch aut u ds Nöie ungwüss.
Är het ihre ändlech wöue schrybe. Sich entschuudige für denn. Denn? Das isch lang här. Denn isch aus no angersch gsi. Denn het me ds Läbe no vor sech gha. Denn het me no Müglechkeite, Tröim u Plän u o no Zyt gha! Viu Zyt, u die isch denn schlärpelig-langsam vergange. U itz, wo me nümm viu Zyt het, rennt si eim dervo.
Auti Gschichte ufwärme! – Söu er? Söu er nid? – Wott er? Wott er nid? – Mues er? Mues er nid? – Müesst er? Müesst er nid? Oder sött u wett u müesst er doch?
E Schub vo inbrünschtigem Läbesmuet het ne packt, u erwartigsvoui Läbesfröid u sehnsüchtegi Hoffnig hei sys Härz schnäuer mache z schlaa.
Är het u hätt ihre doch ändlech einisch wöue säge, dass ...
«Nei!» däicht er «verby isch verby!» U de gseht är churzum ir Zytig ihri Todesaazeig.
Si isch gstorbe. Tot. Eifach us em Läbe verschwunde.

Eifach nümm da! Z spät! – Itz isch es z spät! – Ändgüutig z spät! We Zyt verby isch, isch si verby!

Är nimmt sech vor, trotzdäm aus ufzschrybe, sich vor Seeu z buechstabiere, was ne plaaget, de der Brief z verschrisse u d Fötzeli i See z ströie – genau dert, wo si sech einisch ewegi Liebi versproche u ewegi Tröji gschwore hei – oder aus z verbrönne u d Äsche em Wätterluft z überla. Was gsi isch, chunnt ihm plötzlech wi herbschtvernäblet vor. Was vorhär no scharf umrisse nach Erklärig verlangt het, isch ytoucht i ds miude Liecht vor Vergänglechkeit. Aus geit verby, das isch ihm klar. Verby isch verby! – Aber nid vergässe ... Är gspürt, dass Liebi o zmitts ir Vergänglechkeit nid vergeit.

Är sticht mit em Bleistift es Loch i ds Briefpapier, luegt düre i d Ewigkeit u steut sech vor, dass d Ärdeschwäri u d Gedankelascht dert ihres Gwicht verliere. Är verdrängt d Würklechkeit für der Wahrheit neecher z cho.

Der Brief isch gschribe u verbrönnt. Ds fyne wysse Röichli isch grediueche i Himu gstige u im Äschehüüffli het der Luft gfingerlet u graui, sydefyni Fötzle dürenang gwirblet. U das, was isch gsi, wird mit Vergangeheits-Goudstoub überzoge, wo mit der Zyt aus Dunkle überstraut. Aber öppis laat ne nid los: Es düecht ne, en ächte Abschied hätt e Begägnig söue syy, wo me Oug i Oug hätt chönne kläre, warum dass es denn so wyt u ganz angersch isch choo.

Si hei enang doch aazoge, hei sech doch guet verstange u es isch gsi, wi we ds einte chönnt ghöre, was ds angere däicht ... Z spät! Verpasst isch verpasst!

U Dihr, heit Dihr o öppis, wo Dihr no möchtet, oder söttet i d Ornig bringe?
Machet Dihrs? – Oder verschiebet Dihrs?
Warum?
Verzeuet:

Es chunnt vor, dass sech es Problem vo säuber löst.
Aber das isch en angeri Gschicht.

RÄGEWÄTTER

Scho i auer Herrgottsfrüechi het der Gugger gguggeret ... u sii het derzue bim Tschogge mit em Münz im Jägglisack klimperet. «Der Gugger u Gäut, das bringt Glück!» seit me. Was für nes Verspräche i nöi Tag! – Uf em Märit het si geschter Bluemesetzlige gchouft u i d Baukonchischtli pflanzet. Ds Wätter wird schön, u drum het si d Sunnestore usegrouet. Es wär schad, we di zarte Pflänzli würde aafa schlampe! U de isch si mit em Outo dervogfahre. Hie u da macht si mit ihrer Mueter en Usflug. Aleini geit die nämlech nümm us em Huus. U wiu si Bärge gärn het, sy si i ds Oberland. Am Namittag het ds Wätter umgschlage. Dunkli Wuuche hei sech wi ne schwäre, graue, fiuzige Vorhang vor d Sunne gschobe. Es Früeligsgwitter mit wiude Windböe, bländige Blitze u dumpfem Donnerpoudere isch über ds Land zoge. Es het usöd gchuttet u gschiffet, wi us Chüble! – Ihre Maa isch zimlech muff worde, won er hei chunnt u gseht, dass sii bi der unsichere Wätterlag – u das nume wäge dene paar blöde Setzlige i dene blöde Bluemechischtli – d Sunnestore füreddrääit het. «Ume einisch nüüt ddäicht!» het er ddäicht, mismuetig der Chopf gschüttlet u d Ouge vedrääit. Obe uf der Store het e schwäri Rägeglungge gluntschet, u är het das pfludinasse Sunnestore-Schärmetuech nid chönne ychekurble. Är isch uf ds Baukongländer gstange, het sech mit eir Hand obe am Storerahme gha, u mit der angere Hand der Stoff vo unger glüpft, dass ds Wasser übere Storerand het chönne ablouffe. I däm Momänt, wo sii dunger uf e Parkplatz fahrt, rütscht är uf em schmale,

glitschig-nasse Gländer uus, u gheit vom vierte Stock i Töifi. Ds Letschte won er gseh het, churz bevors är mit eim Tätsch am Bode ufgschlage isch, isch der siuberig Stärn vor am Outo gsi. Är isch de wäret em Rettigstransport uf em Wäg i ds Spitau gstorbe. Vilech – wär weis – isch er i ne Himu vou Stärne ytoucht! U vilech – wär weis – lüchtet er itz ir Nacht aus Stärn dobe am Firmamänt. – Der Gugger u ds Münzklimpere hei ghaute, was ds Sprichwort verspricht: «E Gugger, wo guggeret u Gäut im Sack, bringe Glück!» – Es Problem het sech nämlech grad vo säuber glöst. Si het scho lang gwüsst, dass är mit syr Sekretärin meh aus es Gschleipf het. U dass bi syne viune usserordentleche Besprächige u «Meetings» u aagäblech gschäftleche Sitzige ganz bsungeri Gschäft uf der Traktandelischte gstange sy, het si scho lang vermuetet. – U i däm Fau isch sy Unglücksfau ihre Glücksfau gsi.

U de, was säget Dihr zu der brutale oder «schicksauhafte» Lösig vom Problem?
Gloubet Dihr a Sprichwörter?
Het bi Öich o scho einisch es Sprichwort Schicksau gspiut?
Verzeuet:

Es chunnt vor, dass zviu eifach zviu isch.
Aber das isch en angeri Gschicht.

ITZ LÄNGTS!

«Itz längts!» het si ddäicht. Niemer würd ere gloube, we si würd verzeue was är ihre scho aus aata het. Wi mängisch het si ächt em Dokter u im Spitau-Notfau verzeut si syg usgrütscht u d Stäge achetroolet, uf eme Hundsdräck etschlipft, bim Öpfle abläse vor Leitere gsäderet, si heig sech bim Choche mit heissem Wasser verbrüeit, si syg mit em Velo umgheit, si heig e Nuss wöue ufbysse u de syge haut paar Zähn usgheit. We si es blaus Oug – auso es violetts Veieli – gha het, het si verzeut, si heig der Chopf blöd am offne Chuchischafttööri aagschlage. We si e Haarblütti het müesse verdecke, hei d Lüt ddäicht, si heig e nöji Frisur. U de di gemeine Schlämperlige u Schlötterlige won är ihre aaghäicht het, u di fautsche Aaschuudigunge u di böse Verwünschige u di wüeschte Flüech u di rücksichtslose Vergwautigunge! Wär würd u wett das scho nume wöue ghöre? U de isch er handcherum ume e Gäbige. D Lüt meine, si heiges guet zäme.

Aber wär sy de scho «d Lüt»? ... Es het scho lang nume no «ihn» u «sii» ggää, ds «mir» het sech scho lang i Luft ufglöst ghaa. – «Gnue isch gnue!» het si nach jedem «Unfau» ddäicht. «Gnue isch gnue – u zviu isch zviu!» Aber de het se der Muet verlaa öppis z ungernäh. Wäm hätt si chönne verzeue wis ihre würklech geit? Wär hätt ihre das gglobt? U wär hätt ihre ghoufe? – Amene miude Summeraabe sy si zäme a See ga Picknicke. Wius zmitts ir Wuche gsi isch, hets süsch wyt u breit niemer gha. Är het es Füürli gmacht, u wäretdäm är d Cervelats ygschnitte u bbrätlet

het, het si Härdöpfusalat u Tomate uf Täuer verteut. Si het Zinnbächer, won är bim Schiesse gwunne het, mit eme schwäre, fruchtige Burgunder, sym Lieblingswy, gfüut. Är het d Würscht bbraacht, u de sy si nabenang uf e Boumstamm ghocket u hei mit de Täuer uf de Chnöi ggässe. «E Guete!» het si gseit u sech gfröit, dass es einisch ke Zoff ggä het. Är het o «e Guete!» gwünscht, se irgendwie komisch-verschmitzt aagluegt u gseit, är heig de scho gseh, dass es Tomate heig. «Aha!» het si ddäicht, «itz geits los mit stürme!» Si isch chli dänne grütscht u het der Chopf schreggleit, wi we si syne Wörter wett uswyche. Dene sägi me doch o Liebesöpfu, het er zwöidütig, aazüglech grinset u isch chli neecher grütscht. Si het der Bächer gno u «Proscht!» gseit. Si hei aagstosse u är het sy Bächer grad glärrt. Si het ihm schnäu nachegschäicht. Dass si nid nume purlutere Wy ygschäicht het, het är nid gmerkt. – «Was für ne Aabe!» het er – nach em Ggaffi mit Kirsch u de knackige Totebeinli – wohlig güsfzet u churzum mit glasige Ouge gseit, es syg ihm choge komisch, är syg muderige, syg plötzlech todmüed! Si het gseit, es wär doch romantisch, we si i der Voumondnacht grad hie am Füürli chönnte schlafe. O wes nid wyt syg, sött är – mit söfu Promiu – gschyder nümm heifahre. Si heig ja für au Fäu Schlafseck ypackt, het si gseit.
Am liebschte würd i di Gschicht i däm Ougeblick aahaute u nid verzeue wis wytergange isch. De wär das e schöne u vilech sogar hoffnisgsvoue Schluss, u das, was chunnt, ungscheh!

He nu: Si isch ufgstange, het uf em Wäg zum Outo bi jedem Schritt: «Itz längts!» – «Itz längts!» – «Itz längts!» vor sech häre brümelet, u derzue mit de Pfüüscht im Takt i d Luft boxet, u de das Gliger us em Goferruum gno. Si het ihm ghoufe i Schlafsack schlüüffe, het der Ryssverschluss zuezoge un ihm der Pulover aus Chüssi unger e Chopf gleit. Är het churzum gschnarchlet u si isch näb ihm abggrüpelet, het über di schweissnassi Stirne gstrychlet u gseit: «I ha di einisch gärn gha!» Wörter, wo ganz angersch tönt hätte, we si o i däm Momänt no ächt wäre gsi. De het si Gartehändsche aagleit, verrätereschi Spuure besytiget, ihrer Fingerabdrück uf de Fläsche abgwüscht, het ihm di fasch lääri Wyfläsche i d Hand ddrückt u Kirschfläsche näbe ne a Bode gleit. «Komme heute spaeter!» het si im Outo i sys Händy töggelet u di «Messitsch» a ihres Händy gschickt. Si het e Kanischter us em Goferruum gnoo, isch zrugg an See u het Bänzin über e Schlafsack u i ds Füürli glaart...

Hättet Dihr unger Umständ o söfu krimineui Energie?
Was däichet Dihr, wi di Gschicht isch usechoo?
Verzeuet:

No öppis: Daheim het si ds Gschiir suber abgwäsche u versorget, het d Räschte, ihrer Chleider, d Schue u d Händsche i ne Abfausack gheit u dä am Sammuplatz im Quartier deponiert. Am angere Morge am sibni sy di «Corpus delicti» im Ghüderwage verschwunde. – Was ir Fyschteri passiert isch, het niemer gseh, auso isch es nid passiert!

Im Louf vom Vormittag het si i d Firma aaglütet u gseit, der Maa göng nid a ds Händy, u si sött ihm öppis Wichtigs säge, ob si wüssi, wo si ne chönnt erreiche …

U de, was meinet Dihr?
Verzeuet:

Es chunnt vor, dass öpper meint, är syg dä, wo aus im Griff heig.
Aber das isch en angeri Gschicht.

E WURSCHT ISCH VILECH NUME ES WÜRSCHTLI

Es isch guet, we me weis wi Manne tigge. Me mues ne nume nid säge, dass mes weis.
Är het plagiert daheim heig är d Hose anne. D Frou dörf aber d Farb vo de Hose bestimme. «Was für ne ybiudete, ahnigslose Gali!» het äine ddäicht. «Was für ne eifach glismete Plagööri!» Klar, di grosse Fische sy die, wo me am beschte gseht. U ghöre tuet me die, wo am lütischte möögge. D Wahrheit isch aber die, dass d Sichtbarkeit meischtens umgchehrt proportionau zur Bedütig vor Person steit. E Wurscht isch de auso – gnau gno – vilech nume es Würschtli. Eine, wo sech aus wichtegi Persönlechkeit ufspiut, nume e Person. E Aafüerer, meischtens nume e uechegjublete Mitlöifer. Eine, wo sech aus Fachmaa usgit, nume e gwöhnleche Büezer. Eini, wo sech aus Dame ufspiut, nume e ganz gwöhnlechi, unbedütendi Frou oder sogar es ordinärs Frouezimmer. – Wär meh wott schyne aus er isch, isch im Grund gno e ganz gwöhnleche «Öpper». Nume e «Öpper». E «Öpperli». Es «Öpperli». Ke Wurscht, äbe nume es Würschtli!
Auso, zrugg zu däm, wo daheime d Hose anne het. Je meh dass dä meint, dass är befäli u bestimmi, u aus im Griff, u aus ungerem Duume heig, um so meh mache di angere hingerdüre, was sii wei. So eine isch e Blödian, e naive, ahnigslose dumme Kärli, eifach e Möff! Sii – auso sy Frou – isch heimlech i Schwingchäuer ga üebe. Het gseit, si göng i ne Chochkurs. Wiu, i ihre hets scho

lang gchöcherlet!... Är het de gstuunet, wo si eines Tages befiut, är söu nid di rote u nid di blaue u nid di gstreifte u nid di ghüslete Hose aalege, si heig ihm hütt Schwingerhose zwäggleit. Är het ddäicht, dass syg nüüt aus e schlächte Gschpass, e doofe Witz, Chutzemischt u Bullshit, u het ke Ougeblick dranne zwyflet, dass är die de churzerhand uf e Rügge leit. U de het si ihn churzspitz mit em Wyberhaagge bbodiget u flach gleit. Obwou er mit de Bei gsperzet u gsporzet u zablet u gstramplet u wiud i d Luft gstüpft het, het si ihm der Chopf i ds Sagmäu ddrückt, bis er nume no Spän gspöit het, u de gar nümm gspöit het u erstickt isch.
Es chunnt äbe nid drufab wär d Hose annehet, sondern... wär d Hose annebhautet!

U de, was säget Dihr zu so nere Frou?
U was säget Dihr zum Maa?
Verzeuet:

✗ ....
....
....
....
....

Es chunnt vor, dass me nid weis, ob öpper es Härz het oder nid.
Aber das isch en angeri Gschicht.

MÄXU

Der Vater het d Mueter plaget u schigganiert u nere Schlämperlige aaghäicht. D Mueter het de aube mit em Handrügge schnäu Träne abgwüscht u im Gheime – we si gmeint het Mäxu merkis nid – z luter Wasser bbrigget. Är, der Mäxu het der Vater ghasset. Der Vater het geng sy Uniform annegha – o daheime. Är het dermit si Outorität ungerstriche, u das het uf e Mäxu gwürkt wi ne chauti Dusche, u het zumene froschtige Verhäutnis gfüert. Der Muter het er vertrout. Em Vater nid. D Mueter het er gärn gha. Der Vater het er verachtet. Mängisch het sech der Mäxu gfragt, ob ächt der Vater o es Härz heig. D Muter het gseit, dass aui Läbewäse – auso Mönsche u Tier – es Härz heige. Ohni Härz chönn me nid läbe. Der Mäxu het däm nid rächt trouet. We der Vater es Härz hätt, het er ddäicht, de chönnt dä doch ab u zue härzlech syy!

Der Mäxu hät gärn e Hund gha. So nes Fiich chömm nid i d Wohnig, het der Vater poletet. «E Chatz?» het der Mäxu tuuch gfragt. Är hät gärn e Tiger, es Tigerli gha, e Schnurrli mit eme sydeweiche Peuz, won är hät chönne strychle. «Wäger nid!» het ne der Vater abputzt. So ne unütze Baug bruuchi sii nid. Der Mäxu het ds ysige Klapptörli vor Drahtgittermusefaue ufklappt, obedruffe mit em bogne Drähtli feschtgchlemmt u ir Faue inne – unger a ds Hääggli vom Drähtli – chli Späck ghäicht. Der Mäxu het e Muus gfange. Är het gseh, dass der Muus puur luteri Angscht us de Ouge springt, het ds Muusepeuzli fyn gstrychlet u gseit, si söu nid Angscht ha, är müess nume öppis

luege. Der Mäxu het d Muus am Schwanz gno, het se uf ds Houzbrätt – wo d Muter aube der Brate druffe schnidet – gleit, u het ere mit em Hammer won er ir Wärchzüügchischte gfunge het – schnäu eis uf e Chopf gschlage. De het er der Muus mit em Naguschärli vom Schwanz här der Buuch ufgschärlet. Mäxu het d Muus gmetzget für z luege, ob si es Harz heig. Zersch het er nume Därm, der Mage, d Niere, d Miuz, d Läbere u ändlech zwüsche de Rippi u ungerhaub vor Lunge – ds Härz gfunge. «D Muus het auso es Härz!» het Mäxu feschtgsteut. D Mueter het rächt gha! – Ds Glyche hätt er am liebschte mit sym Vater gmacht!

U de, was däichet Dihr?
Verzeuet:

♥ ....

....

....

....

Vilech stimmts u vilech stimmts nid! U vilech isch aus ganz angersch gsi. – Öpper meint, dass usem Mäxu e Max worde syg. Usem Schüler e Gymeler, de e Studänt, de e Dokter u de e

Kardiolog. Härztransplantatione syge sys Speziaugebiet gsi. Eines Tages heig er sy Vater «ungerem Mässer» gha. Won är ds aute Härz usegschnäflet heig für ds nöie, ds Spänderhärz ychezflicke, heig er syne Ouge nid trouet ... So öppis heig är no nie gseh! Dä verbbruucht, schlaff Vater-Härz-Musku syg vou Narbe gsi. Är heig sech de gfragt, ob Narbe, wo me bi angerne verursachi, o im eigete Härz Spuure hingerlöi.

Was meinte Dihr?
Verzeuet:

♥ ....

....

....

....

....

....

....

....

....

Überigens: Ds nöie Härz het nid wöue, wis hätt söue.
Der Vater isch gstorbe.
U der Mäxu-Max hets begriffe – ds nöie Härz ...

Es chunnt vor, dass aui wei rächt haa.
Aber das isch en angeri Gschicht.

VILECH

«Vilech», seit si.
«Vilech o nid», seit är.
«Vilech de glych», seit si
«Vilech de glych nid», seit är.
«Vilech äbe de glych», seit si.
«Vilech äbe de glych nid», seit är.
«Vilech äbe de auä glych», seit si.
«Vilech äbe de auä glych nid», seit är.
«Vilech äbe de auä öppe glych», seit si.
«Vilech äbe de auä öppe glych nid», seit är.
«Vilech äbe de auä öppe sicher glych», seit si.
«Vilech äbe de auä öppe sicher glych nid», seit är.
«Vilech äbe de auä öppe ganz sicher glych», seit si.
«Vilech äbe de auä öppe ganz sicher glych nid», seit är.
«Vilech äbe de auä öppe ganz bestimmt sicher glych», seit si.
«Vilech äbe de auä öppe ganz bestimmt sicher glych nid», seit är.
«Vilech äbe de auä öppe ganz, ganz bestimmt sicher glych», seit si.
«Besserwüssere!» seit är.
«Vilech!» seit si.
«Vilech isch so guet wi sicher», seit är.
«Vilech isch so guet wi nid sicher», seit si.
«Vilech isch vilech nid nid sicher», seit är.
«Vilech isch vilech nid sicher sicher», seit si.
«Vilech isch vilech sicher nid nid sicher», seit är.
«Vilech isch vilech sicher sicher nid sicher», seit si.
«Vilech isch vilech sicher sicher nid ganz sicher», seit är

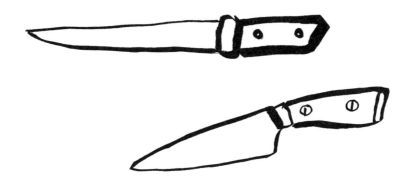

«Bhoupti!» seit si.
«Won i rächt ha, han i rächt, u das isch rächt!» seit är.
«Richtig heissts, richtig!» seit si.
«Richtig», seit är, «genau richtig! – I ha rächt!»
«Vilech», seit si, «u vilech o nid!»
Öpper – auso sii oder är – nimmt eis vo de scharfe Fleischmässer us der Schublade u … de isch, nid nume vilech, sondern vilech ganz sicher, öpper rächt u richtig tot.
U richtig, paar Tag später steit e Truurgmein uf em Friedhof um nes offnigs Grab. –
Wär meint, är oder sii heig rächt, nimmt sech äbe mängisch ds Rächt use rächt z haa!

Das cheibe rächt haa!
Heit Dihr o geng gärn rächt?
U we ds Rächt nid uf Öier Syte isch, was de?
Verzeuet:

Es chunnt vor, dass öppis ersch spät uschunnt.
Aber das isch en angeri Gschicht.

HERRJEE, HEI DIE SICH GÄRN GHA! ...

Herrjee, hei die sich gärn gha! U wen är nid gstorbe wär, de würde si sich hütt no gärn ha u ärfele, u schätzele. Vilech! Auso wen är no da wär, de ... vilech?! Es isch so ne Sach mit em Konjunktiv. Hätti u wetti, wurdi u tati, miechi u miechti u chönnti, giengi u chämi oder chämti oder chiemi oder chiemti ... Aus isch ganz scharf ar Gränze vor Realität, eigentlech scho änefür vo däm, wo Würklechkeit isch. Auso nid isch, sondern äbe wär oder wäri wes wär. Wen är no da wär, wen är no würd oder würdi läbe, wen är no läbti, de würd oder würde si sech wyterhin gärn ha. Vilech?! De würd oder würdi är ihre wyterhin Schatz, Schätzeli, Schätzi, Schnuggeli, Schnüggu, Muus, Müüsli, Chäfer, Chäferli, Härzchäferli, Liebs, Liebschti, Liebeli, «Sweetheart», «Darling», «Chérie» oder «mon amour» oder «Caro», oder «amore mio» u so wyter säge. – Nei, nie der Name, nume so blödi auerwäuts Schmycheleie. Nüüt Persönlechs. Nume Ersatznäme. Näme, wo für angeri Froue o würde passe, oder äbe piesse. Eigentlech für jedi! – Praktisch! We me im Schlaf – auso wen är – würd oder tät rede, oder sech würdi oder täti verplappere, auso verplapperti wärs ja gäbig, we Troumfrou ke Name hätt. Wes die im Ehebett würd ghöre, würd oder würdi die nämlech meine, är tröimi vo ihre! «He nu, es isch passiert, verby. – Gottlob!» däicht si. Är isch viu ungerwägs gsi. U si isch froh gsi, dass ihri Schwöschter ir neechi wohnt. Für dass si o auben einisch vo Huus het chönne, isch die d Chind cho hüete. Si het sech mängisch

gfragt, warum ihri Schwoscht, so ne attraktivi Frou, nid o scho lang ghürate syg. He nu, das geit oder ging oder gungti se ja eigentlech nüüt aa.

U plötzlech isch ihri Schwöschter schwanger. Nei, übere Vater vo ihrem Chind chönn u wöu u dörf si nid rede. U si het mit ere eidütige Handbewegig das Thema vom Tisch u us der Wäut gwüscht, u pickuhert gschwige. U sii het nid im Näbu vor Ungwüssheit wöue stochere. – Das vaterlose Chind isch de uf d Wäut cho. Sii u ihre Maa si de däm arme Würmli Gotte u Götti gsi. Eis meh mach nid viu meh Arbeit, het si gseit, u de isch das Gotte-Götti-Chind, fasch wi nes vierts, näbe de drüüne eigete ufgwachse. Nach em Chind het de d Schwöschter nume no Teilzyt aus Sekretärin gschaffet. – Gly het se der Götti i sym Betrieb aagsteut. U wen är a ne Aalass, a ne Tagig, a nes «Meeting» oder a ne Kongräss het müesse, het si ne aus Sekretärin begleitet. Ds Chind isch ja bir Gotte guet ufghobe gsi. Chürzlech isch är aleini a nes «Meeting» i ds nache Usland gfahre. Das syg ja nid wyt u mit em Outo syg är flexibler aus mit em Zug. Uf em

Heimwäg hets sintfluetartig grägnet. D Schybewüscher hei ds Wasser, wo wi ne Sturzbach obenache platscht isch, schier nümm möge wäggfäge. Inere Massecarambolage isch sys Outo zämegstuucht u verdrückt worde – het uusgseh wi der Baug vonere Handorgele – u für ihn isch jedi Hiuf z spät cho. Nach der Beärdigung het d Schwöschter der Witwe verzeut wär der Vater vo ihrem Chind isch. Di hingergangeni, usgnützti u für dumm verchoufti Frou – wo sech soublöd verschouklet vorchoo isch – het d Händ ygseifet, der Ehering vom Ringfinger zoge, isch uf e Fridhof ggange, het es Loch i früsch ufgworfnig Härdhoger ggrabe u das Fangise em unträie Ehemaa i d Höu nachepängglet. – Me chönnt di moderni Grabbygab i däm Fau aus Grabbygabs-Abrächnig bezeichne.

Die Gschicht isch hie fertig. Aus wytere chöit Dihr Öich säuber usdäiche.
Was passiert ächt zwüsche dene zwone Schwöschtere?
Cha di Hingergangeni ächt ds Verschwyge vo ihrer Schwöschter u ihrem Maa verstah?
Gits es «Happyend»? Oder grad ds Gägeteu?
Was däichet Dihr?
Verzeuet:

Es chunnt vor, dass me zwo Lyche fingt, aber ke Spur vomene Mörder...
Aber das isch en angeri Gschicht.

MORD IM DOPPUPACK

Es chäm nimer uf d Idee, dass är... Wie o? Zueggä, är isch yfersüchtig u beleidiget u kränkt u verletzt u piggiert ... u überhoupt! Är weis scho lang, dass d Frou e Liebhaber het. Är het äbe e Bruef mit Nachtdienscht, u das isch für nes heimlechs Techtelmechtel günschtig.

Lang nach Mitternacht het är Tür vor Wohnig lysli ufbschlosse, het ar Garderobe e frömdi Chutte gseh hange, u ddäicht: «Ahaa, si het Herrebsuech!» Är het Gumihändsche aagleit, der dopplet Rand vor Roger Stoub-Chappe übere Chopf ache- u zwo Sprütze ufzoge. Won är d Schlafzimmertür süüferli uftuet, gseht er zwöi im Doppubett lige! I sym Bett!! Im Ehebett!!! Eine, wo im Troum bim Yschnuufe schnarchlet wi ne Wiudsou u bim Usschnuufe ruuret wi nes Schooshündli, u sy Frou, wo i de Arme vo ihrem Liebhaber seelig schlaft. – I beidne Händ e Sprütze, isch är uf di zwöi zuegschliche, isch über wahrschynlech luschtgierig vom Lyb gschrissni Chleider gstouperet, het glychzytig u schnäu bir unträije Frou u bim Schnarchli zuegstoche, so schnäu, dass kes het chönne reagiere. U de isch er us der Wohnig verschwunde, u – wi we nüüt wär gsi – ume im Spitau uftoucht. – Wo der Herr Oberarzt diräkt nach der Nachtschicht a ne Ärztekongräss i ds Usland gfloge isch, hets im Schlafzimmer vo syr Attikawohnig zwo Lyche gha: Sy Frou u sy Assistänzarzt. Är het de – alibimässig – es paar Mau uf ds Händy vo syr Frou aaglütet. Wo die o am dritte Tag geng no nid abgno het, het er em Huuswart telefoniert u ne bbätte, är söu doch syr Frou ga usrichte, si söu ihm aalüte. – Wo de niemer d

Wohnigstür ufta het, het der Huswart es unguets Gfüeu gha – wiu, es het chli eigenartig gschmöckt! Är het em Herr Oberarzt telefoniert u gseit, dass niemer uftüei. Der Herr Oberarzt het gseit, är söu doch mit em Resärveschlüssu ufbschliesse, u luege was los syg. Es isch nid lang ggange, u em Herr Oberarzt sys Händy het plääret, u der Abwart het ganz ufgregt bbrichtet, was är aatroffe het. «Furchtbar!» u «Schrecklech!» u «Nei, so öppis!» het der Herr Oberarzt erstuunt taa, u gseit, är – der Abwart – söu sofort der Polizei aalüte. U är nähm der nächscht Flüger u chöm so schnäu wi müglech hei. – D Spuuresicherig het ir Wohnig kener verdächtige Schuesole- oder Fingerabdrück gfunge aus die vom Herr Oberarzt u die vom Huswart, u dä isch aus Täter chuum i Frag cho.

Dass me weder uf de Ampulle no uf de Sprütze Fingerabdrück gfunge het, isch niemerem ufgfaue oder verdächtig vorcho. Me het zwar kes ylüchtends Motiv gfunge, aber me het de vermuetet, dass di zwöi freiwiuig mit eme Doppusäubschtmord us em Läbe gschide syge. U der Herr Oberarzt het der überrascht, betrüebt, verzwyflet, untröschtlech-truurig u truurend Witwer gspiut. U sech de gly mit ere junge Ärztin, won är am Kongräss ufgrisse het, tröschtet.

Was däichet Dihr?
Verzeuet:

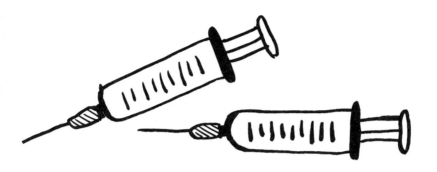

U de no das: Bimne Flugzügabsturz sy d Eutere vo syr Frou um ds Läbe, u sii – ds einzige Chind – zu mene grosse, emne würklech grosse Vermöge cho. Är hätt mit däm Rychtum gärn höchaaggä, aber si het das Gäut unger em Dechu bbhaute u guet aagleit. Si hei ja mit sym Ykomme u ihrem Lohn aus Physiotherapeutin guet chönne läbe. – Auem aa het dä Mord nid nume der Näbebueler usgschautet u ne eventuelli Scheidig verhinderet …, itz isch är rych, stinkrych gsi!

Was meinet Dihr zu dene nöie Erkenntnis?
Verzeuet:

U de no das: Är het denn, während syr Nachtschicht, di zwo Ampulle im Verzeichnis vo de verabreichte Medis zwar suber ytreit, aber är het nid dermit grächnet, dass öpper dä Ytrag gnauer «unger d Lupe nimmt». D Spitauapiteeggere het gmerkt, dass di beide Ampulle mit däm unger Umständ tödleche Gift, kem Patiänt u ker Patiäntin zuegordnet gsi sy. Wo si vo däm Doppumord ir Zytig gläse het, isch si plötzlech uf ene Idee cho ...

Was vermuetet Dihr itz?
Verzeuet:

Genau, Yversucht u Gäutgier hei auä sy Verstand vernäblet. Süsch hätt är di Medis ungerem Name vom Assistänzarzt ytrage. Wiu, dä het är ja a däm Aabe, das heisst ir Mordnacht, abglöst u o grad no besytiget. Dä het me ja de nümm chönne zur Rächeschaft zie. – D Apiteeggere het auso dä Vorfau gmäudet. U unger dene Umständ het d Polizei dä schynbar guet ygfädlet, aagäblech Doppusäubschtmord nöi ufgrouet.

Was däichet Dihr, isch me em Täter uf d Spur choo?
Het me di Tat em Oberarzt chönne nachewyse?
U we ja, wi mängs Jahr het är für dä brutau Mord müesse hocke?
Verzeuet:

U de no das: Im Läbe u ir Liebi gits nüüt, wos nid git! Wi wär di mordsmässegi Doppumord-Gschicht ächt usggange, we d Apiteeggere für dä Oberarzt gschwärmt hätt? We si i dä verliebt gsi wär? We si vonere gmeinsame Zuekunft tröimt hätt? We si sogar Grund zum hoffe gha hätt, wiu är nid eidütig nüüt vo ihre wöue het?

Was meinet, was vermuetet Dihr?
Verzeuet:

Was? Dihr heit e besseri Idee. – Dihr chöit Öich nid vorsteue, dass e Oberarzt so doof isch, dass dä di zwo Ampulle uf ere Lyschte ytrage het. Dä heig die doch eifach ygsacket, mitgnoo, la mitlouffe, wäggfunge, gstole. Bi däm Püuverli-, Piueli-, Tablette-, Sprütze-, Infusione- u Giftverchehr imene Spitau merki das doch niemer, bhouptet Dihr. U das würd eidütig zu mene exakt planete, chautblüetige u vorsätzleche Mord passe. – Gueti Idee! Prima Täter-Instinkt! Danke für dä Tipp! U dermit wär dä Fau nuukommaplötzlech glöst. U d Apiteeggere u d Liebesgschicht überflüssig. Churz u bündig! Fertig! Fau «ad acta»! – Aber chli Techtelmechtel, chli amuröses Rambazamba, heissi Blicke, im Verschleikte umeliebele, es heimlechs Zybi, gheimi «Rendez-vous» oder «Rendons-nous» a verschwigene Orte, mache doch jedi Gschicht spannend. Oder? U schliesslech drääjt sech im Läbe aus geng i irgend ere Art u Wys um ds gärnha. Mängisch isch zviu Liebi im Spiu, u mängisch zweni. Beides cha explosiv würke... U gäuet, passet uuf, syt uf em «Quivive» wo Dihr ds Läbe gärn hei, syt uf der Huet u naht ne – o nid nume zum Gspass – uf e Huet, we öpper seit, är heig Öich zum Frässe gärn. Dihr wettet ja schliesslech nid uf ere Schlachtplatte lande!

Heit Dihr vilech i Gedanke o scho öpper «umen Egge» bbracht?
Verzeuet:

So, so, Gluscht hättet Dihr scho gha, nume der Muet het gfäut! Aber di Sach mit de fählende Fingerabdrück uf de Sprütze, die laat Öich ke Rueh? Wäge däm chönn me doch nid uf ene Doppusäubschtmord schliesse, säget Dihr. Das syg doch nid logisch.

Aber chönnts de nid o eso sy, auso eso gsi sy, dass di zwöi würklech mit eme Doppusäubschtmord usem Läbe gschide sy, u d Ampulle u d Sprütze im letschte Momänt abputzt hei für e Verdacht – «posthum» oder «postmortem» – uf öpper angersch z länke? Öpperem der Säubschtmord aus Doppu-Mord i d Schue z schiebe? Öpperem, wo eidütig e Grund u de no unghinderte Zuegang zu Medikamänt het?
Späti Rache für irgendöppis…? – Wär doch e Gedanke wärt?

Was meinet Dihr zu der Variante?
Verzeuet:

Prima Idee! Nume wyter im Tägscht. – «The show must go on!» Wo me de ir Rächtsmedizin feschtgsteut het, dass di Toti schwanger isch gsi, het me gmeint, me heig eidütig ds Motiv für dä ominös Doppusäubschtmord gfunge.

U de, was däichet Dihr itz?
Verzeuet:

Es chunnt vor, dass nüüt isch, wis schynt.
Aber das isch en angeri Gschicht.

ÄR DER SOHN, U SII NUME DER GOOF

Si isch geng nume ds Meitschi oder ds Meitli, u im Chopf vor Mueter auä nume der Goof gsi. We öpper gfragt het, wi mängs Chind dass si heig, het si gseit: «E Sohn u nes Meitli.» Das het se scho aus chlyne Chnopf möge. Sii isch ja di Eutel gsi, aber är, der chlyn Brüetsch – der Sohn! – isch geng vor ihre cho. Geng! U sii isch nie Tochter gsi. Nie! Geng nume ds Meitli! «E Sohn u nes Meitli», hets geng gheisse. Oder äbe e Goof. D Mueter het ihre Sohn verwöhnt, u sii isch eifach – wi ne Betriebsunfau – duudet gsi. We der Brüetsch ghueschtet het, isch me sofort mit ihm zum Dokter. We sii Fieber gha het, het d Mueter paar Essigwickle gmacht u gseit, das besseri de scho. U es het se ddüecht, si brümeli: «U süsch isch es de o glych!» Der Vater isch e stiue, guetmüetige Maa gsi. Daheim het är so guet wi nüüt z säge gha. Wiu, befole u bestimmt het d Frou, schliesslech het sii ds Gäut i d Ehe bbracht. U nume heimlech, im Verschleikte, het der Vater sym Töchterli öppe es Schoggistängeli i ds Etui oder i ds Rächnigsbüechli gleit, u später hie u da es Nötli. Der Brüetsch het dörfe studiere. Si wär o gärn a d Uni. E Lehr tüeis, het d Mueter gseit. – Später het si mit em Brüetsch i Usgang müesse. Si het ihm aus «Alibi» dienet, für dass är sech mit sym Fründ het chönne träffe, ohni dass d Mueter öppis vo sym Schwuusy u vom Doppuläbe gmerkt het. We sii nid mitmachi u ne verrati, de chönn si de öppis erläbe, het der Brüetsch ihre droht. O für ihn het sii ke Name gha. Si isch nume «die da» oder «äini» oder d Schwoscht oder «sii» gsi. Si het ne ghasset! Wo der Vater gstorbe isch, het sech d Mueter no meh a ihre Sohn ghäicht. Sohn hie u Sohn da! «U gäu Sohn, du chunsch!» «U gäu Sohn, du tuesch!» U der Sohn het vordüre brav gmacht, was d Mueter verlangt het, u hingerdüre usschweifendi Mannefründschafte gläbt.

Är het d Schwoscht zwunge, sy Fründ z hürate – auso e Schynehe yzgah – wius de für di zwe Manne eifacher isch gsi – ungstört u ohni Ufseh – ihres Zämeläbe z läbe. «Menage à trois» seit me däm. Di Hürat het der Mueter gar nid i Chraam passt. Dä Maa isch ihre zweni gsi. U o, dass ihre Sohn, ds Meitli u sy Maa gly einisch e WG ggründet hei, het se tubetänzig gmacht u uf Paume bbracht. Si het nid ygseh, warum ihre einzig Sohn daheim uszoge isch. Si het em Meitli d Schuud ggä u bbhouptet, dank der WG chönn si sech e grösseri Wohnig leischte, u hässig erklärt, dass si se im Teschtamänt uf e Pflichtteu setzi.

Tochter het rot gseh u ddäicht: «Itz längts!» u «Itz isch gnue Höi dunger!» U Drohig het ds Fass zum überloufe bbracht. – Der Termin mit em Notar isch de i ds Wasser gheit!

Amne Früeligsmorge, wo der Räge a d Fäischterschybe vor Villa däpperet u Strüücher u Böim im Garte brüelig Grüen explodiere, isch d Mueter bleich u stiu im Bett blybe lige.

Tochter – auso ds Meitli – het aus Laborantin gschaffet, u ne Griff i Giftschrank het ds Problem glöst. Der Tod vor Mueter isch für se es «Happy End» gsi.

U de, was söu me da säge?
Verzeuet:

Wo d Rächtsmedizin feschtgsteut het, dass d Mueter anere Kaliumvergiftig gstorbe, u der Sach nacheggange isch, het Tochter usgseit, dass d Mueter vilech absichtlech zviu Bluetdrucksänker gno, u dass es vilech Säubschtmord gsi syg – vilech us Längizyt nach ihrem Maa – oder dass der Mueter vilech öpper das Gift ggä oder gspritzt heig. U si het dutlech la dureblicke, dass en Arzt – u dermit het si ihre gemein Brüetsch, der grossartig Sohn, ganz näbeby i ds Spiu bbracht – auso, dass en Arzt doch jederzyt Zuegang zu settige Sache heig.

Si het ke Grund meh gseh für ne z schone, aber hundert Gründ für ne i ds Mässer la z loufe. Si het jede Verdacht vo sech abgschüttlet, wi ne Euschtere Rägetröpf vo de Fädere. Si het eso überzügend gloge, dass d Lugi wi d Wahrheit u d Wahrheit aus höchscht unwahrschynlech erschine isch. U dermit het si ihrem Brüetsch zruggzaut, was är ihre jahrelang aataa het, u ghoffet, dass är verurteut u hinger Gitter chunnt, für öppis, won är nid gmacht het.

U de, was isch d Morau vo der Gschicht?
Verzeuet:

Es chunnt vor, dass eim öpper vor eim säuber bewahrt.
Aber das isch en angeri Gschicht.

ADRESSE UNBEKANNT

«Du hast mir verraten wie du heisst. Ich weiss, dass du einen bedeutenden Namen trägst. Heute ist der 24. Juli. Dein Gedenktag. Wenn du, Christophorus, damals nicht deine Hand liebevoll auf meine Schulter gelegt hättest, wäre ich von der Brücke gesprungen. Damals. Der grüne Fluss hätte mich, wie einen Fisch – einen toten Fisch – an Dörfern und Städten vorbei ins blaue Meer getragen. Die Legende sagt, dass Du das Jesuskind über den Fluss getragen hast, und dass du der Beschützer der Reisenden bist. Aber auch, dass Du vor «jähem Tod» bewahrst. Als Beschützer der Reisenden hättest Du mich springen lassen können. Ich war oder wollte mich ja auf die Reise ins Jenseits begeben. Als Bewahrer vor dem Tod hast Du mich zurückgehalten. Danke! Damals war ich wütend. Heute bin ich dankbar. Und das wollte ich Dir sagen. Wir haben uns aus den Augen verloren. Ich habe keine Adresse. Aber ich muss das loswerden. Herzlichen Dank und Liebe Grüsse.»

A däm Brief het si i Gedanke gschribe – u uf d Spure glotzet, wo ds fiktive Bleistift uf ds Papier zoge het, wi we si de eigete Wörter wett nacheloufe – u derzue uf e Böss gwartet für i sym Buuch sicher über d Brügg u ihrer Erinnerige z fahre. Loufe geit nid. No nid.

Si isch wahnsinnig erchlüpft, wo ihre plötzlech öpper d Hand uf d Schuutere leit u seit, dass ke Böss meh fahri, wiu sich öpper vor Brügg i ds grüene Wasser vom Fluss gstürzt heig... D Brügg syg hütt für e Verchehr gsperrt.

Si nimmt de es Taxi u hanget uf der Fahrt ihrne Gedanke nache. Fragt sech, ob eim der Fauwind vo obe achedrücki, u ds Gheie schnäuer machi oder ob der Ufwind der Sturz vo unger brämsi. Si fragt sech, ob me uf haubem Wäg der Wächsu vo de Windverhäutnis oder vo de Druckverhäutnis gspüri, we me der Ewigkeit egäge flügi. Si fragt sech, ob ds Gheie ähnlech syg, wi ne Fahrt imene Cabriolet, wos eim d Haar um ds Gsicht wääii u d Ouge trääni. Si fragt sech, wi lang so ne Sturz duuri. Vilech Höchi mau oder durch d Faugschwindigkeit? Was Zahle aageit isch si nie guet gsi, u si weis o nid, obs für so öppis vilech sogar e Formle gäb. Si fragt sech, ob ds Gwicht e Yfluss heig. U obs e Roue spili, ob me mit de Bei vorab oder chopfvorab i Töifi stürzi. Auso am gschydschte «Ouge zue u hopp!» däicht si. Si fragt sech, ob so ne Sprung – Im Momänt wo me springt – Muet bruuchi oder Übermuet oder Verzwyflig oder Hoffnigslosigkeit oder Wuet oder Liechtsinn. Si weis es nid. Geng no nid. Oder nümm. Oder wotts gar nid wüsse. Sinn machi so ne Sprung us em Läbe vilech grad nume im Momänt vom Loslaa, vom Abstosse, wius schynbar ke angeri Lösig gäb für die oder dä, wo springi, aber süsch für niemer. Oder? Si zwyflet drann, ob me überhoupt nach angerne Lösige wöu u chönn u mög sueche, we me nume no schwarz gsei? We me weder yy no uus wüss? – We si denn gsprunge wär, de chönnt si sech itz kener settige Gedanke mache. U si merkt, dass d Erinnerig es gwagts, es bizarrs Aabetüür isch. – Der Taxischofför seit wiviu d Fahrt choschtet. Si zaut, seit «Merci», wünscht «e guete Tag», stygt us... u isch em Christophorus einisch meh dankbar.

Was däichet Dihr über Säubschtmordgedanke oder Säubschtmord?
Verzeuet:

Es chunnt vor, dass öpper meint, me müess ere Sach der Rigu schiebe.
Aber das isch en angeri Gschicht.

DER RIGU SCHIEBE

Inere schöne Summernacht isch es passiert. Si hets planet. Ganz genau planet. Minuziös usdäicht was, wo, wie u wenn. So öppis wott guet ygfädlet, überdäicht, u sorgfäutig vorbereitet sy. Si hätts lieber nid gmacht. Aber es het müesse sy. Si het nume no dä Uswäg u die Lösig gseh für däm, wo sech aabahnet, der Rigu z schiebe.

Är söu doch di Klassezämekunft bi ihne im Feriehuus mache. Aui i ds Oberland ylade, das wär doch einisch öppis angersch. Platz heigs ja gnue. U süsch chönnt me für ds Übernachte no paar Zimmer imene Hotäu miete, het si e prima Idee, wo o ihrem Maa gfaut. Är isch sogar häu begeischteret! – Der Wättergott hets guet gmeint: Es Wuchenändi wi us em Feriekatalog! Me het i aute Zyte gschweugt, Streiche la ufläbe, u gly sy d Manne ume Giele i churze Hose u Dechlichappe uf em Chopf, u d Froue Schueumeitli mit ängge Röhrlihose u Zahnspange worde. Me het glaferet, verzeut, plagiert, d Wäut verbesseret, politisiert, gschäkeret, geng ume mit Champagner aagstosse, u sech am Büffee bedient. – Die, wo Badzüüg hei bi sech gha, sy i Pool ga schwümme.

Im grosse Garte, me chönnt däm – weniger bescheide – gut u gärn Park säge, hets versteckti louschegi Plätzli mit Bänkli u Ligistüeu gha. U ab u zue si zwöi verschwunde.

Si het di fürsorglechi, umsichtegi u verliebti Gattin gspiut, u är het wou oder übu mittheäterlet. Si het scho gseh, dass är – we si der Arm über sy Schuutere gleit un ihm es Müntschi uf d Backe ddrückt het – dass är d Ouge verdrääit u sehnsüchtig sy

Flamme aaghimmlet het. Si het o gwüsst, dass ds Füürli, wo einisch zwüsche ihm u sym Schueuschatz gloderet, u de paar Jahr stiu vor sech häre gmottet het, ume ufflackeret u zünglet. Si het o gseh, wi di zwöi heimlech heissi Blicke gwächslet hei, wi sech ihrer Händ – öppe bim Nacheschäiche – absichtlech oder – je nach däm – unabsichtlech-zuefäuig berüert hei. Si het sech nüüt la aamerke. Es isch e fröhleche Aabe u ne churzi Nacht worde. Wo sech Klassezämekunft am Sunntig nach em Zmorge langsam ufglöst het, het disi äini schynheilig gfragt, ob daheim öpper uf se warti. Wo äini verzeut, dass si syt paarne Monet solo syg, het disi gseit, si söu doch no chli blybe. Si chönnt Hiuf bim Ufruume bruuche. U we si wöu, chönn si ja no einisch übernachte. Ds Aupeglüeje bim Ynachte syg eimalig schön, ja zouberhaft magisch. Är, auso der Maa, mües hütt zrugg. Eine vo de Kollege nähm ne mit. Morn flügi är ja für paar Tag i ds Usland a ne Kongräss. – Är isch ggange. Äini isch blibe. Di beide Froue hei de nach em Ufruume am Aabe im Garte bi Cherzeliecht no di aagfangne Wy- u Schämpisfläsche gläärt, u über Gott u d Wäut u ds Läbe gspintisiert. U de het disi aus Absacker no «Cognac plus» ygschäicht. Für sich säuber aber nume «Cognac puur». Es Huuri het ghüület, Griue hei zirpet, irgendwo het e Frösch quaaket u Flädermüüs si wi schwarzi Schärischnitte i de Böim desume gflüglet. Wo ne Stärnschnuppe über Himu gsuuset isch, hei sech beide öppis gwünscht ... U wiu der Mond grad so schön romantisch hinger de Schneebärge fürecho isch, u ds Tau u der Garte mit miudem Liecht märlihaft versiuberet het, hei di zwo d Chleider abzoge u sy i Pool gstige. Disi isch paar Lengine gschwumme, de isch si uf d Luftmatratze gläge, het sech la trybe, vom Aukohou beduslet i di stärneklari Nacht gstuunet, d Wäut um sech ume vergässe, u vor sech häre tröimt. Wahrschynlech het si sech vorgsteut, wis de wär, we sii – statt disi – u är ... u de isch si ygschlafe. Disi het der Chnopf ddrückt, u Poolabdeckig het ds Wasser u die uf der Luftmatratze lysli zueddeckt u luftdicht begrabe. Elegant het si der Sach der Rigu gschobe! De isch si todmüed i ds Bett gheit u ygschlafe, wahrschynlech ohni z tröime, wobys natürlech uf e Troum aachiem. E Troum cha nämlech Himu oder Höu sy, das weis me vorhär nie! – Im Morgegraue isch si der Pool ga abdecke. Die uf der Luftmatratze het ke Wauch meh gmacht wo si se i ds Wasser kippt het.

U de, was säget Dihr?
Het ächt Kriminaupolizei usegfunge, was würklech passiert isch?
Verzeuet:

Es chunnt vor, dass me öppis macht, wiu me weis wie.
Aber das isch en angeri Gschicht.

GWÜSST WIE

Är isch o nümm der Jüngscht. U syt Jahre isch är fasch numeno für sy Frou da. Är isch – es düecht ne mängisch – säuber niemer meh. Het kes eigets Läbe meh. Är hiuft u tuet u chunnt u macht u loufi u organisiert. Är het glehrt ihre d Wünsch vo de Öuge abzläse. Si isch wi gfange im Spinnelenetz vo wirre Gedanke u ungseite Wörter. Klar, si cha nüüt derfür, dass si derewäg zwääg isch. Dass si rund um d Uhr uf frömdi Hiuf aagwise isch. Im Bett ligt oder im Roustueu hocket. U mit em Gedächtnis u der Erinnerig wirds o geng schlimmer. Das isch ja vilech guet. Vilech vergeit ere Zyt eso schnäuer. Vilech gspürt si weniger Schmärze. Es macht ja nüüt, we si bau niemer meh mit Name kennt. Är het ds Gfüeu, si fröii sich geng, we si vo obenache chönn i d Wyti luege. E Zytlang isch er aubeneinisch mit ere uf ene Hoger gfahre. Itz liftle si ab u zue uf höchi Hüser mit Dachterrasse. Was si würklech no gseht, u wahrnimmt weis er nid. Aber si het de mängisch es verklärts Lächle uf em Gsicht. «A was däicht si ächt?» däicht är de aube. Vilech erinneret si sech ir Höchi a öppis vo früecher. Vilech a d Ferie am Meer, wo si paar Mau imene Hotäu uf ere Klippe verbracht hei. Frage nützt nüüt. Si schwygt u lächlet. Gspräch sy scho lang nümm müglech. Nidemau me Gspass oder Gstürm. Einisch isch er mit ere i ne Beiz zoberscht uf eme Höchhuus. Vom Fäischterplatz us het si wyt i ds Tau ache u i d Schneebärge ueche gseh. Si het glächlet u ds Muu offe vergässe u gluegt u gluegt. Aber kes Wort gseit. Ihres Ggaffi

trunke u gluegt u glächlet. Si het uf Bärge zeigt, wo sech im goudige Liecht vom Sunneungergang dunku wi Schärischnitte vom Horizont abghobe hei. Si sy di letschte gsi, wo ggange sy. Si hei uf e Lift gwartet. Won är gseh het, dass dä im Ärdgschoss isch, het er d Liftschachttür ufgmurxet u der Roustueu i Liftschacht gstosse. – Är het nid vergäbe jahrelang binere Firma aus Liftmontör gwärchet.

U de?
Verzeuet:
→

Es chunnt vor, dass me nümm rächt weis was Troum u was Würklechkeit isch.
Aber das isch en angeri Gschicht.

TROUMWÜRKLECHKEIT

Nei, es git vodergründig ke Grund warum u wiso si da isch. Si isch imene Zimmer imene Huus i der Dämmerig vonere graue Stadt, inere Stadt, wo si usere widersinnige Sehnsucht häre greiset isch. Gfahre dür ne goudegi, düünig-ghögerig-hügelegi Landschaft mit scharfe Schattekante u weiche Sunneflācke. E Landschaft, wo im fyne gaube Sandstoub aaberot gschimmeret u glüüchtet het. D Escht vomene dürre Boum hei i d Luft gfingerlet, wi we si der Voumond vom Himu wette stäle. Es git ke ylüchtende Grund warum u wiso si da isch, i der Stadt i däm diffuse Liecht, wo ne wattige Näbu Strasse, Hüser u Gedanke verschleieret. Si isch eifach da. – D Vergangeheit isch geng unwürklecher worde. Het sech im Dunscht vo Erinnerige ufglöst. Si het sech schlaftrunke a sich säuber gchlammeret. Het d Bei a d Brust zoge u d Arme um d Bei glyyret, wär am liebschte i sich ychegschnaagget. Het im Häbe Haut u Hiuf us ihrer Angscht gsuecht. Wis wytergeit weis si nid. Aus isch ungwüss. Aus isch müglech. U irgendwie geits geng. O we me vor öppisem flüchtet. O we me gar nid rächt weis, vor was.
Aus isch offe... u nüüt bestimmt. Aber si wird e Wäg finge. Si hoffet, dass Zuekunft es Gsicht überchunnt u d Vergangeheit vergeit.
Si het wägg gluegt u gmeint, we si wägg luegi gsei me se nid. U de isch genau hinger ihre e Tür ufggange. Si het e tschuderigchaute Huuch u Blicke i ihrem Rügge gspürt. U öpper oder öppis isch imene chuttige Luftzug iche choo oder iche gschliche oder iche gschwäbt. Si het nid gwüsst obs öppis Schrecklechs

oder öppis Schöns isch, wo de grad passiert oder chönnt passiere. E schwarze Schatte het sech süüferli wi ne Schleier über se gleit. Das fyne Schattetuech isch geng schwärer u dunkler u de töifschwarz worde. Het se schier erdrückt. – U plötzlech sy us däm Tuech gruusegi, schwarzi Guege mit länge, grüen-blau-metauiglüüchtige, chäferige Bei gschlüffe. Bei mit gfährleche Zange u Zagge scharf wi Sagibletter. Tuusegi sy desume gchäferet u hooggis u booggis drunger u drüber gueget. Si hei mit de Flügu uf u zue dechlet, u ds lärmig-bläächige Chlefele u Tschädere isch zumene fürchterlech-gfürchige Dröhne u Donnere worde. U de hei di ekuhaft-grässleche Chäfer mit spitzige Zähn aafa a ihrne Chleider gnage. Wo si di Vycher uf der Hut gspürt het, het si paar vo dene Guege zwüsche de Finger verdrückt, het probiert dä schwär schwarz Hudu ufzlüpfe. U itz isch dä Hudu gar ke Hudu meh gsi. Ganz hert isch di tonneschwäri Dechi gsi. E Dechi us nachtschwarzem Houz! – Si isch imene Sarg gläge. Si het um sech gschlage, het sich wöue befreie. Es Chrache u Knacke u ne Knau … u si isch us em Niene über ne ygnäblete Fluss i ds Nüüt gschwumme.

Stiuui. Totestiui! U de siuber-goudig lüüchtigs Liecht … wi ne Bitz Stärnehimu, wo i d Wäut gheit isch. – Was für ne Aubtroum! Si het nid gwüsst, dass me a Totestiui cha erwache!

Heit Dihr o scho einisch so ne Troum gha?
Heit Dihr o scho einisch nid rächt gwüsst was, u wo, u wie? U syt mit eme Chlupf, u wi grederet erwachet?
Verzeuet:

Es chunnt vor, dass zwee ds Glyche wei, u de isch haut eine zviu!
Aber das isch en angeri Gschicht.

EINE ISCH ZVIU!

Eine isch eidütig zviu! Är chunnt sech vor wi ne lääri Fläsche, wo im Fluss schwümmt, nid ungergeit, sech eifach laat la trybe, uf em Wasser dümplet, we der Fluss ruehig fliesst; schouklet, ungertoucht u ume uftoucht, we d Strömig wäuelet u strudlet. Chunnt sech vor, wi eine, wo weis, was er wett, aber no nid weis wie. – «Der angei mues wägg!» däicht er, «dä isch zviu!» Es hoffnigsvous Seligkeitsgfüeu schouklet sys Härz zwüsche sehne u verlange, wen är a di Frou däicht. Är wott die! Die u ke angeri! Das isch syni! Si isch sy Ergänzig. Si macht ihn ganz. U zäme sy si es grosses Ganzes! Oder wäre es grosses Ganzes. Es glücklechs grosses Ganzes!

Är het ere abpasst. Nei, nid uffäuig! Unuffäuig! Im Gheime, eso, dass sis nid gmerkt het. D Minute, won är uf se gewartet het, syn ihm vorcho wi Stunde. Är het probiert nachezdäiche, aber usecho isch nüüt derby.

U o nach de verflogne Minute-Stunde het är der Muet nid gha für ihre z säge, was er wott oder wett.

D Sehnsucht het ne schier zhingerfür gmacht, het ne schier ufgfrässe. Si isch verlobt! Versproche! Unerreichbar!

Sy Yversucht het sech i Findschaft, ja i choleraabe schwarze, füürheisse Hass verwandlet gäge dä mit ihrem Ring am Finger. Im Läbe vo jedem Maa, het är däicht, gäbs nume ei Frou; u im Läbe vo jeder Frou gäbs nume ei Maa, wo si zäme es Ganzes chönn wärde, u zu nere voukoumene Einheit chönn verwachse.

U är syg dä Maa, u sii syg di Frou, wo zämeghöri – nume sii – das gspüri u wüssi är. Är syg ihres u sii syg sys Schicksau. Sy Bestimmig. Mit ere angere Frou wär Liebi bloss Sympathie, oberflächlechi Zueneigig, biuegi Verlägeheitslösig. – Einisch, wo der rot Ufschnyder-Chare – vo däm wo zviu isch – no lang nach Mitternacht bi ihre hingerem Huus gstange isch, het är ds Nötige us der Wärchzügchischte greicht, isch lysli um ds Outo gschliche u het gwüssi Schrube am lingge Vorderrad glöst. Wiu är aus Schüeler während de Ferie aube ir Garasch vo sym Ugggle Sackgäut verdienet het, het er äbe genau gwüsst ...
Syr Rächnig naa gheit – bir rassige Fahrwys vom verhasste Gigolo – ds lingge Vorderrad ir scharfe Rächtskurve ab – dert wos linggs stotzig ds Bort ab i Waud geit – ds Heck bricht uus, ds Outo schlitteret um Kurve u der Chare landet irgendwo im Waud. U genau eso isch es passiert. Uf em Wäg uf Büez het ne de eine am morge gfunge. Tot!

U de, was geit Öich düre Chopf?
Verzeuet:

Sii het – trotz uffäuige u usgfaune u unmissverständleche Avance – nüüt vom ufsässig-fründleche junge Maa wöue wüsse. – U eines Tages het eini, wo für e OL vom Turnverein träniert het, öppis amene Strick inere Tanne gseh hange. Si het ddäicht, es syg e Voguschüüchi. Aber es isch der jung Maa gsi. Genau obe i der Tanne, wo denn der Outofahrer vom Wäg abcho, am Stamm ufpraut u gstorbe isch.

U de?
Verzeuet:

So jung stärbe syg tragisch, meint öpper u philosophiert: «Für di Tote gits ke Gägewart meh u Zuekunft isch Vergangeheit!»

E chunnt vor, dass me öppis nümm cha flicke.
Aber das isch en angeri Gschicht.

A CHARE GFAHRE

«Bisch du nid einisch mit dere befründet gsi?» fragt disi.
«Ja, früecher», seit äini.
«U itz nümm?» fragt disi.
«Nei, itz nümm!» seit äini.
«Warum nümm?» fragt disi.
«Wiu» ..., chüschelet äini ...
«Wiu was?» wott disi wüsse.
«Si isch mer a Chare gfahre», erklärt äini.
«Grossi Büle?» frag disi.
«Ke Blächschade», seit äini.
«Auso nid so schlimm?» fragt disi.
«Schlimmer!» seit äini.
«Dramatisch?» gwungeret disi.
«Dramatischer!» chüschelet äini.
«Dramatischer aus es Drama wär es dramatisches Drama», wird disi dramatisch.
«Nüüt settigs», seit äini.
«Aber?» ... boret disi wyter.
«Mit Wörter!» möögget äini.
«Wosch aber nid säge, dass Wörter weh tüe?» fragt disi verwunderet.
«Wörter verletze u verwunde mängisch meh u töifer aus Waffe! E Blätz wo blüetet, chasch verbinge. Für ne Wunde ir Seeu gits kes Pflaschter!» hüület äini.

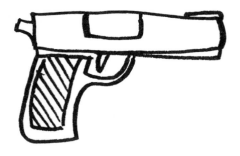

Paar Tag später seit äini vor der Huustür vo dere, wo ihre a Chare gfahre isch u lütet Sturm. Wo Tüür ufgeit, zilet si mit der Pischtole u «Päng!» – «Päng!» – «Päng!» ... u räächt sech mit dreine Schüss. U o für die Wunde hets kes Pflaschter ggä!

Syt Dihr o scho einisch mit Wörter verletzt worde?
Oder heit Dihr vilech scho einisch öpper mit Wörter verletzt?
Verzeuet:

Es chunnt vor, dass öpper stirbt..., u de grad glyeinisch no öpper.
Aber das isch en angeri Gschicht.

RACHE ISCH SÜESS...

Si ligt ir Rehaklinik imene Einzuzimmer. D Ärztin het ihm gseit, dass – nach em medizinische Befund – e vouständegi Erholig chuum wärd yträtte. Derfür syg der Hirnschade z gross. Für ihn isch das e Schock. Si hei doch zäme wöue aut wärde. Das heisst, der Läbesaabe zäme wöue verbringe. Aus mache, was si geng usegschobe hei. E Wäutreis. Vom grosse Huus mit Garte i ne schöni, autersgrächti Attikawohnig zügle. U itz söue di Plän übere Huuffe gworfe wärde! Was für nes grusams, was für nes ungrächts Schicksau! Mit däm hei si beidi nie – u nid im Gringschte – grächnet!

D Chefin vom Pflegepersonau – en attraktivi Frou im beschte Auter – het di Frou, wo nümm het chönne rede, u sech auä nümm het chönne erinnere, u wahrschynlech nümm gwüsst het, wär si isch u wo si isch, umsorget u pflegt. Si het probiert ihre d Wünsch vo de Ouge abzläse. Aber d Patiäntin isch vo Wuche zu Wuche meh u meh i ne Wäut versunke, wo nüüt meh mit der Realität z tüe gha het. «Schrecklech!» het Pflegefachfrou ddäicht. «Schrecklech!»

U einisch het si der Patiäntin en äxtra Dosis Schlaf- u Schmärzmittu ggä, het ere ir Nacht d Nase mit Wattebüscheli usgstopft, für dass es de am Aazug vor Bettdechi kener verräterische Bluetfläcke git, het ihre ds Chüssi uf ds Gsicht ddrück u se erstickt. D Watte het si us de Naselöcher zoge u de daheim ghüderet. Me chönnt säge, si heig di Frou «erlöst». Us Mitleid? Us Nächschteliebi? – Nachewyse het me nüüt chönne.

U de, was meinet Dihr?

Verzeuet:

«Vorsicht ist die Mutter der Porzellankiste!» zitiert öpper es auts Sprichwort. Mit em Chüssi öpper ersticke syg vilech eifach. Aber für kener Spuure z hingerlaa, sött me zwüsche Gsicht u Chüssi e Folie lege – vilech e Bitz Klarsichtfolie ab der Roue us em Chuchischaft. De fingi d Rächtsmedizin kener Flüümli oder Fädeli oder äbe verrätereschi Spure vom Chüssistoff, u chönn nume e sogenannt «natürleche» Tod feschtsteue.
Danke für dä Tipp!
U öpper cha nid verstah, warum me bi däm mysteriöse Todesfau – o wes en auti Person gsi isch – ke genaui kriminautechneschi Ungersuechig samt Obduktion düregfüert het. Si heig imene Krimer gläse, dass me imene settige Fau unger de Fingernägu vom Opfer – vom sich wehre u sperze – frömdi DNA-Spure, u – aus Foug vom Ersticke – uf der Lunge Bluet gfunge heig.
Danke o für die ufschlussryche Erlüterige!
Är, der Maa, wo jede Tag zu syr Frou cho isch, ihre d Hand gha, ihre über d Haar gstrychlet, ihrer Gedanke scho errate het,

bevor si se ddäicht het, isch fasch nid über dä plötzlech Tod, dä Verluscht ewägg cho. U är het so syner Vermuetige gha. – Är het de di tüechtegi, nid unsympatheschi Pflegefachfrou gfragt, ob si ihm wett zwäghäufe bim Umsteue vom Hushaut u bim Zügle i ne Wohnig, vilech ir Stadt. Es chömm doch grossi Veränderige uf ihn zue, won är chuum aleini chönn meischtere. U es wär schön, we si sech chönnt entschliesse, u wen är öpper um sech hätt, wo sy Frou kennt heig. Si het zuegseit. No so gärn! Wiu, dä Maa het ihre nämlech scho lang ggfaue. U derzue isch er nid arm gsi. U äbe scho aut. U we dä würd aabysse, de wär einisch für se gsorget! Är het ihrer «Avance», u mängisch sogar uffäuige Aaneecherige scho gmerkt. U mängisch het sys Verhaute ihre sogar absichtlech zaghafti Zueneigig signalisiert. Es syg ja klar, dass är – nach em doch unerwartete Tod vo syr Frou – Zyt bruuchi, u nüüt überstürzi, het si ddäicht.

Won är vor Villa, wos nach verstoubter Eleganz gschmöckt het, i di nöji, häui u grosszügegi Wohnig züglet isch, het si bim Yrichte ghoufe u mängisch im Bsuechszimmer übernachtet. Het gwartet u ghoffet, dass är bi ihre suechi, was er verlore heig.

Si sy de o ab u zue zäme a nes Konzärt oder i ds Theater ggange. We si im Münschter näbenang ghocket si, het si dervo tröimt, wi sii de einisch im elegante wysse Brutchleid vor em Autar steit u ewegi Tröii – ömu für paar absehbari Jährli – verspricht. Einisch, won är grad für paar Tag verreiset isch, het är ihre – zum Abschiid – wunderschön verpackts Konfekt us der stadtbekannte Confiserie gschäicht. – U was itz chunnt, müesst Dihr für Öich bhaute! Är het ir Confiserie Konfekt u Pralinee usegläse, wo sich für sys Vorhabe geignet hei. Der Verchöifere het er gseit, si söu aus i ne passendi Schachtle tischele. Ds Ypackpapier, ds Sydeband u der Chläber vom Gschäft chönn si ihm mitgä, är wöu drum de no öppis Bsungers dry verstecke. Mir ahne, was gmeint gsi isch, u was er gmacht het! – Für das unerwartete, exklusive Gschäich isch si ihm – aaschynend vor Fröid – übermüetig ume Haus gfaue, u het sech überschwänglech mit emne füechte Müntschi bedankt. – «Abwarte!» het är ddäicht. So schöni Pralinee u so gluschtigs Konfekt heig ihre no niemer gschäicht, het si gseit. U si het de im Übermuet u vor luter Gluscht fasch di ganzi Schachtle uf ds mau meh verschlunge aus gnosse. Paar Tag später isch ir Zytig gstange, dass ir Rehaklinik e Pflegefachfrou am heiterhäue Tag bir Arbeit plötzlech ohnmächtig zämebbroche u de gly druuf gstorbe syg. Ganz wou isch es ihm nid gsi, won är di Mäudig gläse het. Aber das isch är syr Frou doch schuudig gsi! Oder?

U de, was däichet Dihr, was het mit däm Konfekt nid gstimmt?
Vermuet:

Öpper vermuetet, di Pralinee u di Güezeli syge vergiftet gsi u wett wüsse, mit was, u wo me so öppis chönn oder chönnt choufe.
Öpper vermuetet äbefaus Gift. Vilech Pfiugift, auso «Beta-Antiarin», wo us em Saft vom Upasboum – amene asiatische Muubeerigwäschs – gmacht wärdi. Das lähmi ds Härz ougeblicklech, syg auso es todsichers Gift, das heig är irgendwo gläse. Öpper angers vermuetet o ne Giftmord und däicht, dass me entsprächendi Substanze im «Darknet», uf em Schwarzmarkt, bim ne Arzt oder ir Apiteegg überchöm oder us Pflanze u Beeri – giftigs Züüg gäbs ja gnue – säuber chönn mache, u meint: «Aus isch müglech u nüüt isch sicher, ömu nid so sicher wi der Tod, we eim e giftegi Giftköile preicht!»

*Es chunnt vor, dass eine zwo Flöige mit eim Tätsch ...
Aber das isch en angeri Gschicht.*

VALENTINSTAG

«Halloooo! Schaaatz!» ... rüeft är chuum isch Türe hinger ihm i ds Schloss gheit.
«Halloooooo! Schätzeli!» ... tönts us der Chuchi.
U de steit är mit dreine rote Rose u chruttig-grüenem Bletterzüüg drumume vor ihre.
«Zum Valentinstag?» fragt si erstuunt.
Wiu, ... Blueme het si scho lang kener me von ihm überchoo.
«Errate!» süslet är zuckersüess, u no echli süesser: «Durchschout, Liebs!»
U di churzi Liebeserklärig – we das eini hätt söue syy – tönt i ihrne Ohre wi ne Wätterprognose.
Si ärfelet ne – trotzdäm – seit tuuuuusigmau: «Danke! Danke! Danke! ... suecht e passendi Vase u steut die längstilige Blueme yy.
«Oh, wi schön!» rüemt si, o zuckersüess!
«Gäu», fragt er schynheilig, «du hesch doch i paarne Tag Geburtstag?»
«Schön, dass du dra däichsch!» lachet si, u wär guet lost, ghört der spöttisch Ungerton.
«Di tüüre Rose», seit er, «sy de o no grad für denn!»
U ihre vergeit ds Lache.
Zum Znacht hets de feini, scharfgwürzti Champignon-Morchle-Chnoue-Bletter-Teiggpastetli ggä – ömu für ihn. Si het gseit, si mög nume es Salätli.
Drei Tag später ligt dä grosszügig-sparsami Rosekavalier uf em Seziertisch ir Rächtsmedizin. «Läbereversäge», hei d Mediziner gseit.

U Dihr, was däichet Dihr vo so mene praktisch planende, sparsame Maa?
Verzeuet:

Es chunnt vor, dass um eim ume aus lüüchtet, inere Farb, wos gar nid git.
Aber das isch en angeri Gschicht.

«FLY ME TO THE MOON»

Der Adrenalinschueb bim «Bungee Jumping» syg nume Haneburger oder Dachchänuwasser gäge das, wo im Super-Mix schlummeri. Zmingscht e grüene Himu mit rosarote Elefantewüuchli, schwärmt er. U de chönn si imene flügende Suppetäuer ume Mond düüse, u hinger der goudige Chugle diräkt i ds Paradies abtouche – u derzue het er «Fly me to the moon …» gmöönet. – U ganz sicher chönn är e Blick i d Ungerwäut garantiere. Si het e dopplete Schuss vo däm Wunderstoff gsetzt.
– Vögeliwou isch es ihre, u über em Horizont lüüchte uf ds mau aui Farbe vor Wäut glychzytig! Unwahrschynlech schön! Si schwäbt im schneewysse Hochzytsrock vom Schneewittli uf Wuuche sibe, winkt em Maa im Mond, gleitet elegant über d Miuchstrass, wo vo obe glitzeret u funklet wi ne Milliarde-Jackpot-Usschüttig vo luter Diamante. Laats vierbletteregi Chleebletter rägne. Stiflet i de Stifu vom gstiflete Kater dervo, wo itz hiuflos u fürnähm-waupelig-unsicher aber stouz i ihrne Stögelischue desumestögelet. Faat mit em Schmätterlingsnetz Stärnschnuppe. Hüpft imene rosarote Tütü elegant u schwärelos über e Rägeboge. Bäuelet mit der blaue Ärdchugle im All.

Fahrt Putschouto uf der Strass vo Hormus. Satzet uf em Rügge vomene Aff über d Meerängi vo Gibraltar. Poliert der Wienachtsstärn über Bethlehem bis er glitzerig glitzeret vor Glanz u glimmeret, wi purluters Goud. Spiut uf ere Harfe mit siuberige Saite «Vom Himmel hoch, da komm ich her, ich bring euch gute neue Mär …» Gseht der Chaschpar, der Melchior oder

der Balthasar, eifach dä us Afrika, wo dür d Wüeschti Richtig Bethlehem dromedaret. Schmöckt Weihrouch u Myrrhe, wo i smaragdgrüene Wuuche us de höche Chemi vo Cholebärgwärch d Luft würze. Packt der Tüüfu a de Hörner u tanzet mit ihm e füürig-heisse «Pas de deux». Düüset mit der Wätterhäx uf em Bäse dür d Luft, wo nach Päch u Schwäfu stinkt. Raset uf eme Flügutraagboot um e Nordpou. Stuunet, dass es o am Sudpou Ysch u – anstatt Yschbäre – Pinguine het. Wärmt sech über em Vesuv uuf, u sacket paar gluetrot-glüejegi Vuukanstärne yy. Hüpft purlimunter uf em Trampolin vom Chinderspiuplatz, jublet derzue, laat e Juchzer fahre, gumpet mit eim Satz dür ds Wuuchedechimeer u gseht plötzlech e Maa.

Vilech der «Lieb Gott»? Gseht en eutere Maa. E Gmögige. Si het ne möge. Vilech oder auä der Chef vo ihrer Mueter? O är het se möge. Das het sii i syne Ouge gläse. Liebi Ouge. Fründlechi Ouge. E fürsorgleche Blick. Weis sii itz, grad itz u ändlech, wär ihre Vater isch? Si het gmeint, si ghöri ne säge: «Es nätts Chind!» U später: «E nätti Frou!» Aber ds Wort Tochter isch nid vorchoo. Oder si hätts ömu de nid ghört. Hets nie ghört. Hätts aber gärn ghört.

U de het si – wi imene Fium – dä Maa u ihri Mueter zäme gseh: Hand i Hand. U si het ghört win är gseit het, dass si zwöi itz öppis heige, wo se für geng – für immer u ewig – verbindi. Si het ddäicht, dass me Blätze u bluetegi Wunde chönn verbinde bis Rüüf drüber wachsi. Het sech nid chönne vorsteue, dass me

Mönsche chönn verbinde. U was heisst «für immer u ewig?» het si sech gfragt, u hätt gärn wöue wüsse, ob d Ewigkeit würklech ewig duuri. U wi me de auefaus merki, we d Ewigkeit fertig syg. – Aber itz het si ändlech gwüsst, dass sii e Vater het. E Vater hätt ... U si het begriffe, dass me verbunde cha syy.

Si het no ds Dachbett vor Frou Holle wöue schüttle, u für di sibe Zwärgli sibe nöii, roti Zipfuchäppli wöue lisme, u em Rotchäppli wöue säge, was der Wouf für eine syg, wo der Theatervorhang uechezoge wird u der Horizont inere Farb lüüchtet u strahlet u flimmerig funklet, wo ke Name het. Aus isch verklärt. Nid nume klar. Meh aus klar: Verklärt! Fahrig-verschwumme. Unwürklech schön. Gränzelos diffus. Liecht! nüüt aus Liecht: Siuber-goudigs, krischtauig-glitzerigs, durchsichtigbländig, miuds, ewigs Liecht. Ds «Ewige Liecht!» E zarte Huuch strycht fyn u warm über ihres Gsicht ... si gseht – wi dür Glassplitter vomene Kaleidoskop – i ne unändlechi Wyti, u ir dämmerige Umarmig vo Taghäu u Nachtdunku versinkt si im Lüüchte vor Ewigkeit, u es schmöckt nach Meieriisli, nach ihrne Lieblingsblueme: Himmlisch! Heilig! Göttlech! Selig! – U irgendwo het e Chääje gchrääjt.

Ds Chiuchezyt het haubi, u de viertuvor gschlage, u de hei Glogge zwöufi glütet. Der Wätterluft het d Byse verchuttet u schwäri, dunkli Wuuche vor d Sunne gwääit. Schwaubeli hei uf de Leitigsdräht der Herbscht härezwitscheret u sech schwarmwys i waghausiger Flugakrobatik i Töifi gstürzt u uf d Reis i Süde gmacht.
D Schwärchraft het Bire u Öpfle vo de Böim la tätsche. Bure hei Härdöpfle ggrabt. Gärnter hei Zuckerhuet gärntet. Ir Zuckerfabrigg hei si us Zuckerrüebe zuckersüessi Melasse gchochet. Senne hei Geisse, Guschti, Chüe u chüschtige Bärgchäs i ds Tau bbracht.

Der Chiuchechor het für ds Wienachtskonzärt güebt. U Chind hei Wunschzedle für e Samichlous gschribe, u se de – aabbunge a d Schnuer vomene rote oder blaue oder gäube Baloon – em Wätterluft überlaa. – Vor ihre nüüt aus e grossi Lääri u rundume e heilegi Stiui! – Hätt si d Narbe uf der Hut anstatt ir Seeu, de wärs weniger schlimm gsi. U itz isch si tot! Het sech z tod gsprützt ... aber der Wunderstoff – wahrschynlech e Überdosis Heroin oder Kokain oder e Cocktail vo beidem mit paarne Stöibli LSD – het ghaute, was der Dealer versproche het.

Es het Chränz gha. O Chränz mit Loub u Blueme, Blueme, wo i ker Jahreszyt blüeje u nie verweuke. Höchschtens füecht-nasse Morgetou wird dene künschtlech-kunschtvoue Kunschtblueme ab u zue es Hüüchli vo vortüüschtem Läbe yhuuche. – U am offene Grab het me Wörter wi Liebi u Ewigkeit u Amen ghört. U teu hei Sucht u süchtig u schrecklech u entsetzlech u furchtbar u tragisch gchüschelet. Truurgmeinlüt hei Träne us de Ouge gwüscht, d Nase gschnützt, vo früecher u aube verzeut, u ar Grebt di Tote la tot sy u uf ds Läbe u di Läbige aagstosse. Schnäu het der Ärnscht vo de Hingerblibene umgschlage i d Euphorie vo de Überläbende. – O we es Stück Läbe us der Zuekunft gschrisse worde isch ..., ds Läbe geit wyter! Irgendwo het e Chrääje gchrääjt, u am Nachthimu het vilech e Stärn meh glüüchtet.

U was säget Dihr zu so mene «Abgang»?
Heit Dihr Erfahrig mit Droge?
Wüsset Dihr vilech sogar wi stärbe isch?
Chöit Dihr Öich vorsteue, was me zletscht gseht oder ghört oder gspürt oder empfingt?
Verzeuet:

Es chunnt vor, dass es Naturereignis Problem löst.
Aber das isch en angeri Gschicht.

RÄGEBÖGE I DE OUGE

E rägebogebunti Gschicht! Ömu gfüeusmässig. Är het gseit, dass är gärn mit ihre diskutieri u dischpidieri u chifli u blöödeli u über Gott u d Wäut worti, u de nach jedem Wärweisi-Gwitter, nach jedem Wörter-Wätterlüüchte, gärn i ihrer rägebogefarbige Ouge luegi. Das verklärte, fridleche u versöhnleche Lüüchte nach em Stürmi-Sturm gfau ihm eifach. Won är das gseit het, hets bi ihre ygschlage wi ne Blitz, u si het sech ougeblitz-blicklech verliebt.

We das ihre Maa wüsst! Dä würd explodiere u Füür spöie wi ne Vuukan! Das gäb es Donnerwätter! U de würds glüeijgi Funke u wüeschti Wörter hagle. U auä Träne rägne. Si het nüüt verzeut. Aber was im Gheime mottet, isch mängisch gfährlecher aus es offes Füür! Si het gschwige. Gschwige wi ne erloschne Vuukan. Si hets für sich bbhaute. U de het är – äbe dä, äbe är – e Steu im Usland aagno. U si hei sech verlore, bevor si sech gha hei. Bärge, Täler, Landschafte, Stedt u Meer hei sech derzwüsche gschobe. Ds Verbale-Gwitter u ds Wörter-Wätterlüüchte hei sech verzoge. Tatsache sy Ahnige worde. Liebi u Gfüeu sy verblasst. Ds Sehne isch zur dumpfe Wehmuet zämegschrumpft. Koordinate vor Überystimmig hei sech verschobe. Es isch gsi, wi wes das, wo gsi isch, nie ggä hätt. Si het Gedanke u Erläbnis us der Vergangeheit i d Erinnerig tischelet, het se gschweigget, se zumene Huuffe ufbigelet u se dert la motte, la vermotte u vermodere. Aber vergässe het si nüüt. U ganz harmlos isch so öppis nid: bim Vermodere entsteit nämlech es giftigs, explosivs Gas! – U nid nume das: tröime u schwyge isch Mord ar Würklechkeit!

Eines Tages het si sech gfragt, ob, we me Erinnerige sammlet, me nid meh dert daheime syg, wo di Sache, auso d Erläbnis u d Gfüeu u d Sehnsucht syge, aus bi sich säuber u im Hie u Itz. He nu, si het sech uf de Wäue, wo ds Meer vo Erinnerige a Rand vom Bewusstsy gspüeut oder gworfe oder – je nach Seelegang – pangglet het, wi ne blind-toube Fisch dür d Brandig vom Autag la trybe.

U de hei si sech zuefäuig troffe. Zuefäu gits! Zuefäu, wo de vilech doch Schicksau sy. Är isch lang furt gsi, het es wiuds, verwägnigs, unstets Läbe gfüert. U itz verzeut er. Verzeut, wi öpper, wo am Ertrinke isch. Wi eine, wo im Wäuegang vo de Erinnerige a syner Erläbnis ersuufft. Verzeut vo Züüg u Sache, wo wahr, aber äbe so guet erfunge chönnte syy. – Si weis nid, was si söu u was si wott gloube vo däm ungloubleche Züüg. Si lost zue, urteut nid, u laat de Sache ihrer Gheimnis. Wiu, är isch eine wo sech täglech nöi erfingt. Verzeut vo Röiber u Bandite, u är chunnt ere vor, wi ne chlyne Giu mit zviu Fantasie: Nüüt aus «Überläbens-Strategie», däicht si. U doch isch ume en Art vo Vertroutheit gwachse. En Art vo gfüeusmässiger Verbindig, wo geng meh eroteschi Chraft überchoo het. Einisch sy si näbenang inere Matte gläge. Zwüsche Blueme u Grashäum hei Spinnele fyni, filigran gwobni Netz ufghäicht, wo der Morgetou mit Diamante verzouberet het. So fyn u unsichtbar wi di Fäde, het se ihri Zueneigig u ihri seeleschi Harmonie umgarnet. U so wärtvou u schön, wi di glitzerige Edusteine, hei di gheime gmeinsame Momänte im Autag glüüchtet u gstrahlet. – «I ha di gärn!» het si gseit, het aber grad nid gwüsst, ob di Wörter bedüte, was si hätte söue bedüte. Si het sech gfragt, ob das, wo me seit, das isch, wo me meint. Ob me däm, wo me ghört, cha troue. U überhoupt, wäm oder was cha me troue u vertroue? – «I ha di gärn!» ... I ds goudfarbige Sunneliecht het sis gchüschelet. Mit ganzem Härz, ganzer Seeu u auem Verstand u auer Hoffnig. E sunne-dürglüejte Ougeblick, wo ihres Läbe us der Bahn gworfe u veränderet het. We me der Bode unger de Füess verliert, gheit me i ds Bodelose, oder me lehrt flüge! Si isch schwärelos aber gedankeschwär i ne schwüele, luftläär-luftige Ruum gfloge. Si hets ihrem Maa nid chönne u o nid wöue verzeue. Es wär ja es Gständnis gsi. Es hät öppis wi ne Grichtsverhandlig ggä: Sii di Aagchlagti, di Schuudegi. Är der Richter. Dä, wo ds Rächt uf syr Syte, u rächt het! – Si mues das Problem angersch löse. – Ändgüutig.

Was däichet Dihr, was macht si?
Verzeuet:

Der Zuefau oder äbe ds Schicksau hets wöue, dass är, en Experte für Vuukanismus, wäg emne extrem wuchtige Vuukanusbruch i ds Usland het müesse. Är het am Kraterrand Mässige gmacht, wo plötzlech unerwartet u rasend schnäu e Wuuche vo giftige Gasdämpf us der füürig-blubberige Töifi ufgstige isch u ne Usbruch aakündet het. Gift, wo ihn ougeblicklech betöibt het. Di füürheissi Lava het ne mitgschleipft u bi läbigem Lyb ... – Är heig nid müesse lyde, het me se tröschtet. Si het sech de gfragt, ob di giftige Gas vilech doch mit em Vermodere vo ihrne gheime u verdrängte Erläbnis us der Vergangeheit z tüe chönnte haa. Auso chönnte gha haa. U us ihrne rägebogefarbige Ouge sy paar Träne troolet ..., wahrschynlech bunti Fröideträne!

U wi geits ächt wyter?
Verzeuet:

Es chunnt vor, dass nid nume Tröim i ds Wasser gheie.
Aber das isch en angeri Gschicht.

EXPERIMÄNT WAUDSEE

«Bisch intressiert?» fragt er. U i syr Näbeby-Frag schwinge Gwunder u Spannig mit. Zäme forsche si amene nöie Medikamänt gäge z höche Bluetdruck. Es sy zwar scho paar settegi Piueli u Püuverli u Tröpfli uf em Markt. Aber si hei, was der Würkigsberych, der Würkigsgrad u Näbewürkige aageit, e ganz spezieui Idee. Är, der Profax, isch es gschyds Huus. Si isch Doktorandin bi ihm: Ehrgizig u Gwüssehaft. Si sy – zueggä – es fachlechs «Dream Team». Är liferet Sachwüsse us praktisch-logische Überlegige u us langjähriger Erfahrig. Sii isch intelligänt u intressiert, het es ussergwöhnlech kreativs Forscher-Gen u nes fyns, intuitivs Gspüri. Si isch di geniali Ergänzig! Ne-nei, ihri Zämearbeit het nüüt mit Zueneigig oder sogar mit Liebi z tüe. Ds guete Yvernäh isch rein platonisch u rein wüsseschaftlech. Sogar beråchnend. Sachlechs, chauts, eigenützigs Kalkül! Ihn reizt nume der Erfoug. Sy Erfoug!

Ihres Engagement läbt vor moralisch ufgladene Vorstellig öppis Guets guet z mache, das isch d Grundhautig, we hingergründig o bi ihre Erfougssträbe u Machtmechanisme di trybende Chreft sy. Wen ihm – u är het ja d Fäderfüerig, isch der Chef – wen ihm, o dank ihrer Kreativität, ihrer Experimäntierluscht, ihrem wybleche Forscher-Gwunger das nöie u nöiartige Medikamänt glingt, de isch är e «gmachte Maa». E lüüchtende Fixstärn, e strahlendi Sunne am Himu vor Wüsseschaft. E Koryphäe! Är tröimt scho vom Nobäuprys. Gseht sech scho z Stockholm.

Gseht, wi ihm der Schwedisch Chünig fyrlech d Uszeichnig überreicht. Ihm!!! – Grössewahn pur! Si het o ihre Ehrgyz. O sii wott Erfoug! O sii wott gross usechoo! O sii däicht a ihri Karriere! O sii wär einisch gärn «Öpper» uf em Wüsseschafts-Olymp. «Wissen ist Macht», däicht si, u häicht i Gedanke der Satz aa: «U wärs macht, isch mächtig!» – O Grössewahn pur! Aber nume opper cha gwinne, we überhoupt.

Si weis genau, dass der Herr Profässer erfougsgeil, das heisst versässe uf Lob u Ehrbezügige u Ruem isch. Si weis o, dass är der Erfoug mit niemerem wott teile.

Si verzeut ihm, dass si vor luter Ideee chuum me chönn schlafe. Mängs syg vilech Chabis, aber öppis dervo schyni viuversprächend. U genau uf das – das gspürt si u das weis si – isch är scharf, uf das hets der gross Sträber u erfougsgierig u ruemsüchtig Forscher abgseh.

«Dä cha mir!» däicht si, u laat ne zable. Doktervater hin oder här, si isch gäge usse vilech sy «Schüelere». Aber si isch säuber öpper. Si bruucht ke Maa für öpper z syy. Si isch doch kes blöds Huen! Si bruucht dä ybbiudet Gocku nume «pro forma». Si sy churz vor em Durchbruch. Aber der Lorbeerchranz, dä wott sii!!! – Är cha de en angere Chranz haa.

Är läbt i ker feschte Beziehig. Het ab u zue es Gschleipf. Nid mit ihre! Bhüetis nei! Für das isch si sech z schad! U si weis was si wott: uf au Fäu ke aute Gritti. Si wott Erfoug! Nid im Schlepptou vomene Maa. Eigete Erfoug u eigeti Anerchennig u eigeti Uszeichnige u eigete Ruem. «Summa cum laude» – mit höchschtem Lob – eso, wi si demnächscht d Dissertation u ds Dokterexame abschliesst.
Si weis genau was däm Medikamänt no fäut, weis genau, was es besser u no würksamer macht aus aui angere. Si hets im Gheime im Labor usprobiert. Natürlech fähle no di klinische Teschte. Aber das isch sicher kes Problem.
Si ladt ne zumene Picknick yy, u tönt aa, dass si de mit ihm über ihrer nöie Idee wöu diskutiere. Ganz relaxt. Ir freie Natur. Si kenni es verwunschnigs Örtli amene romantische Waudseeli. Är söu ömu de Badhose ypacke. – U vilech, wär weis, erwartet er meh aus Informatione u Diskussione. I syr Agenda steit für dä Namittag: «Wichtig! Experiment am Wasser. Kann dauern!»
– Mängisch meint me, me kenni öpper. Aber wiu me nid i ne Mönsch cha ycheluege, kennt me öpper äbe nie würklech!
Si het sech nid la lumpe, het es chlyns, exklusiv-feins Zvieri uftischet, het chli mit ihm gschäkeret, het geng ume vom fruchtig-füürige rote Spanier nachegschäicht – der Wy für ihn het si vorhär im Labor «bearbeitet» – u im Plouderton vom nöie Medi gschwärmt. Derzue het si naadisnaa aus bis uf ds Bickini abzoge. Är hets ihre nachegmacht, u isch im Umeluege i de Badhose näb ihre am Ufer gstange. – Vilech het ne i däm Momänt e erotische Tschuder tschuderet! ... Si isch i ds Wasser, är uuf u nache. Si het ne gsprützt u derzue aazüglech glachet. Är isch ihre nachegschwumme ... vou Hoffnig uf enes füechts Techtelmechtel: sii d Nixe u är der Poseidon! Zmitts im Seeli het si ihm en Arm ume Haus gschlemmt u ne gwörgget, het mit der

angere Hand sy Chopf unger Wasser ddrückt, bis er nümm um sech gschlage het, bis kener Plööterli meh ufgstige sy un er auso nümm gschnuufet het.

Si het aus, wo uf enes Picknick z zwöit hätt chönne hiiwyse ypackt. Het nume syner Chleider am Ufer la lige.

Itz hätt si bau no d Antwort uf d Usgangsfrag vom Profax vergässe. Si het e Zytig zumene Trichter glyyret u übermüetig über ds Wasser posunet: «Ja, i bi intressiert! Sogar sehr intressiert!»

– E Förschter, wo mit ere Drohne der Waud u ds Waudseeli im Oug gha u ab u zue d Gägend nach Wiudsöi abgsuecht het, het de eines Tages zwüsche grüene Seerosebletter e wysse, ufdunsne, scho haubverweste u vo Bluetegle aagfrässne Körper im Seeli entdeckt.

Nach em Doktorat – «Summa cum laude» abgschlosse! – het si d Forschig am nöie Medi überno. U a däm Tag, wos uf e Markt cho isch, isch uf em Waudseeli e Lorbeerbletter-Chranz mit blaue Vergissmeinnicht gschwumme.

U de, was säget Dihr?
U was meinet Dihr zu sövu «Frouepower»?
Zu wyblechem Ehrgiz überhoupt?
Verzeuet:

Was, Dihr wüsset e bessere Schluss! Wüsst, wis o chönnt gsi sy. Waudseeli hin oder här! Dihr säget, ja vermuetet, dass eine i der Pharmafirma di begabti, erfougs- u renomégeili Forschere – won ihm im Wäg steit – unuffäuig laat la umen Egge bringe. Vilech dür ne Verchehrsunfau: Vilech wärde a ihrem Outo d Brämse manipuliert, vilech fahrt se bim Jogge eine übere Huuffe. Uftragskiller gits schliesslech gnue! U de dökterlet dä pro forma no chly ar Rezäptur, überchunnt de der Nobäuprys für di geniali Erfindig, sicheret der Firma ds exklusive Rächt aus Härsteuere, u dermit e wäutwyte, lukrative Markt, u kassiert e saftegi Provision. – Gäuet, mir wei nid grüble u lieber o gar nid so genau wüsse, was i der Branche ungerem Dechu, «undercover», hingerdüre u im Gheime aus eso louft.

Oder wüsst Dihr öppe vilech doch öppis Gnauers?
Heit Dihr vilech sogar «Insider»-Infos?
Verzeuet:

Es chunnt vor, dass hürate nid di beschti Idee isch!
Aber das isch en angeri Gschicht.

AUPEVEIELI U EFEUBEERI

Si isch nümm z rette. Si isch u blybt tot. Isch nümm unger de Läbige! Isch übere! Mause! Exit! Oder schöner gseit: Si isch gstorbe, abgläbt, verschide. Hocket itz auä zmitts inere himmlische Bärgmatte zwüsche blaue Aupeveieli, mit emene Efeuchranz im Haar. Vilech!?

U vilech isch ja nach em Tod aus fertig. Fix u fertig! Aus u Amen! «Ende!» ... wi bim Liebesfium im Chino.
Klar, am Aafang hei si sech scho gärn gha. – Gha! – Am Aafang! U de isch haut d Liebi verduftet, verdunschtet, het sech i Luft ufglöst. Blibe isch nume Gwohnheit u derzue sy Gheimnischrämerei, Lugine u heimlechi Unträii cho. Klar, är isch e chli e Luftibus. Liechtsinnig, gniesst ds Läbe, macht sech kener Sorge, sorget sech um nüüt, läbt eifach i Tag u vo eim Tag uf en anger Tag. U i de Nächt derzwüsche ... «Mir wei nid grüble!» seit er zu ihre, we si fragt won är gsi syg.

Sii wett hürate. Wi schnäuer hüü, umso lieber! Är wott nid. Är bruuchi sy Freiheit, seit er. Aber si steut ne vor d Wau: Entwäder si hürate u näh ihrer zwöi Chind us erschter Ehe zuesech, oder är zaut Ungerhaut u Alimänt für ihres gmeinsame Chind, wo si erwartet.
Är isch ir Zwickmüli. «Seich!» «Hueresiech!» «Gopfridstutz!» «Schnäggebisi!» – «Aber itz isch gnue!» däicht er, u däicht nache, win er sich chönnt us der Schlinge zie u em Ganze es Ändi mache.

U itz isch si tot. Sii, wo so gärn Blueme het, ... ghaa het. Ir ganze Wohnig hets Bluemestöck ghaa: Aupeveieli, Zyklame, Amaryllis, Aronkeuche – die mit em elegante wysse Hüublatt u em länge gäube Blüetechoube, wo geng Flöige drann desume sure.
Ihn hei die a tötelegi Fridhofblueme, u ds Ganze a nes Trybhuus erinneret. U näbe der prachtvou-prächtige Trybhuus-Blüetepracht hei sis de aube o tribe. – U itz isch si tot! Hocket itz auä, mit emene Efeuchranz im Haar, zmitts inere Bärgmatte zwüsche blaue Aupeveieli. Vilech!?

U de, heit Dihr vilech en Idee, oder en Ahnig, warum si so plötzlech gstorbe isch?
Verzeuet:

 ....

....

....

Aha, Öich isch ufgfaue, dass i dene Bluemetöpf luter giftegi Zimmerpflanze chrutte u wuchere u blüeje. Ob si das ächt gwüsst het? – Da cha me nume säge, dass Gschmäcker u Vorliebine, was Pflanze – u gwüss nid nume ds Grüenzüüg – beträffe, haut verschide sy.
Apropos: Das mit de giftige Pflanze stimmt.

Einisch het är gseit hütt chochi är Znacht, u de wöue si zäme ds Hochzyt plane. Wär, wo, wie u was. – U itz isch si tot! Chuum het si di fruchtig-scharfi chauti Suppe, won är aus Vorspys serviert het, gässe ghaa, het si i d Chuchi grüeft, es syg ihre eigenartig komisch, är söu nid pressiere mit aarichte, si göng chli a di früschi Luft, ligi uf e Ligistueu uf em Baukon. – We si i d Chuchi gluegt hätt, hätt si gseh, dass gar kener Pfanne uf em Herd stöh, u dass gar nüüt chochet, chöcherlet, plöderlet, brutzlet oder brätlet. Si isch uf em Ligistueu gläge, het di siuberbleichi Mondsichle am nachtblaue Himu langsam gseh verdämmere u verschimmere u verblasse, het a ds Hochzyt ddäicht, d Hand uf d Bruscht drückt, gspürt, dass der Kreislouf plötzlech unregumässig houperet, der Puus stouperet, de im Schnäuzugstämpo pouderet u raset, u ds Schnuufe geng gnietiger geit.

U de?
Verzeuet:

♥

«Was!!! Das isch itz aber nid wahr! Dihr heit Öiji Schwigermueter … U das verzeuet Dihr eifach so mirnüüt-dihrnüüt! Aha, es isch vor Jahre passiert, u me het denn kener Schuudige gfunge u bim Lychnam o nid nach häurote Schlymhutbluetige gsuecht! De isch es öppis angersch. De isch es verjährt. – U wie genau heit Dihr das gmacht? Mit Glace!!! Aha, so eifach isch das! Aha, mit ere bsundere Glace.» Auso d Schwigermueter heig geng drygredt, bi auem u jedem i giftigem Ton ihre pfäffer-scharf Sänf derzue ggä. Heig eifach nid chönne schwyge. Heig eifach nid chönne uf ds Muu hocke. U das syg Öich u Öjer Frou mit der Zyt verleidet u uf ds Gäder ggange. – Sii, d Schwigermueter, heig für ds Läbe gärn Glace gässe. Das heiget Dihr chautblüetig usgnützt. «Aber wie?» fragt er. «Verzeuet!» itz wirds spannend, mahn er nid warte. – Auso: Dihr heit e Hampfele fyngmaleni Bittermandle unger aatoueti Boumnussglace gmischt, aus ume ygfrore u der Schwigermueter de Glacechugle mit Nydle serviert, u zum Versüesse – oder zum Überdecke – vom bittere Mandlegschmack, no ghörig mit Amaretto-Liggör parfümiert. Si het de «Supplement» – u grad e doppleti Portion – verlangt, so guet het se di Glace mit däm – wi si grüemt het – feine Marzipangüüli ddüecht. Wi planet u erwartet, u wiu d Schwigermueter – näbem böse Muu – no unger «Angina-pectoris» glitte heig, heig d «Blausüüri-Cyanidvergiftig» bis zum letschte Aatezug ghaute, was yschlegegi Ungerlage versprächi. – «Raffiniert!» fingt är. «Ungerlage, nid Aaleitige!» betont sii.

U de, heit Dihr öppe o grad so nes Gheimrezäpt uf Lager? O wes nume vom Ghöresäge wär... es wär trotzdäm intressant!
Verzeuet:

♥

Öpper möcht wüsse, wi me am eifachschte zu Zyankali chunnt. Achtung! We mes wett chouffe, de bruuchti me e Giftschyn ... u de chönnt me – im Fau vo Mord – natürlche eifach usefinge, wär, wenn, wo Zyankali gchoufft het.
E Frou seit, si würd mit eme Chemiker es Gschleipf aafaa, ne ume Finger lyyre u de ...
U ne angeri verratet, si würd sech schigg aalege – zum Byschpiu Hotpants u Higheels, knepper u höcher geti nümm – derzue e Läderjagge, wo usem Chleiderschaft vomene Chranzschütz chönnt stamme..., u de würd si amene Aptieegger verzeue, si wöu us Zyankali u Zucker Schiesspuuver mache. Si würd mit de Wimpere klimpere, mit eim Oug zwöidütig Blinzle, ne aaschmachte u verheissigsvou chüschele ... wäge zäh Gramm müess är sicher kes Büro uftue!

Es chunnt vor, dass öpper öpperem öppis z lieb tuet, u de chunnts wis chunnt ...
Aber das isch en angeri Gschicht.

NUME ES SALÄTLI

Am 10. Mai vor 11 Jahr het är se gfragt, ob sii ihn wöu hürate. U si het eifach «Ja» gseit. Nüüt aus «Ja». Uf e Tag genau es Jahr später hei si ghüratet. Das mit em Määggele u Usrüefe un ihm am Züüg flicke het de scho glyeinisch nach em Hochzyt aagfange. Si het gfunge är ässi gärn z klaorierychi Sache, u ne Maa mit Ranze wöu si de nid. U hütt isch ume der 10. Mai. Auso gnau gno zum zähte mau der 10. Mai nach em Hochzyt, auso der zäht Hochzytstag. Nume blöd, dass si bis am Zwöufi mues wärche. U o blöd, dass är am Morge frei, u scho am früeche Namittag e Sitzig het. Mängisch geit äbe aus hooggis u booggis drunger u drüber u näbenangdüre. Är wott ihre aber hütt e ganz bsungeri Fröid mache. Är wott für se choche! O wen er meh aus zwo lingg Händ het, hütt wott är ihre bewyse, dass er öppis Feins cha zwägbäschele u zwägbrösele. Äxtra für sii! Öppis, wo ihre ds Wasser im Muu zämelouft, we sis gseht. Es söu glychzytig e Ougeweid, e Goumefröid u e Liebesbewys syy. Si luegt uf d Linie. Öppis Maschtigs chunnt nid i Frag. Es Salätli würd passe, wär genau ds Richtige. Im Chüeuschrank fingt er Rüebli, wäscht, rüschtet u rafflet se. Der Brüsseler spüeut er ab, schnäflet ar Storze ume bis di wyssgäube, längleche Bletter usenanggheie. De hets no rote u grüene Lollo, chli Nüssler, chlyni, chächi, roti u gibeligäubi Tomätli u knackegi Radiesli zum Garniere. U de fingt er no es gschweuts Ei. Är büschelet aus aamächelig uf enes Täuer u garniert mit Mohnsame u paar Trübubeeri. Ihn düechts, das gsei us wi «nouvelle cuisine». Imene bsungere Schäli rüert er e

feini, rezänti Sosse zäme. De geit er i Garte, schnydet e Buschle Bärlouch u Peterlig u zupft no paar würzegi Bletter vom Basilikum u paar Rosmarinnadle ab, schnätzlet aus fyn u ströits über ds vitaminryche Täuer. De chunnt ihm i Sinn, dass me ja Kapuzinerkresse cha ässe, u dass är dä Salat mit eme orangschrote Blüemi no chönnt ufpeppe. Är leit Gable u Mässer näbe ds Täuer, fautet e Serviette zumene Schiffli – si hei nämlech aus Hochzytsreis denn e Chrüzfahrt gmacht – fingt im Schnousischublade es rot ypackts Schoggihärzli, leits derzue… u fertig isch das schöne u feine, kulinarische Überraschigs-Hochzytstag-Kunschtwärch. Uf enes Zedeli schrybt er no: «I ha di gärn!!!» mit drüüne Usruefzeiche! Nimmt der Rägemantu vom Garderobeständer, u furt isch er. «Was isch ächt los?» het si sech gfragt, wo si das fröhlech-bunte u gluschtige Salatchrüsimüsi gseht u uf em Frässzedeli «I ha di gärn!!!» list. U was söue di drüü Usruefzeiche? Är isch doch süsch enger e Tröchni i settige Sache. – «He nu», het si däicht, «dä het auä öppis usgfrässe!» We si nume wüsst was. Hinecht steut si ne ds Reed! Nimmt ne i d Hüpple. Dä söu de bychte, was er aagattiget het!
Si hocket a Tisch, tünklet der Zeigfinger i d Sosse, läcket ne ab u däicht: «Mo-mou, da het sech eine Müei ggä!» Si reicht – wäge de Vitamine – im Garte no paar Bärlouchbletter, hacket se, mischt dä grüen Häckerlig ungere Salat, läärt di pigganti Sosse über di farbegi Komposition u isst u gniesst.

Won är heimchunnt rüeft er: «Schatz!» «Schaaatz!» u streckt derzue es Buggee wyssi Lilie – ihrer Lieblingsblueme – zur Tür yy. – Ke Antwort! Hütt isch doch ihre Hochzytstag! Het sis vergässe? Wo isch si ächt? Het si sech öppe versteckt, u är söu se sueche! Für settegi Spiili isch är eigentlech nid z haa.

«Schaaaaatz!» probiert ers no einisch. – Nüüt!
Är geit iche ... u cha nid gloube was er gseht! Schrecklech!
Furchtbar! Nei! Umdshimusgottswiue, was isch passiert!? – Si
liegt am Bode wi tot.
U si isch tot!
Die vor Rächtsmedizin hei de usegfunge, dass di Bletter uf em
Salat nid Bärlouchbletter, sondern Meieriislibletter gsi sy.
– Uf au Fäu het si itz fertig gmääggelet u fertig usgrüeft un ihm
fertig am Züüg gflickt!

Het är für sy Salatgarnitur öppe Bärlouch mit Meieriislibletter verwächslet? – Öppe grad no absichtlech?
Hett si de der glych Fähler – aber unabsichtlech ...
Verzeuet:

♥

Öpper ratet, me söu o i Gourmet-Beize di grüene, spitzige Garniturbletter uf em Rys oder uf em Gratin oder uf em Filet oder äbe uf em Salat lieber nid ässe. De göng me ömu kes Risiko ii.
Me chönn ja nid wüsse, wi guet die ir Chuchi d Chrüttli kenni.
U öpper ratet, we giftegi Chrüttli, Pflanze u Pflänzli eim ume Schlaf bringi u im Troum umzibeli, umwurzli, umblettli, umschlingi u umwucheri, de sött me vielch Hiuf binere Psychologin oder emne Seeledokter sueche. Aber me mües haut de ufpasse, dass di Seeleklempner eim zletscht nid säuber umnäbli u umgarni u quasi mit ihrne Ratschleg ds Läbe vergifti. Da syg eim de bigoscht o nid ghoufe!

Es chunnt vor, dass eine meint, u tüür u fescht bhouptet, är kenni au Piuze.
Aber das isch en angeri Gschicht.

«FUNGHI AL LIMONE»

Si isch eini mit Humor u Fantasie. Är het gärn rächt u isch schnäu beleidiget, isch chli e Määggeli u tuet öppe moffle. Si bletteret imene *Chochbuech – emne schöne, fantasievoue Buech mit schön gmaute Rezäptbiuder, wo eim scho nume bim Düreblettere ds Wasser im Muu zämeloufft – u luegt, was me chönnt chöche mit dam, won ar im Waud zämeramisiert u heibbracht het. «Fungi al limone», Piuze mit eme feine Zitronegüüli, das isch sicher e feini Kombination! Würd guet zu Trocherys passe», seit si, u fragt mit emne gwüsse aus-u-nüüt Ungerton: «Du kennsch Piuze, gäu? Au Piuze?» – «Däich wou!» seit er – u me ghört guet, dass er beleidiget isch, wiu si aaschynend umen einisch an ihm zwyflet – u de zeut er uf: «Champignons, Steipiuze, Eierschwümmli, Pfifferlinge, Töiblinge, Tintlinge, Brätlinge, Morchle, Trüffle, Totetrumpeetli!»... «U die cha me aui ässe? Bisch sicher? Bisch ganz sicher, dass me de ke Buchweh überchunnt?» Si trouet der Sach nämlech nid rächt. Me ghört äbe mängisch mängs! «Däich wou!» hoopet er.
«Däich wou! Däich wou! Das cha jede bhoupte», hässelet si. «U we me ässbari u giftegi Piuze verwächslet, was de?» «Was verwächsle!? Wär piuzlet, kennt däich d Piuze», git är ulydig ume. «Aber», seit si, «es git doch giftegi Piuze, wo usgseh wi ässbari Piuze!» «Du meinsch der «Amantina virosa», der chegühüetig Chnouebletterpiuz. Gseht us wi ne Doppugänger vom wysse Champignon, u wär de todsicher tödlech», macht er uf Piuzfachmaa. «Aber wi gseit, wär piuzlet, kennt d Piuze!» beruehiget er se. Si däicht, si säg itz nüüt vo «Fuesspiuz». Si wöu

so ne ärnschti Sach nid i ds Lächerleche zie. «Du kennsch auso di ässbare u o di giftige? U das ganz sicher?» fragt si no einisch, won är d Piuze us em Chörbli uf e Chuchitisch läärt. «U de dä da mit em schöne rote Huet u de wysse Flöckli druff, was isch das für eine?» gwunderet si. «Dä, wo usgseht wi us em Märliwaud?» lachet er.

«Du gloubsch nid» – chunnt er i ds Schwärme – «wi schön d Stimmig i däm schummerige Liecht im Waud isch gsi! Goudegi Sunnestrahle hei zwüsche dunkle Boumstämm gflimmeret u girrliechteret u uf em Waudbode desume gfingerlet u bau hie u bau dert öppis mache z lüüchte. Eifach märlihaft! U i der magische Häui han i dä apartig Zouberpiuz gfunge. U we plötzlech e Häx mit emene schwarze Moudi uf em Buggu uf em Bäse verbygfloge wär, i hätt ggloubt es syg ächt!» verzeut er mit vertröimtem Blick u mene gheimnisvoue Lüüchte i de Ouge. «Eifach märlihaft schön!» chüschelet er.

Si raschplet no chli Zitronerinde über d Fungi, richtet Trocherys u Piuzmischig uf Täuer aa ... u garniert em verzückte Märliheud u Stimmigsfantascht sy Portion mit eme rote, gluschtig wyss-gflöcklete Piuzhuet. – Wärs würklech der Flöigepiuz us em Märliwud, u nid eine us Marzipan vor Tischdekoration vom Totesunntig gsi, hätts auä ghörig Buchweh ggä! – «Gschyder isch besser!» däicht si. U syt denn gits nume no Piuze vom Märit!

Sicher isch sicher! Wiu: Schwümm sy nid eifach Schwümm! ... U itz Schwumm drüber!

U de, was däichet Dihr?
Isch Piuzle meh aus es Hobby?
Was machet Dihr, we Dihr ufeme
Spaziergang Piuze finget?
Verzeuet:

*Ds Rezäpt isch us mym Chochbuech
«Augenweide – Gaumenfreude» – Kunst und Kochen

Es chunnt vor, dass me us luter Liebi öpperem blind vertrout.
Aber das isch en angeri Gschicht.

VERTROUE ISCH GUET ...

Är het u het – oder es het ihm – geng u geng ume vo ihre tröimt. Si het sech lysli, heimlech, lischtig u hingerhäutig bi ihm unger d Ougedechle u i Schlaf gschliche. Aber si het trotzdäm nüüt meh vo ihm wöue wüsse. Si het uf kes Telefon vo ihm reagiert, Briefe ungläse ghüderet u kes Mail beantwortet, aus sofort «deletet». Dass dä Gfüeusanaufabet überhoupt gschribe het, hätt eigentlech feyechly öppis bedütet! Är het beröit, u trotz auem d Hoffnig nid ufgäh u ghoffet u ghoffet. Isch i Gedanke vor ihre uf d Chnöi. Het gjoulet u gweisselet u gwinslet wi ne Hund, wo men ihm uf e Schwanz tschaupet. Hundsmiserabu, hundseländ isch es ihm zmuet gsi. So richtig schyssig! Är het glitte wi ne Muus, wo der Schwanz zwüschem ysige Klapptörli vor Drahtgitterfaue ygchlemmt het u mit der Schnouze eifach nid bis zum Späck am Haagge chunnt: zwüsche Himu u Höu geiferet u zablet u sporzet u sperzet u lydet, dass Gott erbarm.

Är het dervo tröimt, dass irgendeinisch aus ume wird, u ume isch wi früecher. Dass si ume zäme – Hand i Hand – am See spaziere, i chupferrot Sunneungergang stuune, u uf e blassgoudig Voumond warte. Dass är irgendeinisch ume näb ihre erwachet. Dass sii zwöi bis i aui Ewigkeit zäme blybe.

Si isch i ne angeri Stadt züglet, het zäh Kilo abgspäcket u het d Mähne chupferrot gfärbt. Het d Vergangeheit eifach wöue hinger sich laa. Het eifach öpper angersch wöue wärde u o öpper angersch wöue syy. Si het sich nöi erfunge u nöi verliebt. – Aber d Liebi het en angeri, e seichti Töifi, en angeri, e faadi Farb, e nöie, e eitöönige Ton, en angere Klang, es angersch, es schärbeligs Echo gha.

Är het se im Stiue u heimlech – ja unheimlech heimlech – beobachtet u verfougt. Isch kränkt u beleidiget u muff u yversüchtig gsi. Är het se em angere nid möge gönne. Het ihm se vergönnt. Si isch syni! Ghört ihm! Si isch für ihn geng meh zunere Göttin worde. Zumene unerreichbare Troum. – Us Sehnsuchtströim sy Angschttröim worde. Us Angschttröim sy Verluschttröim worde. Aber Tröim sy nid ds Läbe! Tröim läbe am Läbe verby! Tröim kenne ke Würklechkeit! – Für ihn het aber di tröimti, troumhafti Würklechkeit zeut.

Är het ihrem nöje Liebhaber abpasst, het sech zmitts im spazierende, schländernde, pressiert rennende euböglende Mönschegwüeu i de Loube Schritt für Schritt a ne häre gmacht, het ihm i ds Ohr gchüschelet: «Si ghört mir!» het ihm glychzytig der Pischtolelouf i Rügge drückt u abdrückt, het ne chautblüetig erschosse. Äine isch zämegsacket u blybe lige. Het ke Wauch meh taa! Tot! – Dise isch – wi we nüüt wär, wyter gloffe – het Pischtole – wi wes Abfau wär – i ne Ghüderchübu gheit, d Gumihändsche abzoge, im Chuttesack la verschwinde u se de ir Beiz, won er isch ga nes Bier trinke, im WC achegspüeut. – Sii het e Vermuetig gha! Het en Ahnige gha! Hets vilech sogar gwüsst! u het sech de trotzdäm vo disem – auso ihrem Ex – la tröschte. Gly druf ich e Maa – äbe dise – i Notfau vom Spitau ygliferet worde. Geschter sy di zwöi, wi früecher, ga piuzle. Si het aui gängige Arte u Sorte kennt, si isch sozäge e Piuzfachfrou, u är het sech, wi früecher, blind uf ihres Urteu verlaa. Dass si ihm e Chnouebletterpiuz unger d Champignons gjublet het, het er nid gmerkt. Oder ersch z spät! – Är het o nid gmerkt, dass i sym Süessmoschtfläschli, wo si sech ungerwägs im Waud bim Znüüni zueproschtet hei, no – ganz nach Agatha Christie – paar Tröpf Arsen ...

U de, was säget Dihr?
Ässet Dihr o gärn Piuze? – Öppe Paschtetli mit
Piuzfüuig? Oder Piuzrys?
Verzeuet:

....

....

....

....

....

Öpper fragt, wohär si ächt ds tödleche Gift Arsen gha heig.
Das chönn me doch niene chouffe.

Wüsset Dihr vilech e Queue?
Verzeuet:

....

....

....

....

Öpper meint uf em Schwarzmarkt oder uf der Gass bi Drögeler.
I säge nume: «Probiere geit über studiere!»

Es chunnt vor, dass eine schlauer isch aus der anger.
Aber das isch en angeri Gschicht.

«HÄNDE HOCH!»

E längi Schlange het sech vor em Poschtschauter aagstouet. E Frou wott zwänzg A-Poscht Briefmargge. E angeri git es Expresspäckli mit ere Bluemevase für ihri Tochter uuf. Di nächschti het e Brief zum Yschrybe. Eine zaut mit eme Yzahligsschyn drei Tuusiger bar.

Hinger ihm steit e unuffäuige junge Maa i nere schwaze Läderjagge, mit ere schwarze Wulechappe. Wo dä ändlech dra chunnt, schrysst er d Chappe mit eir Hand über ds Gsicht, ziet mit der angere Hand e Pischtole us em Jaggesack, chehrt sech um u brüelet d Lüt, wo warte, aa: «Ablige, aber rassig!» Mit em Finger am Abzug zilet er uf d Frou hingerem Schautertisch u befiut, si söu aus Gäut i nes Guweer packe – aber dally, pleas! – är heig de nid ewig Zyt! – Si fragt, ob nume Note oder o Münz. «Note!» motzet der Röiber. – Aus isch muggsmüüslistiu. Si nimmt sech Zyt, aber ihrer Händ zittere.

Dä mit der Tarnchappe git e Schuss ab. D Chugle preicht der Poschtsack, wo ds Päckli mit der Bluemevase drinn isch. Es schärbelet. Niemer lachet. Der Scheum het ir Ufregig nid gmerkt, dass der Maa hinger ihm geng no steit. Der Abstand zwüsche dene zwene isch chlyn. U der Maa nimmt us sym Mantusack ganz langsam e Gägestand u drückt dä i Rügge vom Scheum. Dä erchlüpft. Het nid mit eme Stich i d Füdlebacke grächnet. Der Ma drückt no chly meh – der rot Bluetfläcke uf em Hosebode wird geng grösser – u seit sträng: «Nid bewege!» U de befiut er im ne Ton, wo ke Zwyfu zuelaat, dass ers todärnscht meint: «Hände hoch!»

D Frou hingerem Schauter verpackt Banknote mit zitterige Finger i nes Guweer ... u het natürlech scho lang der Alarmchnopf ddrückt.
Türe sy blockiert. Use cha niemer. Iche o nid.
Derfür chöme plötzlech zwe bewaffnet Polizischte us ere unsichtbare Sytetür, u füere dä Delinquänt i Handschäue ab.
Är söu ihm verrate, wie, u mit was är dä doch unberächebar u nid ungfährlech jung Maa i Schach ghaute heig, fragt der Polizischt.
«Mit eme Metzgermässer!» Är heig das grad im Fachgschäft la schlyyffe. – «Genau zum richtige Zytpunkt!» sy sech der Polizischt u der Heud vom Tag einig.
Me darf sech nid vorsteue, wi das hätt chönne usecho. Me cha nume ahne, dass es wahrschynlech ohni dä muetig Maa mit em früschgschliffne, scharfe u spitzige Metzgermässer Verletzti u vilech sogar Toti ggä hätt.

Heit Dihr o scho einisch so ne ungmüetlechi Situation erläbt?
Verzeuet:

*Es chunnt vor, dass plötzlech «fertig luschtig» isch.
Aber das isch en angeri Gschicht.*

NUME ES SPIU

Di zwe sy unzertrennlech. Dicki Fründe. Ihrer Väter o. Die sy im Militär höchi Tier mit Nudle am Huet, Stärne uf em Chrage, Abzeiche u Plämple über em Bruschttäschli ar Chutte u breite schwarze Streife a de fäudgrüene Hose. Auso fasch scho Generäu. Eifach richtegi Chriegsgurgle. «Mit em Gring dür d Wand!» isch Ihre Leitsatz, u «Urnig mues sy!» ds Motto. Me geit sogar zäme i d Ferie a ds Meer. U wyt wägg vo daheime, wo se niemer kennt, wärde di zwe Militärchöpf zu Chindschöpf. Da mags sogar e Gspass – nume nid über ds Militär! – oder e Blödsinn verlyde. Ds Sezierbsteck vom Verstand hei si, samt de Militärhudle, daheim a Bügu ghäicht u i Chleiderschaft gsperrt.

Am Strand boue d Giele u d Manne mit Schüfeli u Chesseli wehrhafti Sandburge. Us Stäckli wird e ganzi Armee rekrutiert u usgrüschtet, u de wird exerziert, u gfährlechi Gfächt donnere übere Strand. Muschle sy chlyni, gländegängegi Tschippe, u Steine marggiere grossi, schwärfäuegi Schützepanzer, wo vom Find mit Flüger us Zytigspapier im Sturzflug u mit grossem Gsurr u Ghüu aaggriffe u bombardiert wärde. Sörfbrätter brättere Chneble u Stäcke aus Flügerabwehrragete u Panzergranate i ds Verteidigungsgebiet. Bletter vo Stude u Böim transporiere fiktive Munitionsnachschueb, u Fichtezapfe-Drohne überwache ds Ganze vo obe, spioniere u kundschafte findlechi Stelige us. Me tuet «aus ob!» Am Tag druuf wird d Armee ume ufgrüschtet, u de het me, näbem militärstrategische Plane, ume z tüe mit aagryffe u verteidige. Mit «itz täte mer», «itz würde mer», «itz gieng», «itz chiem», «itz chönnt me», «itz sött me» u «itz wär»

... wird das Spiili im Gang bhaute. U wius mit der Zyt Verwundeti git, organisiert me es Fäudlazarett mit Bett u Operationsschräge us Papiernaselümpe – aus klinisch clean – im Schatte unger de Ligistüeu. Das heisst, o d Froue, auso d Müetere dörfe mitspile: saube, operiere, Granatsplitter usegrüble, Wunde verbinge, bbrochni Bei u Arme schinele oder gipse oder amputiere. – Nach Dienschtschluss möögget eine: «Achtung steeeeeht!» u de renne si u steue sech i nere fadegraade Reie uf, u d Füess, auso d Schue wärde usgrichtet, dass i Gedanke d Absätz knaue u d Bajonett klirre, u de wird – ruck-zuck – zackig salutiert, u de heissts: «Rrrrrruhn!» «Abtrrrrätttte!» U de isch fertig gmilitärlet. Am Aabe sy aui müed u zfride. U we d Fluet ir Nacht ume aus bodeäbe gschlisse het, planet u bout me am Morge nöji Kampf- u Abwehrstelge u erfingt es nöis Aagriffsszenario u ne nöji Verteidigungsstrategie für di nöji Chriegssituation.

U wo einisch e Plastikfläsche mit jedem Wäueschlag neecher u neecher a ds Ufer dümplet isch, het me das findleche U-Boot i ds Visier gnoo, kaperet, d Mannschaft gfange u ds Schiff versänkt. Es Ferieläbe, wo verkappti chauti Chriger dervo tröime wis chönnt sy... wes wär!

Daheim finge di zwe Giele zhingerscht im Schueschäftli e Pischtole – es gäbigs, handlechs Modäu – u uf em Tablar drunger es Truckli mit Munition. Si däiche, das syg auä e gheimi Resärve. Me wüss ja nie!... Si lege Pischtole u Munition uf e Chuchitisch u fingerle drannume. Der eint seit – auso plagiert grossmuulig – är wüss, wi me das Pischtöli scharf machi, auso ladi. Är ziet ds Magazin usem Griff, tischelet Schüss dry, tuet wichtig – macht grossi Ouge derzue – u verzeut, der Vater sägi

dene «Gagle», chlepft ds gfüute Patronemagazin mit eme segge Schlag zrugg i Hauter bis es «schnapp» macht u yraschtet, streckt de der Zeigfinger düre Abzugbügu, em Abzughebu verby, u laat ds scharfgladne Schiessyse – wi ne Propäuer – schwungvou um sech säuber kreise. De stoppet er das «Roulett»-Rösslispiu, zilet uf e Kolleg, u möögget: «Päng!» u derzue sprützt ihm der chläberig Söifer explosionsartig zum Muu us. De git er Pischtole am Kolleg. Dä zilet, u rüeft o: «Päng!» ziet der Abzug düre, der Hahn trifft der Abzugbouze... U itz isch fertig luschtig. Äine gheit um, u zmitts ir Stirne tropfet us eme kreisrunde Loch mit aagcholete Hutfätze rots, bluetrots Bluet. Da isch nüüt meh z mache! Dä seit kes Wort meh. Isch tot!
Schrecklech! Ds einzige Chind tot! Nume wiu der Vater so ne blödi Pischtole im Schueschaftli versteckt het!
Eifach schrecklech!

U de, was säget Dihr?
Verzeuet:

Aha, Dihr wettet wüsse, was das für ne Pischtole gsi syg. I weiss es nid. Vilech e Parabellum, vilech e Baretta oder e Walther, Kaliber 7,65, Modäu PP oder PPK? I kenne my da nid us.
Genau es Jahr nach däm truurige «Unfau» het d Mueter, wo ihres einzige Chind verlore het, einisch ir Nacht di Pischtole, wo geng no im Schueschäftli isch – me wüss ja nie, het der höch Militär gseit –, gnoo, glade u dermit ihre Maa im Schlaf erschosse!...
E Frou, e Mueter im schmärzhafte Wachwahn, wo sich säuber abhande chunnt u ihrem Läbe für ne Ougeblick zueluegt.

Es chunnt vor, dass es öpper unerchant trifft.
Aber das isch en angeri Gschicht.

WIE WYTER?

Es lütet ar Huustür. Im Stägehuus steit eini wo früecher mit ihre im Chiuchechor gsunge het. Si wöu doch ändlech afe umen einisch cho luege wis ihre göng, seit äini. Si söu doch ychechoo, seit disi u komplimäntiert se i d Stube. Si syg grad bim Beck gsi u heig ddäicht, si chönnte ja umen einisch zäme käfele u lafere, seit äini, u steut es Druckli mit zwöine Vermicelles uf e Tisch. «Es fröit mi, dass du umen einisch der Wäg zu mir gfunge hesch!» seit disi, nimmt Täuerli u Tassli u Löffeli u Dessärgäbeli us em Büffee, deckt der Tisch, leit no e Serviette mit ufdruckte vierbletterige Chleebletter uf d Täuer, nimmt di zwöi Tassli u geit i d Chuchi. De ghört me d Ggaffimaschine ruure, u si u chunnt mit zwöine Miuchggaffi zrugg. U de fragt äini: «Wi geits?»
Es göng, seit disi. – U de gits e längi Pouse, wiu äini gspürt, dass öppis ir Luft hanget.
«Chuum han i mi vor Bruschtchrebs-Operation samt Chemotherapie echli erhout», seit disi, u strychlet derzue d Perügge, wo über ne Styroporchopf gstüupt uf em Tisch steit, «han i Diagnose Gebärmueterhauschrebs!»
«Furchtbar! Schrecklech! Nid zum Gloube! So öppis!» seit äini u fragt de: «Was itz?»
«Du muesch nid frage «Was itz?» Du muesch frage «Wie wyter?» seit disi. U de seit si no, dass Abschied vo öppisem wo syg gsi o Ufbruch i öppis Nöis bedüti. U de seit si no, dass jedes Läbe mit eme Abloufdatum verseh sig. U nume es paar Wuche später gseht äini ir Zytig Todesaazeig vo disere.

Es chunnt vor, dass eim ds Bluet schier i de Aadere gfriert.
Aber das isch en angeri Gschicht.

MUSIG ... NÜÜT AUS TÖN?

Musikere, öppis mit Tön, öppis, wo sii der Ton cha aagä, so öppis het si wöue wärde. I höchschte Tön het si wöue jubiliere. Eifach «obenuse»! Musig syg übe nid nume Ton, Musig syg himmlisch. «Der Himu uf Ärde!» het si ddäicht.

Si het Blockflööteungerricht gno u isch de glyeinisch uf Querflööte umgstige – vor Houz- i d Siuberklass – auso i höcheri tonali Sphäre ufgstige. «Quer» u «Flöte» het se ddüecht, syg genau ds Richtige! Syg genau das! Syg genau ihres Ding! Si het denn nid genau gwüsst, was «genau das» heisst oder chönnt heisse.

He nu. Si het gfynöggelet, tagelang wi verruckt mit rote Backe am drüügstrichne u am viergstrichne C umeblaase, umeblääserlet, umepfiffe, umegluftet, umeglüfterlet, umeklappet, umegflascholetlet ... bis ihre Träne zu de Ouge uus gchugelet u füürggügguroti Bluetströpfli vo de Lippe tropfet sy. – U plötzlech hei sech aui Tön uf em Noteblatt i roti, bluetroti Bluetströpf verwandlet. U wiu si ihrer Nägu a de länge, tifige Finger rot aagstriche het, hets usgseh, wi we Bluetströpfli über d Flöte däseleti! U wiu Bluetströpf kener Notehäus hei, het si dene d Häus abgsablet u abgschnätzet u abgschniflet u abgnägget, u im bluetrünschtige Wahn hets Bluet gsprützt u Bluetströpf grägnet, ganzi Bluet-Sturzbäch, wahri Bluet-Wasserfäu sy vo de köpfte Note u de inbrünschtig u bis uf ds Bluet usblaasne quere Flööretön

gsprudlet. – Si het i ihrem himbeerirote Bikini vom Füfmeter-Brätt – oder isch es vom Füf-gstrichne C gsi? – e Chöpfler i dä rot See gmacht. Het d Luft aaghaute u isch de mit züntrotem Chopf ir Neechi vomene «Vierer-mit»-Rennboot – mit luter bluetjunge Manne i bluetrote Lybli mit wyssem Schwyzerchrüz – im «Rotsee» uftoucht. U wo de es Rueder haarscharf näb ihrem Chopf i ds Wasser zischt, eso, dass ihre schier ds Bluet i de Aadere gfrore isch, isch si gottlob us däm blöde, bluetig-rote Troum erwachet.

Si isch im Bett bouzgredi ufghocket, het di rote Locke gschüttlet bis es ihre vor de Ouge rot worde isch, het Querflööte ungerem Chopfchüssi fürezoge, isch us em Bett ghoppset, isch i ds rote Deux-piece – ds Marggezeiche vo ihrem Duo – gstige, het dick Anke uf ene Brotschybe gschmiert, dünne, füürzüntggüggurote Meertrübelischlee drüber gschlaargget, wo de wi Bluet ab der Schnitte über d Finger achetropfet isch, het schnäu aus verdrückt – u wär no schier erworgget dranne! Het ömu scho rot gseh! – het schnäu-schnäu no es rots Hagebuttetee mit rotem Kandiszucker achegläärt, u isch mit em rote Velo u der Flööte – was gisch was hesch – quer dür di rosarot-blueschtig-blüejegi Früeligslandschaft gradlet.

Di angeri Häufti vom «Duo Blueschtruusch» het scho gwartet. D Chiuche isch bis uf e letscht Platz bsetzt. Der Pfarrer isch uf Kanzle gstägeret, het paar verchrugleti Bletter usenang gfautet, se stytffingerig-gstabelig glattgstriche, het der Aate aaghaute, uf ds Chiuchevouk achegluegt u gwartet – wi ne Ewigkeit het sech der Ougeblick usbreitet u i d Längi zoge – u är het gwartet. Sy Chopf isch langsam rot aagloffe, u är het gwartet, bis ds Duo

komplett u spiubereit gsi isch, u de het er mit eim Pfupf uus u de stoosswys ygschnufet u «Geliebte – oder vilech verliebte? – Festgemeinde» gseit ... u de hets roti Härzli grägnet! Si hei amne Hochzyt gspiut.
Die wo o mitgspiut het – auso di angeri Häufti vom Duo «Blueschtruusch» – oder doch «Bluetruusch»? – disi isch eifach no geng haub im Troum gfange! – auso di angeri, die mit der Gitarre, het gekonnt u virtuos u meisterhaft i d Saite griffe, sech schier d Finger wund u bluetig gspiut für di rote, höllischfüürigheisse Flöötetön mit sanfte Akkörd u perlendem Arpeggio kunschtvou i warmi, morgeroti Kläng z verwandle, u d Musig uf ere irdische Basis z ärde.
Musig isch äbe e bsungeri Zouberwäut! Es Universum vou Fantasie, vou Gfüeu, vou vo unmüglech Müglechem, vou bunt, rägebogebunt! E schöni blueschtvou-bluemegi, heili, ja heilendi, sanfti u wunderbar schöni Wäut!
Melodie cha me über bluetegi Wunde blaase, u scho isch aus nume no haub so schlimm!

U de, was däichet Dihr über Musig?
Spilet Dihr öppe säuber es Instrumänt?
Verzeuet:

💧

«Frau in den Wäldern von Kanada spurlos verschwunden!» het me gly druuf unger «Unglücksfälle und Verbrechen» ir

Sensationspress chönne läse. Si syg mit ihrem Maa imene Camper uf der Hochzytsreis gsi. Är syg ungerwägs imene chlyne Stedtli ga ychoufe. Si heig gseit si syg müed, si göng ga lige. Är heig däicht är löi se schlafe, u syg de wytergfahre, het er verzeut. Nach paarne Stund heig er uf eme Campingplatz aaghaute. D Frou syg nid oder nümm im Bett gsi! Är heig de der Polizei aaglütet, u die syg mit Blauliecht u Sirene-Ghüu im Garacho aabruuset.

Was isch ächt passiert?
Was meinet Dihr?
Verzeuet:

🭬 ....

....

....

Dihr vermuetet, dass si im Stedtli usgstige u ungertoucht syg, wiu är ihre – scho churz nach em Hochzyt – verleidet syg.
Öpper angersch vermuetet, dass är se «umen Egge» bbracht heig, wiu är ... , aber löö mer das – ömu vorlöiffig –, müglech wärs!
Di einsami Gägend mit nüüt aus Hügle u Höger u Wäuder mit schmale, dunkle Tanne, wo wi Schärischnitte vor em blaue Dunscht i Himu wachse, isch wi gmacht für Gheimnis. U Bäre hets gnue, wo schnäu, stiu u suber ufruume u sech de gnüsslech Taupe u di bluetegi Schnouze läcke.
Auso, fürs churz z mache: Gfunge het me se nie, weder läbig no tot.
No das: Am Hochzyt – grad nach der Trouig, bim Apéro – het är rot gseh, het Haus über Chopf Füür gfange, u sech blitzartig i d Flötischtin mit de rote Chrusle oder i di rote Chrusle vor

Flöötischtin – das weis me nid so genau – verliebt. Ei heisse Blick het glängt, u si hei Oug i Oug ougeblicklech gmerkt u gspürt, dass si di glychi Wäuelängi hei, dass ihrer Härz im glyche Rhythmus tschädere, dass si im glyche Takt tigge u ir glyche Tonart töne. Gwüsst, dass si harmoniere, gwüsst, dass si zäme ghöre. Uf ei Schlag het ds Schicksau zuegschlage. – U chuum ume daheime, het är ...

U de, was gloubet Dihr, was het är gmacht? Verzeuet:

🌢

Genau, Dihr heits errate u heit rächt: «Es git äbe nüüt, wos nid git!» Si hei ghürate! – U wi heissts im Märli doch so schön: «Und wenn sie nicht gestorben sind ...» de blaast ihm Querflööte auä geng no der Marsch!»

Es chunnt vor, dass öpper plötzlech e Glückszau het.
Aber das isch en angeri Gschicht.

GLÜCKSZAU

We si het müesse, oder us irgend amene Luun isch ga nöji Chleider choffue, wär är gärn daheime bblibe, hätt gläse u sy Rue ghaa. Aber nei, si het ne mitgschleipft. Het ne vo Pontius zu Pilatus mitgschleppt. I de biuige Chleiderläde het si ihm aus es Nummero z gross oder z chlyn vorgfüert. Eso, dass es gschlampet oder gspannet u eifach nid passt het. Si het nämlech scho lang vorhär sondiert u genau gwüsst, wo si de wott zueschlaa. Aber si het ne vo Gschäft zu Gschäft «weich gchlopfet», für dass er de froh isch – o wes haut uverschämt tüür chunnt – dass är ändlche ume sy Rue, u sii hett, was si wott.
I Gedanke isch är bi däm Modezirkus mit de Gedanke meischtens amene ganz angere Ort. Ihn intressierts nämlech en aute Huet was sii annehet. Uf de Prysschiudli hets näbe Zahle no Buechstabe gha: S, M, L, XL, XXL. U de isch ihm öppis i Sinn choo. Won är stiu vor sech häre grinset, fragt si ergerlech was är heig. D Antwort blybt er schuudig u fragt, ob si öppis vo römische Zahle verstöng, si heig die sicher o einisch ir Schueu düregnoo. «Däich wou!» mugglet si u ergeuschteret sech über di blödi Frag, wo ihrer Aasicht naa nid im gringschte öppis mit Chleider z tüe het. Hässig schiebt si Bügu um Bügu im Gsteu vo lings nach rächts u muschteret Röck, wo für ihn aui wi Fähndli usgseh. «Auso», seit er, einisch heige zwe Archäologe z Frankrich es bruns, auem aa auts Schärbi usgrabe. Druff syg Fougends i Grossbuechstabe ygrafiert gsi: «MDCLL». Auso, us welem Jahrhundert dass das Schärbi ihrer Aasicht naa stammi, fragt er. Si wird verruckt u seit beleidiget, bi de Chleidergrössine bedüti

S «small» u M «medium» u L «large» u der Räschte syg ihre schnorz. «Däich nache!» seit er. «Blöde Besserwüsser!» schnouzet si ne aa: «M bedütet däich Tuusig, D Füfhundert, C Hundert u L 50, u zämezeut git das exakt ds Jahr 1700! Das Schärbi stammt auso us em Jahr 1700, baschta!» «Nei», seit är u lachet uf de Stockzähn, das heissi «Moutarderie Dijon Controlée Laboratoir Légitim».

Settegi Gschpäss het si gar nid gärn! – Si isch dezidiert i Lade mit de tuure Couturier-Lümpe gstaabet – är duuch hingernache.

Si isch i ne ghüslete Rock gschlüffe, wo passt het wi aaggosse – wo si auä scho lang im Oug gha u nid zerscht Mau probiert het – u het betont hässig «M» u «C» gseit, auso das heissi «Ma Chance» oder wen ers Änglisch wöu «My Choise» u Bärndütsch «Mys Chleid». Är het uf ene angere Rock zeigt u gseit, dä chlynkariert da würd besser zu ihre passe! Aha! dä heig si gar nid gseh, het si gseit, het ne probiert u gfunge, är heig für einisch rächt, das fyn blaughüslete Modäu syg himmlisch! Är het zaut, u si sy über e Bahnhofplatz gstaabet. Si het ihri *Truwaaje ir Tragtäsche mit em tüüre Logo wi ne Schiffsbug grediuse vor sech häre gstreckt, nid linggs u nid rächts gluegt, u eso e Gass dür ds Gstungg bahnet.

Si isch de über e Trottoirrand gstürchlet u diräkt vor ds 4i-Tram gstouperet, wo vom Houptbahnhof abgfahre isch u grad so richtig Fahrt ufgnoo het. Ds Tram het se paar Meter vor sech häre gschobe, bis es ändlech stiugstange isch. Im Spitau isch si churzum de innere Verletzige erläge. U me het se de im chlynkarierte, himmlisch-blaue Rock…

U syder denn isch sy Glückszau ds 4i!

U de, was säget Dihr?
Heit Dihr o ne Glückszau?
Weli? U warum grad die?
Verzeuet:

‿

---

* Mundart Truwaaje / Trouvaille aus dem Französischen: Ein glücklicher, unerwarteter, überraschender, für den Finder, die Finderin auch wertvollen Fund (ideell oder materiell).

Es chunnt vor, dass me öppis sofort merkt.
Aber das isch en angeri Gschicht.

EI BLICK HET GLÄNGT

Si hets sofort gmerkt. Ei Blick het glängt, u si hets gwüsst. Nid nume vermuetet, gwüsst!

U de, isch das Öich o scho passiert, dass Dihr sofort gwüsst heit was gattigs?
Verzeuet:

Si het sofort gwüsst, dass öppis im Busch isch. Sofort gwüsst, wi der Haas loufft. Sofort gspürt, dass öppis loufft zwüsche dene zwöine. U si het schynheilig gfragt, ob är die kenni. Zersch het er uschuudig drygluegt, der Chopf gschüttlet u derzue hiuflos beid Achsle glüpft u auä ddäicht: «Nüüt säge isch ömu nid gloge!» Dass er de doch «nei» gseit het u derby rot worde isch, isch dütlech gnue gsi. Het aus verrate. Lüge het er äbe nid guet chönne. Nidemau schwummere. Da isch sii de ... aber das tuet itz grad nüüt zur Sach.
Auso, är hets nid zueggä, aber si hets gwüsst u wyter nüüt derglyche taa. Aber möge het es se scho! – Zueggä, si het ke grüne Duume u nid gärn öppis im Garte gmacht. Är het gseit, är wüsst e Gartegstautere, wo di Sach chäm cho i d Ornig tue. U ihre

isch das nume rächt gsi. Gsi, bis si gmerkt het, win är das schlau ygfädlet gha het. U ihre isch ufggange, warum dä Uftrag mit vorgängige Besprächige u Besichtigunge vo Gartealaage verbunde gsi isch. Är het zwar jedesmau gjammeret, wen er ume het müsse – auso wöue müesse – zu nere aagäbleche Besichtigung aatrabe. D Gartefachfrou het sech o für d Aupe- u Bärgflora intressiert. «Prima!» het sii däicht. Nei, nid «Primula», ihri Absicht isch enger bluetig aus bluemig gsi! Sii het ihm der Vorschlag gmacht, me chönnt doch einisch zäme mit der botanisch gschuelete Frou z Bärg u de ungerwägs bim Wandere chli öppis über d Aupeflora lehre. «Prima Idee!» het er gseit. U sii het dä Usflug plaanet. Sie het unbedingt mit eme Sässelilift – amene autertümleche, nostalgische zwöisitzige Sässelilift – uf ene Hoger wöue fahre. So wi früecher. Aber ihre isch es nid um Nostalgie u nid um früecher ggange! – Es het süsch kener Lüt gha, wo am morge früech o grad uf di Aup hei wöue. Är isch uf ene Sässu ghocket u het d Ruckseck vo de Froue uf e zwöit Sitz packt. Di zwo hei sech uf em nächschte Sässu zwäggranget. Ei Ruck, u si sy ir Luft gschwäbt. D Hüser im Tau sy geng chlyner worde, d Landschaft het usgseh wi us eme Spiuzügbouchaschte zämetütschelet u zämetischelet u zämeblätzet, u d Schneebärge hei vor em chnütschblaue Himu glüüchtet. Me het nüüt ghört, aus ds fyne Sure vom Drahtseili u ds Rattere, we d Sässle über ne Mascht gredlet sy. Wo si über nes töifs Tobu schier himuwärts schwäbe, git disi äire e Mupf, die rütscht vom Sässu, laat e Göiss fahre, suset rasend schnäu nidsi u verschwindet i de Escht vom grüene Tannemeer.

Me het se de uf eme Feusblock im Bach unger gfunge. Tot! – U ihres Problem isch glöst gsi! – Disi het de taa, wi we si e Schock hätt, het gschnuderet u gschnützt u gjammeret u d Ouge gribe – bis die rot sy gsi – u grännet u ghüület wi ne Schlosshung u unger Träne gstagglet – oder usgseit – dass äini sech wyt über e Sässu us glähnet heig, wiu si amene Adler zuegluegt heig, wo elegant u schwärelos syner Kreise über der Schlucht zoge heig.

U wiu disi, chuum sygs losgange, chuum heige si ke Bode meh unger de Füess ghaa, der höuzig Sicherheitshebu vor em Buuch usklinkt u gseit heig, si syg nid gärn «aabunge» u nid gärn «yzwängt», si wöu dür d Luft schwäbe! ... sygs äbe passiert.

U de, was dätchet Dihr!
Verzeuet:

Si heig sech uf e nöi Garte gfröit, u si syge doch eigentlech Fründinne gsi. Gartefründinne! Verbunge im botanische Pflanzegeischt! U itz das! U si het ume ds luter Wasser bbrigget. Me het ihre nüüt chönne nachewyse. Weder fahrlässigs Verschuude no bösi oder vorsätzlechi Absicht. Nüüt! Eifach nüüt! – Är het oder hätt Plän ... gheimi Läbesplän, meh aus Garteplän gha: Liebesplän, amurösi Veränderigsplän. U itz das! Dä Schicksausschlag het ne schwär troffe, u di kabutti Hoffnig het ne bis i Troum verfougt.

Sy Frou un är sy ga wandere u ungerwägs ygchehrt. I der Landbeiz hets ir Matte hingerem Huus e Chegubahn gha, eini mit grob ghoblete Lade, standfeschte buechige Chegle u schwäre Cheguchugle us Chegeleboumhouz. Jedes het drüü mau hingerenang dörfe chegle, u ds angere het d Chegle am Ändi vor Bahn ume ufgsteut.

Är het d Chugle mit der räche Hand locker hingere u füre u hingere u füre u hingere gschwänkt, si het sech bückt u di umgheite Chegle vom «Baabeli» zwägpüschelet, är het d Chugle im Vorwärtsschwung la gaa, u ds runde Tütschi het Fahrt ufgno, isch graaset, het ghouperet u pouderet u isch bouzgrediuus dervo gsuuset, het sech paar mau umsech säuber drääit – Cheguexperte säge däm Wurf «Sandhaas» – u isch ihre grad zmitts a Chopf gumpet. Chugle a Chugle! Nume dass der houzige nüüt passiert isch, die het nidesmau es Müssi ghaa. Sy Frou aber isch blybe lige! Tot! – U är isch schweissbadet u pflotschnass us em Troum erwachet. «Was nid isch, cha no wärde!» het er ddäicht.

U de, was säget Dihr itz?
Chöit Dihr dä Maa vilech sogar verstah?
Apropos, würdet Dihr öpper, wo Öich im Wäg isch, o eifach «usschaute», auso chautblüetig liquidiere oder churzerhand umen Egge bringe ...?
Verzeuet:

〰️

Das nume unger üs: Är het i Betracht zoge, dass är se chönnt erschiesse, im Chäuer yspere u la verhungere, mit Schlangegift oder Arsen nachehäufe oder der Föhn i ds Badwasser ... eso, win är das einisch ir Zytig gläse het ...

Momou, däm isch es aaschynend nid nume im Troum ärnscht gsi! Aprops Arsen: Das tödleche Gift cha me nid eifach so ir Apiteegg oder Drogerie ga chouffe. I ha vomene Fau ghört, wo eini eine kennt het, wo eine kennt het, wo ne Bekannte vo däm Zuegang zu Laborchemikalie gha het, un ihm no e Gfaue schuudig gsi isch ...

*Es chunnt vor, dass me uf ere rosarote Wuuche ds blaue
Wunder erläbt.
Aber das isch en angeri Gschicht.*

BUDEPLATZ

Scho vo wytem ghört si ds melodiös-verschwummne Echo bläächele u ds rhythmische Stampfe vor Rösslispiuorgele, wo di «schöni blaui Donou» musiget, u de mit Trumpete u Posuune der «Radetzky Marsch» schmätteret. Ghört der fröhlech, viustimmig Plouder-Lärme u ds Johle vo Aagsüüslete. Ghört ds überschwänglech lute Lache u ds übermüetige Gröhle vo vergnüegte Lüt uf der Achterbahn, ds dumpfe Pflopf vo Putschouto, ds chlapperige Raase vor Bärg-u-Taubahn samt em Göiss vo dene, wo sech lö la gutschiere. Es schmöckt nach früschbbachne Waffle, gröschtete Maroni, türkischem Honig, Nydletäfeli u bbrönte Mandle. Eine pryst – win er betont – aphrodisierendi Zuckerwatte aa u verspricht, dass es bim Schläcke nid nume uf der Zunge chribeli! U ne angere wett, dass me der «Tanzbär» – e verchleidete Maa – chäm cho bestuune, wo aateberoubendkunschtvou uf eme höche Seili balangsiert u derzue mit bunte Baue jongliert. U dä vor Geischterbahn garantiert Yblick i ne gheimnisvoui Ungerwäut, u i ds eigete Ungerbewusste u Unbewusste, u verspricht es eimalig gruselig-spannends Erläbnis am Rand vor Würklechkeit mit Geischter u Gspängschter u Gnome u Zombies u Vampire u Dämone u Tüüfle u Koboude. Si wirft e gwunderige Blick uf d Dame ohni Ungerlyb, wo auä nüüt aus e plumpe Spiegutrick isch, luegt däm gschäftige Trybe vo erläbnishungerige Mönsche zue – u steit de plötzlech säuber zmitts drinne im bunte Trubu. Si wird ychegspüeut u mitgschrisse i Budeplatz-Ruusch. Aus isch unwürklech, ja, troumhaft schön! I de Stögelischue vo ihrer Mueter stögelet si uf ds Rösslispiu zue,

knickt einisch innezi u de ume ussezi yy, eso dass d Absätz gäge use oder äbe gäge iche zeige. Unbequem, aber schigg! Vilech hätt si doch no es paar Wulesocke meh söue aalege, de würde d Stögelischue besser a d Füess oder Füess besser y d Stögelischue passe. Ds Rösslispiu ziet se aa. Magisch! Si choufft paar Bilijee, stygt uuf, chlammeret sech a ne glänzegi Messingstange, u gniesst ds Scheppere u Hüüle, Hämmere u Rassle vor mechanische Drääiorgele-Musig, wo – wi vo Zouberhand füregchüderlet – vom brune Lochstreifegartong tröpfelet. U de das mit de Ringe: We me der goudig verwütscht, cha me einisch gratis mitfahre. Der Giu, quasi der Goudring-Glücksgott, wo dä handbedient Ringoutomat im Griff het, u je nach däm ysegi oder äbe der goudegi Ring cha fürelaa, gfaut ere. Si zwinkeret geng mit de Ouge, we si verbykreiset, u är lachet zrugg. U itz het si scho paarmau di goudegi Gratisfahrt, u auä o sys Härz gwunne … Är überlaat sy Platz amene Kolleg u ladt se zunere Schifflischoukufahrt yy. D Schiffli hange a länge ysige Stange ungerem blaue Zäutdachhimu amene Bauke. Chuum ygstige, schlüüft si us de Stögelischue u us de Wulesocke, u de stöö si enang im Schiffli vis-à-vis, häbe sech linggs u rächts a de Verankerigsstange u gö abwächsligswys i d Chnöi, stosse ab, stöö uf u schoukle – aatribe vo gmeinsame Schubchreft – das Schiffli höcher u geng höcher ueche. Am liebschte würde si grad rundume schoukle … Geit leider nid! Ds Dach brämset der Schwung! Aber schön isch es glych! De gö si uf ds Riiserad, u zoberscht ir luftige Höchi, git är ihre eifach es chlepfigs Müntschi! – U de choufft er e grossi, chläberegi Zuckerwattewuuche. Si häbe sech fescht am Stängu vo der süesse Pracht u sägle zäme samt der rosarote Watte em Himu zue. Dert poliere si d Stärne ir Miuchstrass blitz-blank glänzig, läcke zwüschiche am Zuckerwattebousch, wo sech langsam i ne Fauschirm verwandlet. Zrugg im Gwüeu gö si zur Schiessbude. Dass me sött i ds Schwarze träffe isch klar! – Si sött auä gschyder zersch ga Preichi chouffe! Gits aber nid! Isch niene z haa.

Di fründlechi Schiessbudefee im ängge, glitzerige, sexy u töifusgschnittne Rock, so dass me meh blutti Hut gseht aus eigentlech aaständig wär, spannet der Louf, leit e Chugle yy u drückt ihre das scharf gladne Schiessyse i d Hand. Si drückt eis Oug zue... u zilet. Überem Chorn gseht si plötzlech dä vom Rösslispiu aus Bäbi ar Wand hange. Si zilet nid uf ds Schybli mit de schwarze konzäntrische Kreise, wo vor ihrne Ouge aafö tanze, si zilet diräkt uf ds Bäbi ... u preicht! – «Päng!!!» Ds Bäbi – auso der Rösslispiu-Goudring-Schifflischoukle-Riiserad-Zuckerwatte-Casanova – gheit erschosse ache. Schlafsturm – auä vom Rösslispiufahre – u chly dürenang erwachet si us ihrem Rummuplatz-Troum, u weis itz plötzlech, dass si der anger mues vergässe, u weis ganz genau, wo si ihre verlornig goudig Ring vo disem mues sueche.

Wüsset Dihr, wo si mues sueche?
Verzeuet:

U plötzlech isch si nume no es Spiegubiud u ke Mönsch meh gsi.
Aber das isch en angeri Gschicht.

GÄGE STRICH GSTRIGLET

Isch si aleini tschuud!? Sii? – Ihre Blick verliert sech im Blick uf ihri inneri Landschaft: Wüeschti, verschüttet mit Bärge vo Gröu, troche, ööd, läär, mönscheläär, überpuderet mit fynem, gäubem Sand, wo der sunneheiss Luft hampfelewys ufwüeut, desumeblast u nöi hüüfflet. Aleini, einsam, am verdurschte u ersticke isch si, isch nume no e haube Monsch. Wo ke Liebi meh isch, fäut em Läbe der Aate, d Luft zum Schnuufe, der Pfuus! – Im Troum schwäbt si – liecht u wuucheglych – über emne nachtschwarze See. Uf de Wäue tanzet ds Liecht vom Voumond, u ihres Gsicht irrliechteret splitterig uf em Wasser. Isch es ihres Gsicht, oder ihres Gägegsicht? Ihres Schattegsicht? Ihres Nachtgsicht? Ihres innere Gsicht, oder vilech doch ihres wahre Gsicht? Es luegt se aa. Laat se nid us de Ouge.

Dä wo sii im Oug het – u si gspürts ganz dütlech – isch ihri angeri Häufti. Es Gfüeu, wo unger ihrer Hut wucheret u ds Härz umwurzlet. Si sy für enang bestimmt, ghöre zäme! Düre Schleier vom gläbte Läbe gseht si es nöis Läbe. U drum het är müesse stärbe u em nöie Läbe u em nöie Maa Platz mache!
U de isch es passiert! Niemer het öppis gseh. Niemer het öppis ghört. Ir Rächtsmedizin hei si usegfunge, dass es e Pfyu vonere Armbruscht isch gsi, wo ne zmitts i ds Härz troffe het. Är heig auä nid lang müesse lyde. Der Schuss syg e Meischterschuss gsi: präzis u scharf u giftig! Der Pfyu het me nid gfunge! Der Schütz o nid! Si däicht ke Ougeblick a di öffentlechi Meinig, das gfrässige, ufsässige, sensationsgierige Tier! Ds Schicksau het ihres

Läbe ghörig gäge Strich gstriglet: Lieblosigkeit, wüeschti Wörter, Verwünschige, Pfuschtschleg, Stüpf, körperlechi Übergriffe u seeleschi Grusamkeite. Är het se auf au wys u wäg gäge Strich gstriglet. We si ir Sunne gstange isch, het si ke Schatte meh gha. We si sich, gspieglet ir Schybe vomene Fäischter begägnet isch, isch si niemer meh gsi, nume es Spiegubiud, e Tüschig, e enttüschti Tüschig, aber tüschend ächt. – Itz isch aus angersch. Si isch ume e Mönsch! Ir Wüeschti wachst Gras. D Lüt söu doch rede! D Lüt lafere u vermuete geng öppis ohni öppis genau z wüsse. U überhoupt: «Wär sy d Lüt?» Nid num dä mit der Armbruscht het troffe, o Amors Pfiu het sys Ziu nid verfäut! Si sy zämezoge. D Sunne het der Tag u der Mond d Nacht u d Liebi ds Läbe belüüchtet, u sii het ume e Schatte gha. Si isch ume e Mönsch gsi. – Mängisch mues äbe öpper gaa, dass öpper cha choo!

U de, syt Dihr o scho gäge Strich gstriglet worde?
U was heit Dihr dergäge gmacht?
Verzeuet:

Aha, Dihr wettet wüsse, wie u mit was u warum si gäge Strich gstriglet worde isch. U wohär plötzlech dä träffsicher Schütz choo isch.
Das isch eso: Är – auso dä, wo itz tot isch – het se imene Nachtklub gseh tanze. Är het sech i ihrer brune Ouge u i ihres

Lache u i ihri brongsefarbegi Hut verliebt. Ds Exotische het ne aazoge. Magisch aazoge. Wuchelang het er di Frou bewunderet. De isch si bi ihm yyzoge. Si het ihre Job wyter gmacht. U gly isch us em verliebte Maa e yversüchtige Maa, e handgryfleche Maa worde. – E junge Maa, eine mit brune Ouge u brongsefarbiger Hut, het se tröschtet. U aus wytere chöit Dihr Öich säuber usdäiche.

Verzeuet:

Es chunnt vor, dass me meint me meini me syg ...
Aber das isch en angeri Gschicht.

«HAPPY BIRTHDAY...»

Aus Goudi het är sech zum runde Geburtstag der Presidänte-Stueu us em Rathuus gwünscht. – U itz hocket är uf däm Troon, rangget mit em Füdle uf em chaute Läderpouschter bis es aagnähm warm wird, leit d Arme linggs u rächts uf d Lähne, u d Finger chräbele de gschnitze, u vom vile ratlose Strychle abgschliffne Bärnerbärechöpf, über di houzige Ohre, waupelet hin u här – auso vo eir Füdlebacke uf di angeri – lähnet de hingere, streckt d Füess wyt vo sech, schnuufet töif yy, dass es Backe blääjt, u blast d Luft dür Zähn, dass es pfyfft u pfuuset, wi ne Dampfchochtopf churz vor em Explodiere.

Je wermer dass es ungerem Hingere wird, desto intensiveri, magistrali – i länge Sitzige deponierti – Grüch u Grüchli miefe u megge u müffele us em Läderpouschter u schwäbe i Saau. Wi mänge Ratspresidänt u wi mängi Ratspresidäntin vo wi mänger Partei isch ächt scho druffe tronet? We dä aut, ehrwürdig Stueu chönnt verzeue! – O är isch während viune Stunde druff ghocket. Het mängi Session, mängi Tagig u mängi Versammlig abghocket. U wes nötig isch gsi, mit em Glöggli eim oder eire der suuzig Parteipolit-Sermon abglütet. Är streckt der Arm, gryfft nach em Glöggli, u gfyfft i ds Lääre. Es isch nid a sym Platz! Blöd! Itz cha jede Laferi u jedi Lafere lafere, u jede Plaraaggi u jedi Plaraagge plaraagge, u jede Gaaggi u jedi Gaagge gaagge so lang win är oder sii wott. Froue, das weis er us Erfahrig, fasse sech chürzer u präzyser. Froue müesse äbe nid geng no verbau der Pfau mache. Itz schnuret ume eine wi am Schnüerli – dass me

mit kem Chnebeli chönnt derzwüsche houe u mit kem no so scharfe Schnitzer der Schnurifade verschnäfle – u seit glych nüüt. U de häicht dä Blaaschti aus Witz no der oberfuu Spruch aa: «I übertrybe zwar, aber i lüge nid!»

U itz lache aui. Lache u gügele u gugle u grööle u johle u holeie. U är cha nid abglöggele. Isch machtlos, ohnmächtig, usgliferet. Är steit uuf, macht mit de Händ e Trichter vor em Muu u hoopet: «Rue!!!» U no einisch: «Rue itz!!!» Es nützt nüüt. Der Ratssaau u Zueschouertrybüni tobe u töbere, viu hei sech d Büüch vor Lache, angeri verwärfe d Händ. «I übertybe, aber i lüge nid!» grööle si. «Was für ne naive Stürmi!» däicht er. «So ne Lugihund!» brümelet er. «So ne Schmarre!» murmlet er. «Was für ne Kitsch!» ergeuschteret är sich. «Blöder geits nümm!» regt är sech uf.

Är überchunnt weichi Chnöi, hocket ab u versinkt im Stueu, wo itz grad vom Troon zum Ruebett wird. «Komisch», däicht er, u ihn chrämelets u chräsmelets u chräbelets der Rügg uf, u um ds Härz wirds wohlig warm. «Warum isch dä Stueu plötzlech so plüschig-weich u warm?» Är gniesst das unsäglech schöne Gfüeu. E matti Müedi drückt ihm d Ougedechle zue, u ne stumpfi Dumpfheit betört aui Sinne, ziet ne imne wiude Strudu i Töifi vo unbeschryblech verwirrleche u verworrene Empfindige. Är hocket nümm uf em Troon im Rathuus, sondern geborge im weiche‚s warme Schoos vor Mueter Helvetia! Schön! Eifach nume schön! Was für ne Wöhli! Ke Lärme, kes Brüeu, kes Glächter. Ei Rue! Ei Fride! – U de schepperet d Ratsglogge, wi we si e Sprung hätt, u ds ordinäre Tschäder vom Wecker, schrysst ne usööd us em Troum u schlöideret ne vom Schoos vor Helvetia, wo grad, zäme mit em viustimmige Chor vo Parlamäntarierinne

u Parlamäntarier «Happy Birthday!...» singt, i Autag zrugg. U vor ihm steit plötzlech dä, won er ihm chürzlech während der Usländerdebatte – u no pynlecher, ir Ggägewart vor zueständige Regierigsräti – ds Wort abgglögglet het, ziet e Pischtole us em Chuttesack, zilet, drückt chautblüetig ab! u brüelet: «Adio mio!» – U i däm Momänt isch er froh, dass es nume e Troum gsi isch.
Gottlob nume e Troum!

Het Öich der Wecker o scho einisch us eme Troum i d Würklechkeit zrugg tschäderet?
Verzeuet:

Es chunnt vor, dass öpper es Wort fautsch versteit, oder vilche lätz wott verstah.
Aber das isch en angeri Gschicht.

«KLIP» ODER «SLIP»?

Är hassets! Hasset nüüt eso, wi ds segge, ordinäre «Klip» we si mit em Naguklipser d Fingernägu abgklipset: «Klip!» – «Klip!» – «Klip!»... Das blöde, eggige, ecklige, zackige, zickige «Klip»verwandlet sech i sym Chopf sofort i «Slip», u sy Männlechkeit richtet sech zunere «standig ovation» uf. Irgendwie fingt är das irgendwie geil u gar nid so übu. Är isch ja o nume e Maa! U Manne hei haut e bsungeri Fantasie! Ömu i gwüsse Situatione. «Klip!»... «Slip!»... «Klip!»... «Slip!»... Di Sach oder das aazügleche Fantasieprodukt wär ja o nid schlimm, wen är nid ougeblicklech a sy heimlechi Gliebti – a sys schnüggelige Schmüseli – müesst däiche. A sy Sytesprung-Chatz, a sys süesse Miau-miau-Büüssi mit de zarte Chräbelipföötli, a sys füürige Tüüfeli mit der Geisle, a sy geil Höuehund, wo sech vo eim Momänt uf en anger i ne weiche Schmuse-Tiger cha verwandle: mentau vo eim Peuz i anger cha schlüüffe.
Nid wi sy Frou, wo ne Chratzbürschte isch u chratzbürschtig uf syner Aanecherigsversueche reagiert. U scho ume klipsets: «Klip!» – «Klip!» – «Klip!»... Itz schnydt si auemaa o no grad Zääienägu! Das git zämezeut zwänzg Nägu, u für jede Nagu drü mau «Klip!»... auso sächzg mau «Slip!»
Wi söu das e slipaffine Typ ushaute!?
U itz rüeft si no us em Badzimmer är söu doch d Wohnig stoubsugere, är heig ja Zyt. Si müess de nachär – nach em Bade – no d Haar föhne u d Nägu laggiere. U de syg sii de wägg. Si heig mit der Fründin abgmacht. U im Chüeuschrank heigs no Räschte

vom Zmittag! – Was zviu isch, isch zviu! Är isch doch ke Putzfrou u ke «Su-ma-chu-scha», ke «supermaximali Chuchi-Schabe»! Är isch doch nid der «Gib-mer» u der «Reckmer» u der «Machitz»! Itz isch sy sensibli Männlechkeit uf em Nuupunkt! Das heisst, är isch beleidiget. Das heisst, är isch verruckt. Das heisst, är isch muff! Das heisst, är isch stinksuur! Das heisst är gseht rot! Das heisst, der Bodesatz vor Wuet gäret, das heisst, itz het er gnue u itz längts!
U überhoupt, was mache de di zwo im Usgang? Was hei si vor? Är geit i ds Badzimmer, luegt sy Frou aa win e Dokter e hoffnigslose Fau aaluegt, steckt der Föhn yy, schautet ne aa, u «Päng!»... landet dä ziusicher ir Badwanne!

U de, was säget Dihr?
Verzeuet:

....

....

....

....

....

Nei, me het nüüt chönne bewyse. Ke bösartegi Absicht vo ihm – auso ke Mord – chönne nachewyse.
Är het i schönschte Tön gschiuderet, wi sy Frou sech schön gmacht heig für ihri Fründin z träffe. Wi sii – wahrschynlech für dass es schnäuer göng – vilech würklech u unverständlecherwys..., äbe wahrschynlech d Haar wäret em Bade heig wöue tröchne

Chöntet Dihr o so überzügend schwummere?
Oder heit Dihr scho einisch so öppis gmacht u so gloubhaft gloge?
Was heit Dihr uf em Kerbhouz?
Verzeuet:

Aha, öpper fingts verdächtig, dass dä Maa nach em doch so plötzleche Tod – oder «Unfau-Tod»– vo syr Frou, so munter Uskunft git. Dä hätt doch unger Schock müesse staa. Oder öppe nid?

Teilet Dihr di Meinig?
Verzeuet:

Es chunt vor, dass eine öppis gseht, u dass de haut öppis passiert.
Aber das isch en angeri Gschicht.

HÄRZ ISCH TRUMPF

Hütt hocke au füüf ir Beiz am Stammtisch. Eine blybt bim Schieber geng füür. Mues zueluege, nid muggse, nüüt säge u schwyge! Dryrede u Berater-Sänf derzuegä isch verpönt! Dä, won ihm ar rächte Hand der Zeigfinger fäut, mit em Doppumeter im Überhosesack, mischlet. Dä, mit zwene Eheringe am Ringfinger u schwarze Truurränd unger de Fingernägeu, het ab: Härz isch Trumpf. Äine git ds Spiu u d Charte wärde nach Farbe tischelet. Dä, mit em protzige Siguring, mit der verwuuschete Grawatte im Chuttesack, spiut – wiu sy Mitspiler ganz diskret der Zeigfinger maliziös, schreg use i d Luft streckt – ds Härzzähni. Dä, mit der Dechlichappe, wo geng närvös mit em Münz im Hosesack klimperet, geit grad mit em blutte Näu druuf, wiu er däicht, de syg das daheim u mit em Zähni zäme e feisse Fang, u derzue wyst er es Drüblatt. Dä, mit de schwarze Truurrändli unger de Fingernägu, pouderet mit der Pfuuscht uf e Tisch, dass d Wygleser gumpe, gheit der Trumpfpuur uf e Chartehuuff, seit «gstoche!» u wyst o es Drüblatt. Dä, wo ds Spiu ggä het, macht e Surnibu, wi wen er i ne Zitrone bbisse hätt, u laat griesgrämig ds Trumpfsächsi gheie. Itz sy auso der Puur, ds Näu, ds Zähni u ds Sächsi duss. U jede fragt sech im Stiue, wär ächt no was u wiviu a Trumpf i de Finger heig, wo ds Ass hocki u d Stöck. – Dä, wo sött schwyge, auso dä, mit der Tubackpfyffe im Sack, wo geng öppe mit em Schnuderhudu ar füechte Nase umefuchtlet, seit: «Ai, ai, aiii!» u verdrääit d Ouge wi ne giggerige Güggu. Är het drum beobachtet, wi zwee enang gheimi Finger-Zeiche gä! Vo de zwöine gwisne Drüblatt isch eis

vom Schuflepuur u ds angere vom Chrüzkönig. – Me jasset, zeut u schrybt. Git ds Spiu, jasset, trumpfet, zeut u schrybt, verteut Charte, spiut, schmiert, sticht u rüeft «Bock!» jasset, zeut u schrybt. – Der Überzählig stützt d Euböge uf e Tisch, klappt d Fingerkuppe vo beidne Händ rhythmisch gägenang – chas nid verchlemme – u seit nach ere nöie Rundi zum Münzklimperi, är hätt vori nid mit em Schuflesächi use söue, we Schufle Bock söu wärde, hätt er vo sym Wiis zersch der Schuflechünig söue aazie. Trümpf u ds Schufleass syge ja dusse gsi.

U dä mit em Doppumeter fragt er, ob er de jedes Mass verlore heig, dass är em Find der Eggezähner schäichi. Er heig däich müesse leyhaute, är hätt scho angersch wöue, aber mängisch müess me haut, ömu we me dä Zähner blutt heig, hässelet er. U zu däm, mit de zwene Eheringe u de schwarzgrändlete Fingernägu, seit dä, mit der Tubackpfyffe im Sack u em Tropf ar Nase, mit emne hämische Ungerton ir chyschterige Stimm – wo me drus cha ghöre, dass er das meh kritisch u hingerhäutig aus luschtig meint – das mit em Trumpfpuur im erschte Umgang heig er de guet gmacht! – «Jede hätt däich uf ds Näu vom Gägner – auso quasi vom «Find» – der Puur ggä!»-konteret äine. Si lö der «Jassexpert» lafere, u spile wyter. Verteile Charte, wyse es Drüblatt oder Füfzg oder ganz säute Hundert, gä Trümpf u Böck u Stöck, schmiere Ass u Zähni, u lö nüütegi Charte verächtlech oder mit eme Süfzer gheie.

Der füft Maa chunnt sech geng meh wi ds füfte Rad am Chare vor. Gseht sech geng meh aus Resärverad, lüderet ei Schnaps nach em angere u rybt mit em gruusige Schnuderhudu ar füechte Nase. D Spiler mämmele Wysse. Wo dä mit em glänzige Siguring u der verwuschete Grawatte im Chuttesack, u dä mit de Eheringe

u de Truurränd, sech grad wei bedanke, seit der füft Maa, dä mit der Pfyffe im Hosesack, mit glänzige Ouge u schwärer Zunge u mene fiise, schrege Grinse, u d Mulegge hei derzue schier a de Ohreläppli gläcket: «Ai, ai, aiiiiii!» är heig de di gheime Zeiche vo denen zwene schon gseh! U derzue zeigt er mit em usgstreckte Zeigfinger – wi mit eme scharfe Richtschwärt – uf dä mit em protzige Siguring u uf sy Mitspiler mit em Dräck unger de Fingernägu – u es gseht us, wi wen er beid bi läbigem Lyb wett ufspiesse.
Si syge Bschyssbrüeder! Lugihünd! Hingerlischtegi Fotzucheibe! Heige enang Zeiche ggä u di angere über ds Näscht abgschrisse!
– Potz woumäu, itz isch Füür im Dach! Wo der Wirt d Stüeu uf e Tische steut, d Fäischter ufschrysst u Dürzug macht, torkle di füf zur Beiz us. Was nachär passiert isch, cha me nume vermuete, wüsse tuets niemer. – Uf jede Fau jasse vier es paar Tag später – nach der «Verschuflete» vo däm, wo si uf em Heimwäg härzlos umen Egge bbracht hei – im Chrüz.

U was passiert isch, chöit Dihr Öich itz säuber usdäiche.
Di einte oder di angere hei sicher o scho bimne Schieber mitgspiut!
Verzeuet:

Es chunnt vor, dass eine im Chirschiboum zwöi
Bei gseht plampe.
Aber das isch en angeri Gschicht.

GLÜCK GHA!

Är loubsäägelet ir Bude us Lindehouz es Rundumeli. Es söu e Schlüssuaahänger wärde. Es Gschäich für d Nachbarin, wo nümm guet gseht, u der Wöschchuchischlüssu geng ume mit em Chäuerschlüssu verwächslet.
Won är vor Arbeit uuf, u zum Chäuerfäischter useluegt, gseht är zwöi Bei im Chirschiboum plampe. Zersch däicht er, är spinni.
U de grüppelet er ache u gseht, dass a dene Bei no e Frou i de Escht obe hanget u ganz langsam, im Zytlupetämpo, hinger emne orangsche Tuech – wi hinger emne Theatervorhang – verschwindet.

Är rybt d Ouge. Blinzlet, u meint geng no är tröimi oder spinni. Itz ghört er öpper hoope: «Hallo!» «Halloooo!» «Hilfe!» «Halloooooo!!!»
Är laat ds Loubsäägeli gheie u luegt mit gstilete Ouge i Chirschiboum.
U de rennt er los, d Stäge uuf, nimmt im Verbyga us em Chuchitischschublade ds Bratemässer, u scho steit er im Garte unger der Frou, wo usgseht wi ne bunte Chirschigaagger, wo us eme Märli-Zoo abghoue isch.
Wiu grad Chirschizyt isch, steit d Leitere am Boum.
Är stygt ueche u zwackt d Schnüer vom Gleitschirm ab, wo di unglücklech glandeti Luftpiratin i de Escht feschtbunge u gfange hei.

Si syg froh, dass si nid uf ere höche Tanne oder im See glandet syg, seit di erlösti Himustürmere. U zum Dank ladt si dä hiufsbereit Retter zumene Gleitschirm-Tandemflug yy. – Sich vor Luft la trage, sanft zwüsche Himu u Ärde schwäbe u us der Voguperspektive d Landschaft betrachte, mou, das hätt är scho lang gärn wöue.
U eso het är mit em Bratemässer o no grad e zünftegi Schybe Wunschtroum-Aabetüür achegsablet.
Es wär ja de aus guet u schön u prächtig gsi, wes nid plötzlech gchuttet hätt, u us heiterem Himu e Blitz i Gleitschirm gfahre wär... – Ne-nei! Glück gha! Es het kener Tote ggä! Dene zwöine isch nüüt passiert, si sy ja ir Luft ghanget, u zwüsche Himu u Ärde cha ke Blitz yschlaa... höchschtens e «Liebesblitz» – e «coup de foudre!» – u dä isch gottlob meischtens nid tödlech!

Heit Dihr o scho so nes unverhoffts Gschäich überchoo? Verzeuet:

Es chunnt vor, dass eine es Mässer bi sech het.
Aber das isch en angeri Gschicht.

BALOONFAHRT

Dä Flug – auso di Baloonfahrt het är zum runde Geburtstag gschäicht übercho. We der Baloon ufblaase isch, wei si de ufstige u fahre. He ja, e Baloon fahrt, dä flügt nid. Wiu e Baloon liechter isch aus Luft, fahrt er. Es Flugzüg isch schwärer aus Luft, u drum flügts. Bi de Vögu isch das genau eso. So eifach isch das! U vilech het me eifach d Schifffahrt aus Vorbiud gno, u drum fahrt e Baloon äbe. Schiff fahre über oder im oder uf em Wasser, Balöön fahre ir Luft. U itz chönnt me sech frage, warum d Mönsche nid chöi flüge, di sy doch, genau wi Flüger u Vögu: o schwärer aus Luft! Das isch auä e Fau für ne Luftibus. Nid Luftiböss, dä würd ja fahre. Veiechli e verfahrni Sach! – Mir wei nid grüble! Lö mers! Nume no ei Gedanke: Vilech cha der Mönsch flüge, wen er einisch nume no Seeu isch? Meer u Kontinänte, auso der Planet Ärde vo obe u usse gseh, u de i d Ewigkeit yyga. Aber was isch d Seeu? Wär weis das? Wär het scho e Seeu gseh? U was isch Ewigkeit?

D Wätterbedingige syge guet u Thermik ir Höchi o, het der Baloonpilot gseit. D Hüue isch grösser u grösser worde, het sech langsam bireförmig ufgrichtet u de isch es losggange.

Är isch über d Bordwand i Baloonchorb gchlätteret – derby isch ihm schier ds Härz i d Hose gheit – u de het er sech mit de Händ a Chorbrand gchlammeret, schier verankeret, eso, dass di wysse Chnödli fasch mit em Läderüberzug verwachse sy. U de hets es Rückli ggä. Är het e Luftzug gspürt, u scho isch me obsi u geng höcher ueche i Himu gstige, u de mit em Luftstrom langsam

vorwärts de Bärneraupe zue gfahre. Nume aubeneinisch het der Brönner zischt, süsch muggsmüüsli stiu! Ei Rueh! D Schneebärge sy geng neecher choo, oder umgekehrt, der Baloon isch geng neecher a d Bärge häre gfahre.

Was für nes Panorama! Was für ne Pracht! «Ärdeschön!» het er ddäicht.

Wo si öppe zwe Kilometer überem Thunersee schwäbe, zouberet der Pilot vo irgendwohär e Fläsche Schämpis füre, Gleser u Brot u ne Wurscht.

Är stimmt ds «Happy Birthday...» aa, leit es Houzbrättli uf e Rand vom Baloonchorb u faat aa Wurschtredli schnyde. – Plötzlech gheit ihm ds Mässer us der Hand, u d Schwärchraft schryssts i Töifi.

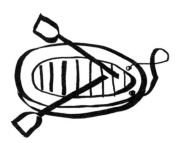

Der Klingespitz preicht genau d Bruscht, auso der Bruschtchorb u trifft genau zwüschem dritte u vierte Rippi ds Härz vo eim, wo uf eme Gumiboot über d Wäue wäuelet u sünnelet u ds Läbe gniesst. Ds Härz het ufghört schlaa. Em Gumiboot hetts gottlob nüüt gmacht!

«Haub so schlimm!» tröschtet der Passagier, wo vo däm auem nüüt merkt, tuet sy Rucksack uf u spienzlet e Sackhegu. Der Baloonpilot bewundert das prächtige Mässer mit de glänzige Klinge, em Büchseöffner, em Fläschliöffner u em Schrubezieher, schiblet dermit der Räschte vor Wurscht i fyni Redli u sablet ds Brot i rächti Bitze. De wird höch überem Thunersee uf e Geburtstag, uf enes längs Läbe u uf d Schönheit vom Bärner Oberland aagstosse.

Heit Dihr o scho einisch so «abghobe» Geburtstag gfyret? Verzeuet:

Der Kapitän vom Aabe-Tanzschiff, wo ne fröhlechi, hipp-hopp-verruckti Gseuschaft glade het, wo tanzet u stampfet, dass ds Schiff uf em spieguglatte See wi sturmgschüttlet waupelet, gseht plötzlech öppis uf em Wasser dümple. Är luegt dür ds Nachtsichtfärnglas: We ne nid aus tüüscht, gondlet dert eine uf eme Gumiboot u laat sech i der Voumondnacht vo de Wäue buttele u vor Strömig trybe. U wiu sech der Himu im See spieglet, gseht me nid, ob das Boot im Wasser oder i de Wuuche schwümmt. Är hornet. Nüüt! Ke Wauch! Eifach nüüt! Ds Schiff nimmt Kurs uf das «Corpus delicti», hornet... ds Gumiboot schouklet. Totestiui! U de gseht er, dass öpper im Boot ligt... auemaa tot! Är informiert d Seepolizei. – Wär dä Maa uf so brutali Art ermordet het, isch nie uscho.

Es chunnt vor, dass me sech mit der Zyt uf ds Gäder geit. Aber das isch en angeri Gschicht.

VORFRÖID ISCH DI SCHÖNSCHTI FRÖID!

Niemer weis es, aber sii, si fröit sech uf sy Beärdigung. Aber das seit si niemerem. Wär wett das o verstah! Si kreiert u näit bunti Quilts. Bunt u exakt, das het si gärn. Luschtvou diszipliniert. Überschwänglech beherrscht. Romantisch sachlech, das isch ihres Prinzip. Im Läbe, wi bim «Pätschwörke». Si vergisst derby d Wäut, u aus um sech ume. Aber Gedanke cha me nid absteue, di reiele sech – wi di farbige Stoffbitzli – anenang, u der Erinnerigsfade verschlüüfft sech – Stich für Stich – verschlüüfft sech, u macht us Stoffbitzli es Ganzes. Het zäme, was süsch usenang gheit. D Fadefarb u o d Stichlengi hei ke Yfluss uf e Gedankefluss. Mängisch stichle d Finger schnäu dervo, u der Chopf blybt imene Gedanke-Fadechnüppu-Ghürsch bhange. Warum, fragt si sech öppe, isch är so lieblos, so gfüeulos worde? Si chönnt im Bett näb ihm erfriere. Är würds nid merke. – Warum? Si wott de Gedanke nid zviu ufbürde. Aber syder, dass är sech derewäg veränderet het, eifach en angere worde isch, fröit si sech uf sy Beärdigung.

We si bim erschte «Renne» – eso het me denn amene «Rendezvous», auso amene «Date» gseit – auso, we si denn scho gwüsst hätt, wi ds Zämeläbe im Auter einisch usgseht, de hätt si nie «Ja» gseit. Nie!

«Was hesch gseit?» hässelet är. Dä, wo ihre bi jeder Glägeheit fürhet si ghöri nümm guet, meint, är ghöri ds Gras wachse! Är ghört aber nume no das, won är meint, dass sis sägi. U itz het sii grad gar nüüt gseit. U het si de äbe doch umen einisch öppis

gseit, het är bbhouptet, si heig öppis angersch gseit. U si het beschlosse, dass si nümm mög diskutiere. Het beschlosse, dass si wöu schwyge, u dass är ab itz eifach geng rächt heig. Ds Zämeläbe isch düschter, d Stimmig bedrückend u d Stiui geng stiuer worde, het beidi geng meh u meh verschlückt. Ds Schwyge het wi ne Stinkbombe der Autaag verpeschtet. U wär weis scho was es bedütet, we zwöi zäme schwyge! Si hets i schwüeuwarm Föhn grüeft, i di chauti Byse gmöögget, i Wätterluft brümelet, i goudig Schyn vom Sunneungergang u i ds siuberige Strahle vom Voumond gchüschelet, si hets i d Wuuche bbättet...
Zyt isch nid vo Fläck choo u doch isch si vergange. Won är nümm het chönne louffe, isch si öppe mit ihm im Roustueu ga spaziere. A See. Di blaui Wyti tüei ihm guet, het er gseit. Aber «Danke» het er nie gseit. U eines Tages – der Wätterluft het übermüteig mit em Wasser gspiut, het de Wäue wyssi Schuumchrönli ufgsetz, se pantschet, dass si gwaupelet u luschtig tanzet hei, der Himu isch hinger ere graue, us Wuuchefätze zämeblätzete Wätterdechi verschwunde, u der chuttig-chüeu Seeluft het fräch unger d Chleider gfingerlet – auso eines Tages isch der Roustueu, wi vo säuber oder wi vo Geischterhand gstosse u zoge, em See zue gröuelet, u ds Wasser het ne langsam – Schluck für Schluck – verschlückt, u är isch im himublaue Quilt, wo si grad drann nääjt, verschwunde, ungerggange, versunke, ertrunke.
Si het zuegluegt, u sech im Troum – oder isch es e Wunschtroum gsi? – Fröideträne vom Räge la abwäsche.

U de? – Sprachlos?
Verzeuet:

*Es chunnt vor, dass Rot Grau wird – u Grau gröitschelig.
Aber das isch en angeri Gschicht.*

GRAU-ROT ... ODER DOCH ROT GRAU?

Si het sechs lang überleit u hin u här gwärweiset, won är – der Gregor Grau oder der «Gregro Gra», wi me ihm aus Übername zum Gspass öppe gseit het – mit ihre het aafaa karisiere, auso se aagflörtet, aagschmachtet u um se gworbe het. We de meh drus sött wärde – aagnoo si würde hürate – we sii auso em «Gregro Gra» sy Frou würd, de würd sii de Rosa Grau-Rot heisse. «Heit Dihrs ghört, der «Gregro Gra» u d Rosa Rot hei sech ds Ja-Wort ggä!» würds de heisse. U am Briefchaschte würd auä de G. & R. Grau-Rot staa.

Si weis würklech nid rächt, ob sii ihre schön Name «Rot» – ihre fröhlech, fründlech, warm-lüüchtig u häu Name – gäge ärnscht, chaut, düschter, näbugrau, ja muusepeuzgrau Name «Grau» wott ytuusche. Ob sii, di roti Rose, e graui Muus wott wärde. Si chönnt ja Rosa Rot Grau – auso ohni Bindestrich – heisse. «So oder so es Tschägg!» het si ddäicht. Är isch schier bleichgrau worde u het roti Ohre übercho, wo si ihm das vorgschlage het. Är bieti ihre doch e goudegi Zuekunft, de chönn sii doch derfür sy Name aanäh. U d schlichte Grau syg doch e fürnähmi Farb, ömu eleganter u diskreter u weniger uffäuig u weniger brüelig aus ds ordinäre Rot. Dä Verglych het se chli möge.

Si hei de trotzdäm ghürate. Si het im graue Autag vo bunte Tage tröimt. Sich im näblig-graue Herbscht nach em goudige Summer, Sunne, blauem Meer u gäubem Sandstrand gsehnt. «Wenn bei Capri die rote Sonne im Meer versinkt...», isch ihre e romantisch-sehnsuchtsvoue

Gassehouer i Sinn cho. Es het ere rot vor de Ouge gflimmeret, u ne rote, warme Tschuder het ere rosigroti Fläcke uf Backe zouberet.
Si hei Siuberhochzyt u de goudegi Hochzyt gfyret. D Tage sy geng lenger u d Wuche geng chürzer worde. U si hei sech weni u nüütmeh z säge gha.
Zwüsche Morgerot u Aaberot hei eitönig grau-gröitschelegi Stunde tötelet. Won är nume no aus grau gseh, grau ddäicht u grau vonere graue Zuekunft gredt het, u ihre das graue Grau-i-Grau vom Autag z bunt worde isch, het si i sy «Early Grey-The» *Graupuuver grüert. Är het gfunge das syg ändlech einisch The, wo zum graue Autag passi, het ne trunke, auso gnüsslech gschlürft... het es zwöits Tassli gläärt ... u de het der Gregro Grau-Rot ds rägebogefarbige Wunder gseh. – Uf sym Grab isch es de chnütsch-bunt i ds Chrutt gschosse, het blüeit u glüchtet u gglüeit u gwucheret, bis o di grauschti graui Erinnerig i nere tschägget-gspräglete Farborgie expoldiert isch.

U de, was säget Dihr?
Kennet Dihr o graui Tage, wo Dihr am liebschte
Graupuuver i The würdet rüere?
Oder gits Mönsche, wo Dihr ne Graupuuver ...
Verzeuet:

 ....

....

....

*Leider darf i Öich nid verrate, wo me Graupuuver über-
chunnt. Aber fraget doch einisch bi Piuelidrääyer, medizini-
schem Fachpersonau oder suechet im Internet oder besser no im
Darknet! U gäuet, läset de d Verpackigsbylag! U fraget vilech
doch no öji Ärztin oder d Apiteeggere!

Es chunnt vor, dass eim öpper vorchunnt wi ne Ängu.
Aber das isch en angeri Gschicht.

ÄNGU – SCHUTZÄNGU ODER ÖPPE…

Gloubet Dihr a Ängle? Vilech a Schutzängle? – Si steit vor der Tür vomene herrschaftleche Huus, zmitts imene märlihafte, romantisch-paradiesisch schöne Garte: E Zoubergarte! Si het säuteni, ganz bsungerbar bsungeri Pflanze bi sech u sött die ablifere. Si lütet … u lütet. Tür blybt zue! «Isch das öppe di lätzi Adrässe?» het si ddäicht. «Bin i öppe am lätze Tag vor der lätze Tür?» het si sech gfragt. Di Stöck sy schwär. Si wett die lieber nid ume mitnäh u no lenger desumefuge. Si lütet u hoffet. U plötzlech – si däicht si tröimi, het ne nid ghöre choo – steit e Maa – auem aa e Herrschaftsdiener oder e Obergärtner, näb ihre, luegt se fründlech aa u seit, si chönn ihm di Pflanze gä. Si isch gottefroh, hin u wägg, schwäbt i Gedanke uf ere watte-wysse, weiche Wuuche em blaue Himu zue, u seit – öppis angersch chunnt ere grad nid i Sinn – seit, är syg en Ängu. «Mängisch bruucht me en Ängu!» seit dä, wo ihre win e Ängu vorchunnt. U es düecht se, är heig grad es gheims Gheimnis verrate, u es wird ere ganz warm um ds Härz. Sii gloubt a Ängle! Di Begägnig mit däm herrschaftleche, gheimnisvoue Paradies-Gärtner-Ängu isch für se öppis bsungerbar Bsungers!

Paar Tag später steit ir Zytig, dass me imene Garte, zwüsche säutene, exotische Pflanze, e Frou – e jungi toti Frou – gfunge heig. Ds Datum stimmt. Genau denn het sii Pflanze … Genau dert! Genau a däm Tag! – Eigenartig isch nume, dass genau a

däm Tag im Klee-Museum, däm Kunschttämpu unger de wäuelige Decher im Schosshaudequartier, plötzlech der Todesänagu uf em Biud vom Paul Klee* gfäut het.

U komisch isch gsi, dass der Wätterluft a däm Tag di gheimnisvou-ergryffendi **Schubert-Melodie, wo der Sinn vo Läbe u Tod aus Harmonie u Dissonanze, aus Moll u Dur vereint, dür Gasse u Gässli vor Autstadt gwürblet het. E Melodie, wo mängem u mängere unger d Hut gschlüffe isch. – De isch auso dä «Ängu» wahrschynlech nid eifach en Ängu, u o ke Schutzängu gsi! De isch dä Ängu ... der Todesängu gsi!? Lybhaftig u wahrhaftig der Todesängu! – Später hets de gheisse, di Frou syg vergiftet worde. Itz chönnts eim doch schier gschmuech wärde. Di Pflanze, wo si däm hiufsbereite Gärtner überlaa het, sy exoteschi Giftpflanze gsi: «Veneata herba exitale subito», wytuse verwandt mit em Totemügerlistruuch! – No öppis: Merkwürdig isch, dass e Bsuechere im Klee-Museum genau a däm Tag gseht, wi der Todesängu – us em Nüüt – heimlech i ds Biud schlycht. Wo dä Chnochemaa ihre us lääre Ougehöline verschwörerisch zueblinzlet u no mit klapperig-chnöchelige Finger winkt, isch es ihre schwarz vor de Ouge worde. – U niemer, gar niemer het das, wo si gseh het, wöue gloube!

Was söu me gloube? Was isch wahr? Darf bir Wahrheit öppis fähle? Aber was darf fähle? U laat Wahrheit nid überhoupt Frage offe? – Jä nu, gscheh isch gscheh, u z spät isch z spät!

* *Paul Klee, geboren am 18. Dezember 1879 in Münchenbuchsee, gestorben am 29. Juni 1940 in Muralto.*

** *Franz Schubert, Opus 7, Nummer 3, 1817 komponiert nach dem Gedicht «Der Tod und das Mädchen» von Matthias Claudius. – Das Mädchen: «Vorüber! Ach vorüber! Geh, wilder Knochenmann! Ich bin noch jung, geh Lieber! Und rühre mich nicht an». – Der Tod: «Gib deine Hand, du schön und zart Gebild! Bin Freund, und komme nicht zu strafen: Sei gutes Muts! Ich bin nicht wild. Sollst sanft in meinen Armen schlafen».*

Es chunnt vor, dass d Schwöschter der Schwöschter der Liebhaber usspannet. Aber das isch en angeri Gschicht.

ZWILLINGS-SCHWÖSCHTERE

Wo sii der Zwillingsschwöschter ihre heimlech Verlobt vorsteut, däicht die:
«Dä oder kene!»
Win es Mantra raset dä Spruch dür ihres Hirni, hingerlaat e glüejigheissi Liebes-Lava-Spur u überfluetet jede normau Gedanke.
«Dä oder kene!»
«Dä oder kene!»
«Dä oder kene!»
Gly druf verreiset di heimlech Verlobti für Spanisch z lehre nach Barcelona.
Der heimlech Verlobt isch Dolmetscher.
Zwillingsschwöschter isch Journalistin.
Wo sii amene Kongräss im Chopfhörer unverkennbar d Stimm vom heimlech Verlobte ghört, faht ds Mantra ume aa drääie:
«Dä oder kene!»
«Dä oder kene!»
«Dä oder ...»
Nach de Verhandlige tippet si für d Redaktion schnäu e fahrige Bricht über di wichtigschte Vote u Beschlüss i Compi, drückt uf «Sent» – fertig.
Vor em Usgang wartet si uf e heimlech Verlobt.
Si verwicklet ne i nes Gspräch über d Schwirigkeit vo Synonym bim Übersetze.

Beidi sy im glyche Hotäu yquartiert.
Si ässe zäme Znacht – u erwache am Morge im glyche Bett.
Kes weis genau warum.
Nach wytere drei gmeinsame Nächt ässämmässlet är nach Barcelona:
«Löse Verlobung auf. Habe mich anderweitig verliebt!»
Wo di abghauftereti Brut vo Spanie zrügg chunn, stuunet si nid schlächt, wo si merkt, dass di Nöji usgrächnet ihri Zwillingsschwöschter isch.
Si wünscht ne aus Guete i di gmeinsami Zuekunft, u schäicht ne i nöi Hushaut e kunschtvou drechsleti Pfäffermühli us märlihaft dunklem Eibehouz u ne passende Sauzströier. Paar Monet später steit im «20-Minute»:
«Grausiger Fund! Ein Mann (26) und eine Frau (24) wurden tot in ihrer Wohnung aufgefunden. Die Polizei vermutet ein Beziehungsdelikt. Über den Tathergang war bei Redaktionsschluss nichts Näheres bekannt.»
Si däicht: «Das cha no lang gaa, bis die usefinge, dass ir Pfäffermühli Rattegift, u ds Sauz im Sauzströier mit Bleiacetat gmischt isch!»

U de, was säget Dihr?
Cha so öppis zwüsche Schwöschtere passiere?
Verzeuet:

Die Gschicht isch us mym Mundartbuech: «U plötzlech passierts»

Es chunnt vor, dass me öpper mit eme spezieue Ässe wott überrasche, u de nimmt me e Chochkurs – u het todsicher Erfoug! Aber das isch en angeri Gschicht.

HÖLLISCH SCHARF BIS HIMMLISCH SÜESS

Si isch uf ere Chrüzfahrt. Säubverständlech «First Class!» Luxussuite! Nume ds Beschte u ds Tüürschte chunnt i Frag u isch grad guet gnue! Si isch itz nämlech e guetsituierti, wouhabendi, ja e rychi Witwe im beschte Auter. Ihre Maa isch ere verleidet, dä het si churzerhand mit emne würzige «Hänkersmääli» eliminiert. U sii wott itz no chli öppis vom Läbe haa! «On a du style!» isch ihres Motto.

Wo si umen einisch im Ligistueu uf em Deck ds «Dolce far niente»-Luxusläbe gniesst u amene höllisch-scharfe «Diable-Rouge» mämmelet, chunnt ere en Idee! E tüüflisch gueti Bombeidee! – Si chönnt exklusivi – auso tüüri, exotisch-exquisiti – Chochkürs aabiete. Chochkürs für Froue, wo ds kulinarische «Now how» i bsungers raffinierter Form sueche, für dass o sii de ds Läbe ändlech nach ihrem «Gusto» chöi gniesse. U sii het ja ds nötige Wüsse über ds Wie u Was, u – wi me weis – o yschlegegi u todsicheri Erfahrig!

Si het sech a der süffige «Schnapsidee» bsoffe. Es isch ere säutsam duslig worde. U umnäblet vom euphorische Ruusch sy Erlüüchtige u Plän ufdunschtet, was me chönnt, u wi me di Kürs eidütig-zwöidütig chönnt usschrybe. Si isch wi uf Wuuche i ihri Suite gstögelet u het ufgschribe, was ihre grad i Sinn cho isch.

Aus Blickfang:
Pikant gewürzt: Originell kochen mit todsicherem Erfolg!
Von Wurst bis Pilz: Von Mortadella bis Totentrompete...
Nouvelle cuisine surprise: «Effet garanti!»

U de aus Gluschtigmacherli:
Witwenkochkurs für Frauen, die es werden wollen ...
Witwen-Frischbackkurs – mit «Happy End!»
Witwe werden – leicht serviert!
Chaut abserviert! – Kochkurs für «Coole»!
Kochen für Entschlossene ☺: Kulinarisch – Exotisch – Toxisch ...
Fantasievoll würzen – balastfrei leben: Aus zwei mach eins!
Kochkurs: Eins-zwei-drei ... und du bist frei!
Kochkurs: Himmlisch gut – Kulinarisch göttlich! – Höllisch heiss!
Cours de cuisine «Savoir vivre»: «Excellent & Exclusif & Exquisit & Exit!»
Corso di cucina & tavola: «Salto mortale!»
Cooking class: «Whatever will be, will be!» ...
Leckerbissen aus letzter Hand!
Höllisch scharf bis himmlisch süss: Menüs, die todsicher halten, was sie versprechen!

Si würd spezieui Froue-Kürs u bsungeri Kürs nume für Manne organisiere. Öppe: «Witwer werden – leicht serviert!» U natürlech o gmischti Kürs, wos de unger Umständ zu ganz nöie Paarige chiem oder chönnti cho. «Prima Idee!» u «très bien!» u «beatuiful!» u «molto bene!» het si brümelet u mit em Blofi im Takt uf ds Papier trümelet. Si het d Melodie vor schöne, blaue Donou gmöönet, derby a Acheron ddäicht, a Fluss, wo d Seele vo Tote müesse überquere u de im Hades, auso ir Ungerwäut lande. Derzue het si übermüetig gwauzeret, dass d Wäut um se ume stiugstange isch.
Rezäpt kreiert si nach Bedarf. Fantasie het si gnue. U mängisch schmöckts i ihrer Chuchi, dass es eim schier der Huet lüpft u hingere strääut, wi bi de Pryse vo ihrne Kürs!

Zum Byschpiu:
- Ravioli, gfüut mit Krokuszibele-Amaryllis-Plüür uf eme Meieriislibletter-Bett
- Champignon-Morchle-Chnoue-Bletter-Teiggpastetli mit ere piggante Zerberussame-Sosse u Chnouebletterpiuz-Mouss-Chöpfli im schwarze Bitterschoggi-Schlafrock mit Arsentröpfli parfümiert
- Yschchauti Suppe us pürierte, grüene Tomate u roue, grüene Bohne u nere Hube us dicker, bruner Mutschgetnuss-Nydle – u aus «Eyecatcher» – dekoriert mit chüschtige, zartbittere Ysehuet-Würzeschybli u chnütschblaue Ysehuetblüeteblettli
- Parfait us fermentierte Härdöpfucheischte – aus Farbtupfer – ergänzt mit rouem, orangsch-rotem, höllisch scharfem Aaronstabbeeri-Püree
- Flöigepiuzhuet-Uflouf mit scharfem Abgang
- Tomatesalat mit fyngschnittne Amaryllis-Zibeleringli u viu würzigem Schnittlouch, beträiflet mit fantasievou gmischtem Dressing – je nach Saison – us Wienachtsstärn-Pflanzesaft oder Zibelesaft vo Oschterglogge oder Herbschtzytlose Saft-Sosse.
- Ängustrumpete-Blüete, gfüut mit göttlech-peuzigem Panterpiuz-Tiramisu, gluschtig garniert mit wiude Rizinussaame u chugelige Eibesäämli, aamächelig ufpeppt mit paarne Tröpf rotem Eibebeerisaft

Fähle no paar Dessär. Aber o da het si himmlisch-süessi Plän u höllisch geniali «Aperçus».

Zum Byschpiu:
- Güggubätzi-Parfait mit K.-o.-Tropfe aagrycheretem Eiercognac, unger Auperosebliüeteschuum...

U bi Vor-, Houpt- u Nachspyse chunnt geng no e Pryse – besser gseit es Gütschli oder e Gutsch – vo öppisem dry, wo si nume de Kursteilnämerinne u de Kursteilnämer verratet, u o nume dene gäge Apiteeggerpryse verchoufft.
We Dihrs nid wyterverzeuet, de loset: Si het paar Drei-Liter-Fläsche «Moët & Chandon Ice Impérial» Champagner gchoufft.
Si het di Fläsche i Chäuer gsteut u sech scho uf füecht-fröhlechi «Events» gfröit, wo si paar Tag später ir Zytig list, dass ds Bundeskriminauamt, auso ds BKA, genau settegi Fläsche bi Drogeschmuggler gfunge het. Si het eini uftaa – es het ke Knau ggä, es het nid blööterlet u nid gschuumet; drinn isch e rotbruni Flüssigkeit gsi, wo nach Änis gschmöckt het. – Das syg flüssigs MDMA, e höchgiftige Ecstasy-Würkstoff, hets im Zytigspricht gheisse! Scho nume e Schluck syg tödlech! – Wär «Moët & Chandon Ice Impérial» Champagner i Drei-Liter-Fläsche gchoufft heig, söu die doch umgehend bir Polizei abgä.
Si het ihrer Fläsche bbhautet! Es isch genau das, wo sii aus optimaus Kursmateriau bruucht. Aus Absacker empfiut si sythär «Absinth plus». Dihr wüsst scho was ds «Plus» bedütet. Chuum trunke, breitet di «Grüeni Änis-Fee» ihrer Arme us … u zäme schwäbt me – auso är oder sii – mit himmlische Gfüeu em Nirwana zue!

U no öppis: So nes exklusivs Ässe – het si grate – sött me am beschte z zwöit aus «Candlelight-Dinner» oder inere Auphütte bim heimelig-schummerige Liecht vonere Petroulampe gniesse. – «On a du style!» het si de künftige Witwe u Witwer uf e Über-Läbeswäg mitggä.

Wär hätt das ddäicht: Ihres todsichere Super-Aagebot füut e Marktlücke! Isch e «Primeur»! E «Renner»! – U ds Gschäft loufi schyns guet!

U de, was säget Dihr?
Verzeuet:

☠ ....

....

....

....

....

....

....

....

....

Öpper meint, ds Ässe chönn me sech doch spare u der ominös Schlummertrunk inere Voumondnacht amene romantische, müglechscht abglägne Plätzli inszeniere. Vilech ar Aare oder am Wohlesee oder am Amsudinger- oder m Übeschiseeli oder am sageumwobene Geischtseeli. Wiu, Absint müess me ja bekanntlech über nes Zückerli mit Wasser yschäiche – Aarewasser oder Seewasser wär ideau – u ersch nach der Zeremonie heimlech im Verschleikte ds «Plus» derzue gütschle. Es einsams Örtli wär äbe guet geignet, wiu me MDMA u syner Metabolite während mindeschtens 24 Stund im Bluetserum chönn nachewyse. – D Lych sött auso nid z früech gfunge wärde!

Apropos: Kursaamäudige leitet d Outorin umgehend u diskret wyter!

DANKE!

«U plötzlech … Päng!» isch es Buech mit auergattig strube Gschichtli mit krimineuem Aastrich, won i mit eme Ougezwinkere gschribe, auso frei erfunge ha. Gschichtli, wo me mit eme Schmunzle cha läse … u de ja nid öppe sött nachemache!

I möchte de Sponsorinne u Sponsore danke, wo einische meh a my Verzeu- u Schrybfantasie ggloubt u mi finanzieu ungerstütz hei, bevor si gwüsst hei, was uf se zue chunnt.

Mym Maa danken i für ds kritische läse, u ganz bsungers derfür, dass är sich muetig u fiktiv aus Tescht-Ässer für myner exklusive Rezäpt-Idee u todsichere Chochkünscht zur Verfüegig gsteut het! … ?

Danke möchte i der Verlegere Annette Weber.
Si het für die krimineue Mundart-Gschichtli «grüens Liecht» ggä u ds Buech i ds Verlagsprogramm ufgnoo. Un i ha ds Verzeute de no dörfe illustriere.

Danke möcht i aune, wo im Weber Verlag AG dür sorgfäutegi u umsichtegi Arbeit zum Glinge vom Buech bytrage hei.

Elsbeth Boss

SPONSORE

Glas Trösch AG
Dr. Christoph Boss, Burg im Leimental
Thomas und Helena Boss Åstroem, Belp

ZUR OUTORIN

Ufgwachse isch d Elsbeth Boss-Stauffenegger z Uetendorf. Hütt wohnt si im Bärnische Rapperswil.

Si isch Lehrere, Journalistin BR u Redaktorin gsi.
Syt der Pensionierig maut si Biuder, illustriert Büecher u schrybt Gschichte. «Beobachte, de Lüt uf ds Muu luege, uf Zwüschetön lose u de verzeue was isch oder wis chönnt syy oder wis o chönnt gsi syy.

Fabuliere, mit em Doppubödige u Zwöidütige spile, em Mügleche u em Unmügleche nachesgspüre, wahri Unwahrheite u unwahri Wahrheite erfinge, u das wo me nid seit, aber meint, dass mes meint, so zwüsche d Zyle verpacke, dass die wos läse meine, si heige genau das o gmeint. Das isch ds Spannende am Gschichte erfinge», verratet d Outorin.

«U jedi erfungni Gschicht treit müglecherwys vilech auä doch o es Chörndli Wahrheit i sich»...

Vor Elsbeth Boss im Weber Verlag erschyne sy:
«Augenweide – Gaumenfreude» / Kunst und Kochen
«Augenweide – Gaumenfreude» / Rezepte aus aller Welt
«Traumzirkus» / ein Kinderbuch mit Bastelanleitungen, Värsli und Liedli
«U plötzlech passierts» / Mundartgschichte
«Bärner Bäre... wo si wohne & wärche – & vo was si tröime»
«U plötzlech wienachtets» / Mundartgschichte